Teris

-

Kampf um die Freiheit

Die Wölfe von Detroit - Band 1

Ynez

Copyright © 2019 Ynez Martinez

Alle Rechte vorbehalten.

ISBN: 9781709158544

INHALT

Prolog 1

Kapitel 1 3

Kapitel 2 15

Kapitel 3 41

Kapitel 4 59

Kapitel 5 79

Kapitel 6 99

Kapitel 7 121

Kapitel 8 139

Kapitel 9 161

Kapitel 10 179

Kapitel 11 203

Kapitel 12 235

Nachwort 253

Vorschau auf Band 2 255

Ynez Martinez 257

Mit dem Kauf dieses Buches unterstützt du den Verein
"Mit Hunden helfen e.V."

Vielen Dank dafür und nun viel Spaß beim Lesen.

Ynez Martinez

Prolog

Teris - Kampf um die Freiheit

Das Leben als Werwolf ist einfach: Man befolgt klare Strukturen und hält die Hierarchie ein. Beachtet man die Umgangsformen und vertraut seinen Instinkten, führt man ein beschütztes und gutes Leben. Was aber passiert, wenn ein junger Werwolf gefangen genommen wird? Ein Werwolf, dessen Natur nicht dafür ausgelegt ist, sich dem Menschen zu unterwerfen?

Teris ist der Sohn eines Alphas und von Geburt an darauf vorbereitet worden, die Führung des Rudels eines Tages zu übernehmen. Doch alles verändert sich von einem Moment auf den anderen. Eine Wendung, die er ebenso wenig vorhersehen konnte, wie die Tatsache, dass sein Leben sich dadurch für immer verändern würde.

Werwolf – ein fürchterliches Wort für die stolzen Formwandler. Teris und seine Artgenossen würden sich selbst niemals so bezeichnen. Die Lupi sind eine stolze Art, die seit Jahrhunderten eine Co-Existenz zum Menschen führen. Hinter den Toren Detroits führen die unterschiedlichen Rudel weit zerstreut ein zivilisiertes Leben. Weitläufige Wälder an der Grenze zu Kanada erlauben ausufernde Streifzüge auf vier Pfoten. Der Kontakt zu den Menschen wird eher geringgehalten, obwohl es das ein oder andere Rudel durchaus in die Nähe der Menschen gezogen hat.

Die Methoden der Menschen, sich die Werwölfe gefügig zu machen, sei es auf körperlicher oder psychischer Ebene, sind eventuell nicht jedem Gemüt zuträglich. Darum an dieser Stelle ein kleiner Warnhinweis.

Die wichtigste Frage aber, die sich stellt: Wird Teris den Kampf um seine Freiheit gewinnen?

Ich hoffe, ihr habt genauso viel Spaß beim Lesen des Romans wie ich beim Verfassen. Und nun wünsche ich euch viel Spaß!

Kapitel 1

Teris

Wie er es hasste, hier zu sein, angekettet an dieser dreckigen Mauer und zur Unbeweglichkeit verdammt. Die Luft war schlecht und stickig, außerdem war es viel zu warm in dieser Halle. Teris lief der Schweiß an der Schläfe herunter. Die salzige Flüssigkeit brannte in seiner Wunde, doch das war es nicht, was ihn fast verrückt werden ließ. Viel schlimmer war es, sich kaum bewegen zu können. Diese verdammte Kette, die ihn dazu zwang, an dieser verfluchten Mauer fest zu hängen. Er hasste sie abgrundtief.

Wütend riss er zum wiederholten Male an ihr, doch sie war aus Stahl und gab keinen Millimeter nach. Nicht einmal die Mauer zeigte Erbarmen, sie bröckelte nicht im Geringsten.

Teris schüttelte verärgert den Kopf. Wie war er nur in diese unsägliche Lage geraten? Das Letzte, woran er sich erinnern konnte, war ein stechender Schmerz an seiner rechten Flanke bevor er benommen zu Boden ging. Schemenhaft hatte er Männer wahrgenommen, die ihn plötzlich packten und in einen Bulli zerrten. Sorgte ein Drogencocktail dafür, dass er sich nicht mehr wehren konnte? Noch nie hatte er sich so hilflos gefühlt wie in diesem Moment.

Der Rest waren nur noch verschwommene Erinnerungen. Wenige Gesprächsfetzen waren ihm im Gedächtnis geblieben: „…ein guter Fang, aber etwas klein." oder „…wird trotzdem einen guten Preis erzielen."

Als nächstes war ihm bewusst geworden, dass man ihn mit Stahlketten an Händen und Füßen gefesselt hatte. Ausgerechnet Stahl, der einzige Werkstoff, den er nicht einfach sprengen konnte. Dazu hatten die Menschen ihm ein Halsband aus Silber angelegt. Woher wussten sie, dass er sich so nicht mehr verwandeln konnte? Seine Kleidung hatte man ihm, bis auf seine Jeans, abgenommen. Sein Handy war ebenfalls weg.

Die Wut, die Teris überkam, war überwältigend. Wie konnten sie es wagen! Doch geholfen hatte der Zorn ihm nicht, er brachte ihn nur fast um den Verstand. Er wollte verstehen, was hier vor sich ging, doch die Lupi, die sich zusammen mit ihm im Fahrzeug befanden, durften nicht miteinander sprechen. Der menschliche Aufseher war erbarmungslos und verprügelte mit einem Stock jeden, der es wagte, den Mund aufzumachen. So war er zu der Platzwunde an seiner Schläfe gekommen.

Und nun standen sie alle hier, angekettet an einer Mauer in einer düsteren Halle, umgeben von einer lauten Menschenmenge. So viele Menschen auf einmal hatte Teris vorher noch nie gesehen. Er kam aus einer Gegend weit entfernt von der menschlichen Zivilisation. Nur selten bewegte er sich unter ihnen, denn Gestaltwandler blieben lieber unter sich. Teris hatte Einiges über die Menschen gehört, Gutes, aber auch Schlechtes. Er konnte die schlechten Dinge nie wirklich glauben und war eher fasziniert von den Lebewesen, die seiner eigenen Art so ähnlich waren.

Umso ernüchternder war diese Begegnung mit ihnen.

Je mehr sich die Halle füllte, umso größer wurde sein Hass auf die Menschen. Viele von ihnen traten hinter die Absperrung, die für Abstand zwischen Menschen und Lupi sorgen sollte. Und sie alle begafften ihn und die anderen unverhohlen. Es fühlte sich einfach so falsch an. Er war ein stolzer Lupus, ein Formwandler. Kein Tier, dass man fangen und einfach verkaufen konnte. Wie konnte diese unterlegene Rasse es nur wagen, Lupi so zu behandeln?

Teris knurrte verärgert auf, als ein Mann ihn in den Haaren packte und grob herumriss.

Aira

Es war noch früh am Abend, aber es dämmerte schon und die Sonne verabschiedete sich mit einem wunderschönen Sonnenuntergang. Die Stadt Detroit war jedoch noch gut belebt, diese Stadt schlief eigentlich so gut wie nie.

Schnellen Schrittes ging Aira die North West hinauf, ihr Ziel lag nur einige Blocks entfernt. Sie war gerade 25 Jahre alt geworden und liebte das Großstadtleben. Das war ihre Welt, hier fühlte sie sich wohl. Endlich hatte sie ihr Ziel erreicht und stand direkt vor einer düsteren Lagerhalle. Die schwere Eisentür öffnete sich für sie automatisch und ein gut 2 Meter großer Hüne ließ sie ein. „Willkommen, Miss Santos."

Aira nickte dem Mann nur kurz zu. Gekonnt bahnte sie sich ihren Weg an den vielen Menschen vorbei, die sich in der Halle befanden. Es herrschte eine aufgeheizte Stimmung, es war laut und der Duft von Adrenalin hing schwer in der Luft. Die Masse war in Wettlaune, Aira spürte es sofort.

Auf ihrem Weg kam sie an einem Käfig vorbei, der einen Durchmesser von gut 15 Metern hatte und dessen kräftige Stahlgitterwände fast vier Meter in die Höhe ragten. Er war rundherum geschlossen, bis auf eine gesicherte Tür. Im Käfig war eine große Stahlstange senkrecht in den Boden eingelassen, an denen sich eine Öse befand. Um den Käfig herum waren Tribünen aufgebaut.

Am Ende der Halle entdeckte sie ihren Vater, der in einem abgetrennten Bereich gerade die neu eingetroffene Ware begutachtete. Hier hatten nur Händler und Käufer Zutritt. Ein großer, eher grobschlächtiger Mann ließ sie ohne Umschweife eintreten.

Lutz Santos hatte seine Tochter ebenfalls entdeckt und winkte sie geschäftig heran. Er war gut einen Kopf größer als sie, hatte schon leicht ergrautes Haar und einen strengen Gesichtsausdruck. Aira entdeckte Aiden neben ihrem Vater, seine rechte Hand. Der Russe war 1,90 m groß und kräftig gebaut. Er sorgte dafür, dass die Befehle von Lutz Santos unverzüglich umgesetzt wurden.

„Sieh dich in Ruhe um, die Kämpfe starten erst ein einer halben Stunde. Du hast also noch genügend Zeit", sagte ihr Vater, der gerade ein Dokument studierte. Aira nickte und blickte auf die Männer, die an der Mauer aufgereiht standen.

Sie waren mit Handschellen an der Wand festgekettet und Fußfesseln ließen ihren Beinen kaum Bewegungsfreiheit. Um den Hals trugen sie das obligatorische Halsband aus Silber. Bei diesen Männern handelte es sich nämlich nicht um normale Menschen: sie waren allesamt Werwölfe. Ihre Oberkörper waren nackt, sie trugen lediglich Jeans. Aira wusste aus Erfahrung, dass die Wolfsjäger ihnen alles andere abgenommen hatten.

Aira genoss den Anblick dieser wilden Bestien, die, unfreiwillig gezähmt, in einer Reihe vor ihr standen. Werwölfe sahen im Allgemeinen unheimlich gut aus. Dieser Haufen von Wildfängen sah allerdings eher etwas schäbig aus. Sie waren schmutzig und stanken nach Kot und Urin. Sie hatten offensichtlich eine längere Reise hinter sich.

Die junge Frau besah sich die angebotenen Männer in Ruhe, als sie den Verkäufer entdeckte. Ein Händler ließ sich die Ware gerade von ihm persönlich vorführen. Darrell war dabei nicht zimperlich in seiner Vorgehensweise. Er hatte einen etwas kleineren, braunhaarigen Werwolf aus der Reihe herausgelöst und ihn grob an den Haaren gepackt. Mit der anderen Hand drückte er den Unterkiefer des Werwolfs unbarmherzig zusammen, so dass dieser den Mund öffnen musste.

„Noch nicht alt, gute Zähne! Und wild! Lässt sich auf jeden Fall gut einsetzen!", pries er den störrischen Werwolf dem Händler an.

Darrell blieb absolut ungerührt, als der Wolf böse knurrte und versuchte, sich dessen festem Griff zu entziehen.

Der Händler schaute skeptisch.

„Scheint etwas zu wild zu sein."

Darrell lachte trocken auf. „Wenn du gezähmte Werwölfe suchst, bist du bei mir falsch! Ich habe nur Wildfänge, das sind eben Bastarde!" Er lockerte nun seinen Griff und schubste den

Werwolf wieder grob in die Reihe. Er kettete ihn ohne ein weiteres Wort fest.

Der Händler winkte nun ab und entfernte sich sichtlich verärgert. Das Verkaufsgespräch war offensichtlich nicht zufriedenstellend verlaufen.

Aira trat an den Verkäufer heran. Sofort erkannte sie das getrocknete Blut an der Schläfe des Werwolfs, den Darrel gerade noch in der Hand hatte. Als sie an ihm heruntersah, bemerkte sie die roten Prellungen an seiner rechten Flanke. Sie verfärbten sich schon leicht bläulich. Interessant. Er schien genau das zu sein, was sie suchte.

„Guten Abend, Darrell." Sie trat freundlich lächelnd an den Händler heran.

Darrell grinste sie schmierig an. „Miss Santos, wie erfreulich. Endlich jemand, der meine Ware zu schätzen weiß."

Er öffnete seine widerliche Hand, um sie Aira zu reichen. Sie mochte den Händler nicht sonderlich, er war aalglatt und hatte eine falsche Art an sich. Aber er brachte regelmäßig gute Wildfänge mit. Aira war professionell genug, sich die Abneigung ihm gegenüber nicht anmerken zu lassen.

„Wie ist der Kurs?", fragte sie geschäftsmäßig.

„Die Ware ist einwandfrei, viele gute Fänge dabei. Ich setze zwischen 5.000 und 10.000 an."

Aira nickte leicht, ließ aber nicht erkennen, was sie von seinen Preisvorstellungen hielt. Ein gutes Pokerface war wichtig in diesem Geschäft.

Der kleine Werwolf hatte den beiden offensichtlich zugehört und knurrte erneut. Ihm missfiel anscheinend die Verhandlung, die er mit anhören musste. Darrell verpasste ihm sofort einen kräftigen Schlag auf den Kopf. Der Wolf zuckte kurz, doch er hörte nicht auf, zu knurren. Wild blickte er nun Aira an.

„Schnauze halten, du hast hier nichts zu melden!", raunte Darrell seinen Werwolf an.

Doch der ließ sich davon wenig beeindrucken und knurrte dunkel weiter. Aira musste unwillkürlich grinsen. Sie mochte es, wenn ein Werwolf seine Lage nicht kampflos akzeptierte.

Etwas freundlicher wandte sich der Händler wieder Aira zu. „An welchen Bastarden sind Sie denn interessiert?"

Die junge Frau musterte die restlichen Werwölfe. Sie zeigte auf einen schwarzhaarigen Mann.

„Nummer drei bei Sieg 7.000."

Darell notierte sich das Angebot.

Dann zeigte sie auf einen blonden jungen Mann, der recht kräftig und muskulös gebaut war.

„Nummer vier bei Sieg 9.000."

Aira blickte dem Wolf mit den braunen Haaren nun direkt in die Augen. Er war in der Zwischenzeit verstummt, doch sofort bleckte er die Zähne. Sein Blick ließ Verachtung für sie und den Händler erkennen.

Aira grinste den Wolf amüsiert an. „Für diesen hübschen Wolf-Mann gebe ich dir bei Sieg 6.000. Er ist noch etwas schmächtig auf der Brust!"

Dessen Blick wurde nur noch wilder und er begann wieder zu knurren. Aira grinste noch breiter und wandte sich wieder Darrell zu. Der hatte ihre Angebote notiert. Dass er mit dem letzten nicht zufrieden war, konnte Aira an seinem Gesichtsausdruck erkennen. Er sagte jedoch nichts.

„Verliert einer von ihnen, behalte ich mir vor, keinen Kauf zu tätigen." Aira blickte den braunhaarigen Werwolf an, seine Augen schimmerten immer noch vor Wut. „Schwächlinge brauchen wir nicht."

Darrell nickte zustimmend. „Einverstanden."

Die beiden besiegelten das Geschäft per Handschlag und Darrell war sichtlich zufrieden. Er wusste, dass die Mitglieder der Familie Santos zu ihrem Wort standen. Der Händler entfernte sich, um weiteren Interessenten seine Ware anzupreisen.

Airas Vater trat an sie heran. „Du solltest dir die Ware gründlich ansehen. Davon, Angebote abzugeben, hatte ich eigentlich nicht gesprochen."

An seinem Zwinkern erkannte sie, dass er nicht böse mit ihr war. Lutz kannte seine Tochter und ihre Entscheidungsfreudigkeit.

„Entschuldige Vater, aber ich konnte nicht anders."
Schelmisch blickte sie ihm in die grauen Augen.

Sie zeigte ihm kurz ihre Auswahl und nannte die angesetzten Preise. Lutz schien zufrieden mit ihr zu sein und notierte sich die Informationen in seinem Notizheft. Dann legte er eine Hand auf ihren Rücken und schob sie sanft in die Richtung des Käfigs.

„Lass uns unsere Plätze einnehmen, die Kämpfe beginnen gleich. Ich bin gespannt, wie sich deine Auswahl im Kampf schlägt."

Teris

Teris hatte beobachtet, wie seine Leidensgenossen nacheinander abgeholt wurden. Sie wurden in den Käfig in der Mitte der Halle gebracht. Nicht einer von ihnen war zurückgekehrt. Es wurde jedes Mal furchtbar laut in der Halle, sobald einer von ihnen im Käfig verschwand. Unerträglich laut für die sensiblen Ohren eines Lupus. Von seinem Standpunkt aus konnte Teris allerdings nicht erkennen, was in dem Käfig vor sich ging. Sein ausgeprägtes Gehör filterte nur wenig aus dem lauten Geschrei der Menschen heraus.

Er vermutete aber, dass die Lupi dort um ihr Leben kämpften. Er hatte zwar von den widerlichen Praktiken der Menschen gehört. Es hieß, sie würden Lupi gegeneinander kämpfen lassen. Aber geglaubt hatte er es nicht. Bis heute. Und natürlich ging es dabei um Geld. Wie sollte es auch anders sein? Bei den Menschen drehte sich immer alles nur ums Geld.

Neben ihm waren jetzt nur noch drei weitere seiner Art an die unsägliche Mauer gekettet. Sie alle warteten mit ihm auf ihr Schicksal. Der schmierige Händler, der von sich behauptete, er wäre ihr Eigentümer, war nirgends zu sehen. Er war in Richtung des Käfigs verschwunden. Einer seiner grobschlächtigen Gesellen behielt die Aufsicht über die verbliebenen Lupi.

Teris hätte ihm am liebsten eine reingehauen. Dieser nach verfaultem Käse stinkende Mensch hatte großen Spaß daran, sie mit einem dünnen Stock zu quälen. Nicht so hart, dass es wirklich schmerzte, aber genug, um seine Überlegenheit zu demonstrieren. Hätte man Teris nicht dieses verfluchte Silberhalsband angelegt, würde er es diesem Idioten zeigen.

Plötzlich packte jemand seine Kette und riss ihn aus seinen düsteren Gedanken. „Du bist dran!"

Teris knurrte angriffslustig und entblößte seine Zähne. Auch in seiner menschlichen Gestalt war diese Geste im Allgemeinen furchteinflößend. Der Mann ließ sich davon allerdings nicht beirren und zog ihn hinter sich her. Teris konnte aufgrund der Fesselung nicht sonderlich schnell laufen, doch das störte den Menschen wenig. Zudem schwächte der Stahl Teris Kräfte und so musste er sich dieses entwürdigende Verhalten gefallen lassen.

Er wurde unbarmherzig in den Käfig gestoßen. Die Menge schrie sofort begeistert auf. Teris zuckte entsetzt zusammen, als er einen verletzten Lupus auf dem Boden liegen sah. Es war Silenus und er gehörte seinem Rudel an. Der junge Mann krümmte sich vor Schmerzen und blutete stark aus der Nase. Außerdem hatte er eine aufgeplatzte Lippe.

Ein weiterer Geselle von Darrell packte Silenus grob an den Haaren und zog ihn auf die Füße. Er schleifte ihn brutal an den Ketten aus dem Käfig. Teris wollte sofort auf den Menschen losgehen, um seinem Kameraden zu Hilfe zu eilen. Doch er wurde hart herumgerissen. Ohne ein weiteres Wort schubste ihn der Mann in die Mitte des Käfigs und hakte seine Kette an einer Stange ein. Das Publikum johlte auf und Teris dröhnte es im Schädel. Diese dummen Menschen, mussten sie denn so laut sein?

Jetzt entdeckte er Darrell außerhalb des Käfigs. Der Händler zählte gerade ein dickes Bündel Scheine und nahm kaum Notiz von den Vorgängen im Käfig. Verkaufte er die Lupi tatsächlich? War dieser Alptraum wirklich wahr?

Teris sah sich angespannt um.

Als ein anderer Lupus in den Käfig gebracht wurde, tobte die Menge. Der Lupus blickte ihn direkt angriffslustig an und Teris konnte seine Kampfbereitschaft selbst aus dieser Entfernung riechen. Das Adrenalin schoss ihm augenblicklich in den Blutkreislauf. Dagegen war er machtlos. Auch wenn er nicht freiwillig kämpfen würde, seine Instinkte ließen ihn sofort hellwach werden und in Alarmbereitschaft gehen.

Der fremde Lupus war kräftig gebaut und hatte einen wilden Blick. Teris konnte die Vorfreude auf den Kampf in seinen Augen erkennen. Er war vermutlich von den Menschen abgerichtet worden. Wie ein räudiger Hund. Teris knurrte den Lupus warnend an, auch wenn er nicht davon ausgehen konnte, dass dies irgendeine Wirkung erzielen würde. Der Mensch löste die Kette des kampfbereiten Lupus und ohne

Umschweife stürmte dieser auf Teris zu.

Na, das würde ja ein fairer Kampf werden! Denn seine Ketten waren immer noch an der Stange in der Mitte des Käfigs befestigt. Wenigstens hatte er einen Radius von knapp zwei Metern, um sich zu bewegen.

Der fremde Lupus taxierte ihn kurz, ehe er das erste Mal zuschlug. Verdammt, das war seine Schläfe gewesen. Es flackerten Sterne vor seinen Augen auf, doch sein Gegner setzte sofort nach. Damit hatte Teris nicht gerechnet. Er kassierte noch drei weitere Schläge und trat dabei immer etwas zurück. Als er beinahe das Ende der Kette erreicht hatte, wich er dem nächsten Schlag geschickt aus, drehte sich in atemberaubender Geschwindigkeit und schlang seinem Kontrahenten dabei die Kette um den Hals. Ha, die Fesseln konnten ihn nicht so stark einschränken, wie die Menschen vielleicht dachten. Er drückte den Lupus mit aller Kraft zu Boden und schnürte ihm die Kehle ab.

Er hörte die Menge kaum, als diese vor Begeisterung ausrastete.

Auch den Menschen, der auf ihn zustürmte, sah er nicht sofort kommen. Er war zu sehr damit beschäftigt, zu überleben. Denn der fremde Lupus roch nach Tod. Er hatte heute schon getötet, der Geruch haftete so stark an ihm, dass Teris davon fast übel wurde.

„Lass ihn los! Sofort!" brüllte der Mann ihn laut an.

Teris blickte verwirrt auf. Sein Instinkt riet ihm dazu, diesen Lupus auf der Stelle zu töten. Sein Wolf in ihm verlangte regelrecht danach. Der Mann in ihm wollte dem aber nicht nachgeben. Er war kein Killer.

Viel Zeit zum Überlegen blieb ihm nicht. Der Mensch rammte Teris einen Stock gegen die Schläfe, so dass er für einen Moment schwarzsah. Das nutzte der andere Lupus, um sich aus seinem Griff zu lösen. Doch er griff Teris nicht wieder an, sondern sorgte lediglich für einen sicheren Abstand zwischen ihnen.

Teris schüttelte etwas angeschlagen seinen Kopf. Dieser verdammte Mensch. Erst sollen sie sich gegenseitig umbringen und dann bekommt er kurz vor dem Ende einen auf den Schädel. Irritiert blickte er sich um. Der andere Lupus war zum Ausgang des Käfigs geflüchtet und wurde dort von einem weiteren Menschen weggebracht. Der Mann neben ihm löste seine Kette von der Stange und führte ihn ebenfalls zur Tür.

Teris verstand den Grund dieses unsinnigen Kampfes nicht. Er blieb aber stumm. Egal, welche Fragen er auch in den letzten zwei Tagen an die Menschen richtete, außer Schlägen auf den Kopf oder in die Flanken hatte es ihm nichts gebracht. Und sein Kopf schmerzte gerade enorm. Die Schläge des Lupus waren kraftvoll gewesen, der Stock hatte ihm aber noch die Krone aufgesetzt. Zudem dröhnte das Geschrei der Menge in seinem Kopf.

Teris wurde in eine dunkle Ecke der Halle gebracht. Zwei weitere Lupi waren hier angekettet und beide trugen Spuren eines Kampfes. Der Lupus mit den kurzen schwarzen Haaren hatte deutlich mehr abbekommen als der Blonde. Seine Lippe war aufgeplatzt und eine große Beule an der Schläfe war schon dunkelblau verfärbt. Sein Oberkörper war übersät mit Prellungen und blauen Flecken. Nur gut, dass Lupi über gute Selbstheilungskräfte verfügten, allzu lange würde man diese Verletzungen nicht sehen. Bei dem blonden Lupus hingegen war lediglich die Schläfe gerötet.

Auch Teris Kopf würde schnell heilen, doch im Moment waren die Schmerzen unerträglich. Er war sich sicher, eine Gehirnerschütterung erlitten zu haben. Ein Lupus kann eine Menge aushalten und wegstecken. Der letzte Schlag war aber einfach zu heftig gewesen. Ihm wurde etwas übel. Das lag zum einen an der Gehirnerschütterung, zum anderen aber auch daran, dass er seit zwei Tagen nichts gegessen hatte. Der Händler, der ihn und die anderen Lupi gefangen hatte, gestand ihnen lediglich etwas Wasser zu.

Teris setzte sich erschöpft auf den Boden. Wenn die Menschen doch nur endlich aufhören würden, zu schreien.

Kapitel 2
Aira & Lutz

Es war ein schöner Samstagmorgen und Aira hatte ausgezeichnete Laune. Sie saß mit ihren Eltern am Frühstückstisch und begann den Tag mit duftenden Brötchen und Kaffee. Sie bevorzugte es, mit ihren Eltern zu frühstücken. Auch wenn sie ein kleines Apartment in der Nähe hatte, blieb sie dennoch eng mit ihrem Elternhaus verknüpft.

Den Abend zuvor hatte sie mit ihren Freundinnen im „Las Palmas" verbracht, der angesagtesten Disco in Detroit. Es wurde zwar nicht spät bei ihr, aber sie hatte ihren Erfolg ausgelassen gefeiert. Immerhin hatten die drei Werwölfe, die sie ausgesucht hatte, ihre Kämpfe alle gewonnen. Sie waren ihr Geld durchaus wert gewesen, auch wenn ihr Vater von dem dritten Wolf nach seinem Kampf nicht wirklich angetan war.

„Willst du dir die Neuzugänge heute noch etwas genauer ansehen?", fragte Aira ihren Vater, während sie neuen Kaffee nachschenkte.

Lutz nickte leicht und sah kaum von der Zeitung auf, in der er las. Er war morgens immer kurz angebunden, erst ausreichend Kaffee ließ ihn munterer werden. Airas Mutter setzte ihre Tasse ab und sah ihre Tochter besorgt an.

„Du musst aber doch nicht dabei sein, oder?"

„Mutter, wie soll ich das Geschäft denn von Grund auf lernen, wenn ich nicht mit den Wölfen umgehe?", versuchte Aira sie zu beruhigen.

Immer wieder kam dieses leidige Thema auf den Tisch. Gabrielle Santos war nicht sehr begeistert davon, dass Aira auch an diesen Geschäften ihres Vaters Gefallen fand. Werwölfe waren in Gabrielles Augen ein gefährliches Hobby, wenn auch ein recht lukratives. Sie verabscheute die Werwolfkämpfe und daraus machte sie nie einen Hehl.

„Das richtige Geschäft lernst du in deinem Büro, nicht im Verschlag der Werwölfe." Der Blick ihrer Mutter war eindringlich.

Aira schüttelte genervt den Kopf, sie wusste, worauf ihre

Mutter hinauswollte. Das Hauptgeschäft ihres Vaters war ein großes Online-Unternehmen. Dieses Geschäft sollte Aira eines Tages übernehmen.

Plötzlich seufzte Lutz hörbar auf. „Unser Neuzugang steht schon in der Zeitung", brummte er genervt.

Aira horchte sofort auf. „Ach, tatsächlich?"

Sie wusste sofort, welcher Werwolf gemeint war. Er hatte den Kampf auf ungewöhnliche Art beendet. Es war nicht verwunderlich, dass die Presse so schnell darüber berichtete.

Lutz reichte ihr den Artikel. „Ja, das war zu erwarten." Sein Blick wurde grimmig.

Aira studierte den kleinen Artikel genau, sie musste etwas schmunzeln. Er war wirklich reißerisch geschrieben. Der Werwolf wurde dort als „Tötungsmaschine" beschrieben und es wurde offensichtlich angezweifelt, ob man ihn jemals würde zähmen können. Dabei wurde vom Autor explizit die geringe Größe des Werwolfs betont. Sie blickte ihren Vater amüsiert an. Der fand das alles offenbar nicht so witzig, sein Gesicht war sichtlich angespannt.

„Ich sollte ihn schnell wieder los werden, ich rufe gleich Darrell an, ob er ihn zurücknimmt. Wenn auch vermutlich zu einem geringeren Preis, aber das ist besser, als ein unnötiges Risiko einzugehen." Lutz nahm sich noch einen Schluck von seinem Kaffee.

Aira schüttelte den Kopf. „Ich glaube, das ist keine gute Idee."

Lutz sah sie überrascht an. „Ach nein?"

Er erhob sich und nahm ihr die Zeitung aus der Hand. Er deutete auf das Wort „Tötungsmaschine" und sah sie entschieden an.

„Da ist was dran, Aira. Er hat nicht einfach nur gekämpft, er wollte töten. Und das in einer wahnsinnigen Geschwindigkeit."

Er legte die Zeitung aus der Hand. „Ich will keinen Kämpfer, der so schnell in den Tötungsmodus geht! Das Geschäft lebt nicht davon, dass uns die Werwölfe reihenweise im Käfig sterben."

Aira nickte zustimmend. „Das ist wohl wahr. Aber du weißt doch noch gar nicht, warum er gestern so reagiert hat. Er ist ein unerfahrener Kämpfer, er kennt die Regeln nicht."

Ihr Blick wurde eindringlicher.

„Er lieferte eine gute Performance und war sofort bereit, zu kämpfen. Er fackelte nicht lange und das Publikum war begeistert. Er ist jetzt schon ein Zuschauermagnet! Er wird gute Publicity liefern, wenn wir ihn in die richtigen Bahnen lenken."

Lutz schüttelte den Kopf, er war nicht überzeugt von diesem Werwolf. Er befürchtete Verluste durch ihn. Außerdem war er sich sicher, dass der Bastard unberechenbar war. Er wollte seinen guten Ruf nicht für einen Wildfang riskieren.

„Ich glaube nicht, dass er in die „richtigen Bahnen" zu lenken ist, Aira. Er wird uns blamieren. Er ist für einen Werwolf fast schon lächerlich klein und kämpft daher nicht ordentlich, sondern mit unfairen Mitteln. Das möchte niemand sehen!"

Aira lachte.

„Entschuldige bitte, Vater, der Kampf gestern war weder fair noch ausgeglichen. Das sind sie nie bei Versteigerungen. Es geht ja auch lediglich darum, die Ware einschätzen zu können. Und dass das Publikum auf die neuen Kämpfer angefixt wird."

Aira wurde energisch. „Der Werwolf da unten in unserem Keller ist eine große Nummer, mit ihm werden wir die Kämpfe ganz anders aufziehen können. Gerade, weil er eben nicht in die typische Nische passt. Er wird die Art des Kämpfens revolutionieren." Aira brannte regelrecht für diesen Werwolf und die Chance, die sich ihr bot, einen Fuß in das harte Geschäft mit den Werwölfen zu bekommen.

Lutz verdrehte die Augen. Seine Tochter hatte Recht, das wusste er. Aber er war eigentlich nicht der Typ, der gern gewohntes Terrain verließ. Warum etwas ändern, wenn es gut lief? „Never Change a Running System" lautete sein Motto und er war stets gut damit gefahren. Der Werwolf war definitiv ein Risiko. Aber er kannte die hartnäckige Art seiner Tochter, sie würde nicht lockerlassen.

    Er nickte zögerlich. „Ok, wir versuchen es."

    Aira wollte schon jubeln, doch er schüttelte mahnend den Kopf. „Aber wir machen es auf meine Weise! Und sollte er nicht parieren, werde ich mich persönlich darum kümmern, dass er uns keinen Ärger mehr macht!" Lutz blickte sie streng an.

    Aira schluckte, nickte aber zustimmend. Ihr war bewusst, dass Lutz Santos am Ende doch das letzte Wort hatte.

    Gabrielle schnaubte nur kurz auf, sie war offensichtlich nicht einverstanden mit der Entscheidung ihres Mannes. Sie räumte den Tisch absichtlich laut ab, das Gespräch zwischen Aira und ihrem Vater war damit eindeutig beendet.

Teris

Der neue Tag war für Teris nicht sonderlich angenehm gestartet.

Jemand hatte sie unsanft durch lautes Poltern geweckt. Dabei dröhnte Teris´ Kopf immer noch von den Schlägen, die er gestern abbekommen hatte. Von der Gehirnerschütterung war allerdings nichts mehr zu spüren.

Er befand sich mit zwei weiteren Lupi in einer Art Keller, wie er vermutete. Zumindest war es feucht und nicht sonderlich sauber. Der Raum war umgeben von einer Mauer aus rotem Klinker, die Betondecke war massiv und nicht sonderlich hoch. Der größte unter ihnen, der blonde Lupus mit den grünen Augen, konnte gerade noch aufrecht stehen. Die Lupi trugen immer noch ihre Handfesseln aus Stahl, die Fußfesseln waren ihnen bereits gestern Abend entfernt worden.

Eine massive Tür aus Stahl versperrte den einzigen Ausgang aus diesem Verlies. Es gab weder Wasser noch etwas zu Essen in diesem Raum. Er war zwar mit etwas Stroh ausgelegt, so dass sie die Nacht wenigstens nicht auf dem blanken Boden verbringen mussten, aber gemütlich war es nicht. Ein kleines Fenster, welches offensichtlich zu einem Gehweg führte, brachte etwas Licht in dieses dunkle Loch. Teris konnte die Beine von vorbeigehenden Menschen erkennen.

Der Mann, der sie gestern nach den Kämpfen hierher verfrachtet hatte und nun vor ihnen stand, war gut einen Kopf größer als Teris, hatte kurze blonde Haare und stahlblaue Augen. Er sprach mit einem russischen Akzent und besaß ein dominantes Auftreten. Zudem strahlte er absolute Routine im Umgang mit Lupi aus.

Teris und die anderen beiden hatten sich aufgerichtet und blickten den Russen erwartungsvoll an. Er stand mit einem Wassereimer und drei Bechern vor ihnen. An seinem rechten Holster baumelte ein Schlagstock, eine Smith & Wesson trug er direkt darunter.

„Ihr habt sicher Durst", stellte er trocken fest.

Die drei Lupi antworteten nicht, sondern blickten ihn abwartend an.

„Ihr könnt etwas trinken. Zu essen gibt es nur, wenn ihr es euch verdient." Dabei grinste er herablassend. „Aber merkt euch eins: Ich habe auch kein Problem damit, euch dursten zu lassen, wenn ihr nicht spurt. Je einfacher ihr meinen Job macht, umso besser geht es euch."

Er füllte die Becher mit Wasser und reichte sie ihnen.

Sie waren alle viel zu durstig, um abzulehnen. Auch wenn es Teris innerlich widerstrebte, sich diese Behandlung gefallen zu lassen, die letzten drei Tage hatten ihn Durst und Hunger gelehrt. Sein Magen rebellierte schon seit gestern und verlangte nach etwas Verwertbarem. Ein Becher Wasser war viel zu wenig, um seinen starken Durst zu löschen, doch der Mann gab ihnen vorerst nicht mehr.

„Ihr werdet jetzt erst einmal gewaschen, ihr stinkt erbärmlich!" Abfällig rümpfte er die Nase. „Wenn das gut geklappt hat, bekommt ihr mehr Wasser und vielleicht sogar etwas zu essen."

Der Mann nahm einen Lupus nach dem anderem an die Kette und führte sie in einen gekachelten Raum. Teris sah sich kurz um, bei diesem Raum handelte es sich augenscheinlich um eine Gemeinschaftsdusche, alle Vorrichtungen dafür waren vorhanden.

„Ausziehen!", befahl der Russe streng.

Teris blickte zu seinen Leidensgenossen rüber, keiner rührte sich vorerst. War das sein Ernst? Sie sollten sich vor ihm ausziehen? Lupi waren im Allgemeinen nicht prüde, aber es widerstrebte ihnen, sich ohne weiteres zu unterwerfen. Und dies forderte der Mann gerade ganz selbstverständlich ein.

„Wird's bald!", schrie er nun in einem Militärton, um keinen Zweifel an seiner Autorität aufkommen zu lassen.

„Muss ich mich wiederholen, gibt es heute nichts zu essen. Und den Eimer Wasser in eurer Zelle nehme ich auch wieder mit!"

Die Drohung zeigte Wirkung, alle waren ausgehungert und

litten unter starkem Durst. Sich auszuziehen dauerte nicht lange, sie trugen alle nur eine Jeans. Die übrigen Kleidungsstücke hatte man ihnen längst abgenommen. Der Mann forderte sie auf, sich an die gekachelte Wand zu stellen. Diesmal zögerten sie nicht bei dem Befehl.

Teris schluckte, als er den großen Schlauch in der Hand des Hünen entdeckte. Er ahnte, was nun kommen würde. Das würde sicher nicht angenehm werden. Der Russe grinste nur und drehte das Wasser voll auf. Als der kräftige Strahl ihn das erste Mal traf, knurrte Teris schmerzerfüllt auf. Doch so sehr er auch versuchte, sich dagegen zu schützen, das Wasser war unerbittlich. Es war kalt und schon bald zitterten die drei Lupi unter dem harten Strahl, der sie immer wieder abwechselnd traf. Endlich drehte der Mann den Hahn wieder ab.

„In der Schale an der Mauer liegt Seife!"

Teris blickte seinen Peiniger böse an, knurrte aber nicht. Am liebsten wäre er auf ihn losgegangen. Doch der Mann trug immer noch seinen Schlagstock und die Waffe bei sich. Der junge Lupus malte sich nicht allzu große Chancen bei einem Angriff aus, auch wenn der Mann alleine mit drei ausgewachsenen Lupi war. Er schien genau zu wissen, was er tat und wirkte mehr als routiniert. Teris schätzte ihn als absolut skrupellos ein, er würde ohne Zögern seine Waffe einsetzen.

Nachdem sich die drei gründlich eingeseift hatten, kam der Schlauch mit dem kalten Wasser wieder zum Einsatz. Abwechselnd war ein grollendes Knurren des jeweils getroffenen Lupus zu vernehmen, aber keiner versuchte, sich dagegen zu wehren. Sie drückten sich nur Schutz suchend an die Mauer und versuchten, ihren Kopf und die empfindlichen Stellen etwas abzuschirmen. Endlich war es vorbei und jeder von ihnen konnte sich zitternd abtrocknen.

Der Russe brachte sie nackt zurück in ihre Zelle und kettete sie an der Mauer fest. Er gab jedem ein Stück trockenes Brot und dazu einen Becher Wasser. Teris war fürchterlich ausgehungert, machte sich wie wild über das kleine Stück Brot her und leerte den Becher in einem Zug.

Das sollte alles gewesen sein? Diese Behandlung mussten

sie für ein winzig kleines Stück Brot und etwas Wasser über sich ergehen lassen? War das sein Ernst? Böse blickte er den Russen an.

„War´s das jetzt mit euren Psychospielchen? Oder wird uns nun endlich gesagt, was das hier alles soll?", knurrte er ihn dunkel an.

Der Mann grinste nur kurz, ehe er langsam seinen Schlagstock aus dem Holster zog. „Ich wusste, du würdest Ärger machen. Früher oder später."

Ohne ein weiteres Wort holte er zum ersten Schlag aus und prügelte ohne Gnade auf Teris ein. Immer wieder traf ihn der Stock dabei an seiner Flanke, dem Rücken oder am Kopf. Dem Russen schien es egal zu sein, wo er ihn traf, aber seine Schläge waren hart und unnachgiebig. Teris drückte sich auf den Boden und knurrte den Mann wild an, seine gefesselten Hände schützen ihn nur wenig vor dem Stock. Es war mehr als demütigend, nackt und gefesselt den Schlägen schutzlos ausgeliefert zu sein. Endlich ließ der Mann von ihm ab.

„Auf die Knie! Alle!" Der Mann blickte alle der Reihe nach böse an.

Die beiden anderen Lupi gehorchten sofort, sie hatten offensichtlich keine Lust, die Position von Teris einzunehmen. Der wurde von dem Russen grob am Arm hochgerissen und auf seine Knie gedrückt. Geschickt fesselte er ihm die Hände auf dem Rücken zusammen. Dabei zog er die Ketten so stramm um seine Handgelenke, dass diese leicht abgeschnürt wurden. Teris knurrte schmerzerfüllt auf. Nun blickte der Mann zu den anderen beiden Lupi rüber.

„Wollt ihr das genauso haben?"

Die beide schüttelten vorsichtig den Kopf. Die Demonstration der Macht des Russen hatte bei ihnen Eindruck hinterlassen.

In dieser Haltung kniend behielt er die drei über einen langen Zeitraum im Auge. Die Knie schmerzten ihm schon nach einer halben Stunde auf dem harten Beton. Doch die auf den Rücken gefesselten Handgelenke setzten Teris fast noch mehr zu. Es war schwer, das Gleichgewicht zu halten und nach einer weiteren Stunde brannten seine Knie unerträglich. Außerdem war es kalt in diesem Kellerraum. Teris fror fürchterlich und die frische Züchtigung brannte noch zusätzlich auf der Haut. Dazu verspürte er immer noch Hunger und Durst. Doch viel schlimmer war die seelische Erniedrigung, die er nackt kniend, gefesselt wie ein Schwerverbrecher, in diesem Loch unter der Erde über sich ergehen lassen musste.

Endlich tat sich etwas, ein älterer Mann und eine junge Frau betraten ihr Gefängnis. Teris blickte kurz auf. In der letzten Stunde hatte er sich auf einen dunklen Fleck auf dem Betonfußboden konzentriert. Das half ihm dabei, diese Tortur irgendwie zu überstehen.

Die Frau hatte er gestern in der Halle schon gesehen. Sie war schlank, etwas kleiner als er selbst und hatte lange schwarze Haare. Außerdem besaß sie ungewöhnlich blaue Augen. Eine hübsche Vertreterin der menschlichen Rasse, wie er fand. Sie hatte sich gestern über ihn lustig gemacht und er war darüber erzürnt gewesen.

Der ältere Mann strahlte eine starke Autorität aus. „Aiden, wie ich sehe, hast du die ersten Erziehungsmaßnahmen eingeleitet."

Die Stimme des Mannes klang beinahe belustigt. Offensichtlich war ihm diese Situation nicht fremd.

„Ja, Mr. Santos!", nickte Aiden.

Der ältere Herr blickte abschätzend auf die Lupi nieder und Teris spürte die Emotionslosigkeit, die in diesem Blick lag. Der Mann hatte nicht viel für sie übrig, das war offensichtlich.

Aiden erstattete seinem Chef nun einen ausführlichen Bericht. Auch Teris` Verfehlung ließ er dabei nicht außer Acht. Santos blickte verärgert auf ihn nieder.

„Weißt du, wer ich bin?", fragte Santos Teris streng.

Der sah wütend zu dem Mann auf. „Nein!", spuckte er fast schon verächtlich aus.

Sofort verpasste Aiden ihm einen kräftigen Schlag auf den Hinterkopf. „Nein, Sir!", korrigierte er ihn.

Teris schüttelte leicht den Kopf, um den Schmerz

loszuwerden. Er bemerkte den auffordernden Blick des älteren Mannes. Offensichtlich wartete dieser auf eine Antwort. Die junge Frau hielt sich im Hintergrund, beobachtete die Situation jedoch genau.

Was sollte das hier werden? Was bezweckten sie mit ihrer Machtdemonstration? Wo war er hier nur hineingeraten?

Aira & Lutz

Er war tatsächlich ein Rebell!
Doch bisher hatten alle Neulinge irgendwann nachgegeben. Die einen früher, die anderen später.

Aira beobachtete den Werwolf, der nackt vor ihrem Vater kniete, ganz genau. Sie hoffte, er würde schnell nachgeben. Immerhin hatte sie ihren Vater gerade davon überzeugt, es mit ihm zu versuchen. Doch der machte keine Anstalten, sich unterwerfen zu wollen.

Aira seufzte leise und blickte zu den anderen beiden Wölfen rüber. Diese knieten ebenfalls nackt auf dem harten Betonboden. Sie hielten die Köpfe gesenkt, beobachteten jedoch verstohlen die Situation, die sich neben ihnen abspielte. Sie zeigten sich deutlich unterwürfiger als Airas kleiner Rebell. Und ja, er war tatsächlich klein für einen Werwolf!

Er war gut einen Kopf kleiner als die anderen beiden, die eher der Normgröße für junge ausgewachsene Werwölfe entsprachen. Ihr Wolf war nur wenig größer als sie selbst. Aber er hatte einen guten Körperbau, war kräftig und muskulös. Außerdem war er gut bestückt in der richtigen Region, wie sie schmunzelnd vernahm.

Ihr Vater sah zu Aiden rüber. „Gib den anderen beiden etwas zum Anziehen und etwas Ordentliches zu essen. Die sehen halb verhungert aus."

Sein Blick haftete nun wieder streng auf dem rebellischen Werwolf vor ihm.

„Ihm werden wir noch etwas Manieren beibringen, vielleicht hilft ihm ja der Hunger dabei!"

Ungerührt löste ihr Vater die Kette des kleinen Werwolfs von der Mauer und riss ihn ohne Vorwarnung hoch. Der jaulte vor Schmerz auf. Aira wusste, dass dies den versteiften Gliedern geschuldet war. Sie kannte Aidens Praktiken gut genug, um sich denken zu können, dass die drei schon etwas länger auf dem harten Betonboden gekniet hatten.

Ihr Vater wandte sich nun ihr zu. „Was meinst du? Ein paar Tage an der frischen Luft sollten ihm zusätzlich dabei helfen, oder?"

Aira war klar, dass es keine wirkliche Frage war. Ihr Vater ließ den Werwolf an seiner Kette nur erahnen, was auf ihn zu kam. Dessen Blick wurde leicht panisch. Es war schon Spätsommer, tagsüber war es noch relativ angenehm, aber nachts wurde es schon empfindlich kalt.

Aira spielte das Spiel mit. „Ich denke schon."

Ohne weitere Worte zog ihr Vater den jungen Wolf aus der Zelle. Aira folgte dem ungewöhnlichen Duo die Treppe hinauf nach oben in den Hinterhof ihres schicken Geschäftshauses. Das Gebäude erstreckte sich über mehrere Etagen. Es war modern und eines der größten in diesem Viertel. Der Hinterhof war aufgeräumt und sauber. Er bot der Außenwelt allerdings vollen Einblick von einer belebten Nebenstraße aus. Lediglich ein massiver hoher Zaun aus Stahl hielt ungewollte Besucher vom Grundstück fern.

Auf dem Hinterhof angekommen, hielt Lutz Santos abrupt an. Der Werwolf wäre beinahe mit ihm zusammengestoßen, er konnte gerade noch rechtzeitig stoppen. Aira sah zu, wie ihr Vater dem Werwolf grob in die Haare packte, bevor er ihn brutal auf den Boden herunterdrückte. Die Arme des Wolfes waren immer noch auf dem Rücken gefesselt und so konnte er sich nicht im Geringsten dagegen wehren. Er jaulte schmerzerfüllt auf, bevor er in ein böses Knurren überging.

Aira stockte für einen Moment der Atem. So brutal hatte sie ihren Vater noch nicht im Umgang mit einem Werwolf gesehen. Allerdings hatte sie auch noch nicht erlebt, dass ihr Vater so ein rebellisches Exemplar jemals behalten hatte.

„Vater…", wollte sie gerade ansetzen.

Doch der unterbrach sie streng. „Ich habe dir gesagt: wenn wir es versuchen, dann auf meine Weise!" Seine Worte ließen keinen Zweifel zu. Er würde diesen Wolf nicht auf herkömmliche Art zähmen.

Der lag nun nackt und knurrend auf dem rauen Asphalt in der Sonne. Ihr Vater hatte die Position des Werwolfs bewusst so gewählt, dass der seinen Blick auf die belebte Straße richten musste. Einige Passanten hatten das Spektakel schon wahrgenommen und waren stehen geblieben. Aira konnte erkennen, dass der Wolf mit schmerzverzehrtem Gesicht die Augen schloss. Er war offenbar verzweifelt aufgrund seiner aussichtslosen Lage. Ihr Vater drückte ihm nun ein Knie in den Rücken und hielt ihn so an Ort und Stelle.

„Hör auf zu knurren! Oder ich knall dich ab!"

Aira vernahm erst jetzt die Waffe in der Hand ihres Vaters, die er dem Wolf fest an die Schläfe presste. Sie holte erschrocken Luft. Ihr Vater würde ihn doch nicht hier, vor den Augen aller, erschießen? Einen nackten Werwolf, der hilflos auf dem Boden lag und bisher einfach nur keine Unterwürfigkeit gezeigt hatte? Der bisher noch nicht einmal den Versuch eines Angriffs oder einer Flucht unternommen hatte?

Aira konnte kaum glauben, was geschah und befand sich in einer Art Schockstarre. Sie hoffte, der Wolf würde gehorchen. Sie war noch nie Zeugin einer Exekution mit einer Waffe gewesen. Auch wenn dies gelegentlich zum Geschäft mit den Werwölfen dazu gehörte, war es eher selten der Fall und jeder Ehrenmann versuchte, dies nach Möglichkeit zu vermeiden.

Der kleine Wolf hörte tatsächlich auf zu knurren, verzog aber weiterhin schmerzhaft das Gesicht. Aira atmete erleichtert aus.

„Bist du nun bereit, mich mit „Sir" anzusprechen?", fragte ihr Vater.

Der Wolf unternahm den Versuch, zu nicken, doch Lutz hielt seine Haare immer noch fest. „Ich höre!", forderte der ältere Mann kalt.

Der Wolf schluckte kurz und antwortete dann leise. „Ja, Sir."

Lutz drückte die Waffe fester auf seine Schläfe. Scheinbar überkam den jungen Werwolf jetzt doch eine leichte Panik, denn er fing an zu zittern.

„Lauter!", forderte Lutz.

„Ja, Sir", widerholte dieser nun klar und deutlich.

Aira konnte diese Erziehungsmaßnahme kaum mit ansehen. Sie erkannte, wie sich pure Angst und Verzweiflung in den Augen des Wolfes breit machten. Er hatte wirklich schöne braune Augen, die bisher Stolz und Wut in sich vereint hatten. Doch jetzt waren diese Augen ein Spiegelbild seiner geschundenen Seele. Sie wurden immer dunkler, je länger ihr Vater ihn auf dem Boden festhielt. Wie lange konnte er das noch aushalten? Oder würde ihr Vater ihn brechen, bevor er ihr von Nutzen sein konnte?

„Ich bin dein Herr und Meister und bestimme, was mit dir passiert! Ich alleine bestimme wann und was du essen darfst, was du zu trinken bekommst und wie man dich behandelt! Ich bestimme jeden Atemzug von dir und auch wie lange du atmest, ja, ich bestimme sogar, wann du scheißen und pissen darfst! Hast du das verstanden?" Lutz Worte waren unmissverständlich.

Die Antwort kam gequält, aber zügig. „Ja, Sir!"

„Nenn mich „Meister!"

Der Werwolf tat sich sichtlich schwer damit. Lutz schlug ihm sofort mit der Waffe auf den Kopf. Wieder jaulte der junge Wolf kurz auf und schloss seine Augen. Endlich gab er nach.

„Meister."

Lutz hakte nach. „Wie bitte?"

Der Wolf reagierte prompt. „Sie sind mein Meister, Sir." Er öffnete seine Augen und Aira konnte ein Flehen darin erkennen. Er blieb aber stumm.

Die junge Frau blickte ihren Vater auffordernd an. „Ich denke, er hat jetzt genug."

Lutz strich dem jungen Werwolf unter seinem Knie wohlwollend über den Kopf. Der versuchte angewidert, sich dieser erniedrigenden Geste zu entziehen, doch er konnte sich kaum bewegen.

Lutz nickte zustimmend. „Du hast Recht."

Er ließ nun von dem Wolf ab und half ihm etwas sanfter auf die Beine. Der stand mit leicht gesenktem Kopf vor den beiden. Seine Brust und die Knie waren fürchterlich aufgeschürft und Aira empfand beinahe Mitleid mit ihm. Er wirkte nun nicht mehr so wild auf sie wie noch vor wenigen

Minuten.

Lutz schob ihn in einen Zwinger aus Stahl, der eigens für Werwölfe konstruiert worden war. Erst legte er ihm ein Halsband aus Stahl an, welches etwas zu groß wirkte. Doch Aira wusste, dass es in seiner anderen Gestalt perfekt passen würde. An dem Halsband befestigte er dann eine Kette, die außerhalb des Käfigs an einer massiven Mauer befestigt war. Ein Vorhängeschloss sorgte dafür, dass weder Hände noch Pfoten dieses Halsband so einfach öffnen konnten. Das Halsband aus Silber entfernte er dafür. Aira sah die Verwirrung, die ihrem Wolf ins Gesicht geschrieben stand.

Lutz blickte dem Werwolf direkt in die Augen.

„Es wird nachts schon verdammt kalt." Belustigt sah er an dessen bloßen Körper hinunter. „Ohne Fell sicher kein Zuckerschlecken. Kleidung wirst du dir erst verdienen müssen!"

Der Werwolf blickt sofort zur Seite, er hatte für heute wahrlich genug. Er sah gerade mehr als verloren aus. Aira konnte ihm ansehen, dass er immer noch nicht verstand, was hier vor sich ging. Er wusste immer noch nicht, was das richtige Verhalten war und was von ihm erwartet wurde. Er wagte es nur nicht, nachzufragen. Zu diesem Zeitpunkt brauchte er aber auch noch nichts zu wissen. Erst einmal musste ein gewisser Grad an Grundgehorsam hergestellt werden.

Ihr Vater löste nun die Handfesseln auf seinem Rücken und entfernte sich aus dem Käfig. Misstrauisch blickte der junge Wolf zu ihnen rüber und rieb sich vorsichtig seine schmerzenden Handgelenke.

Lutz sicherte die Tür ebenfalls mit einem Vorhängeschloss. „Angenehme Tage wünschen wir dir."

Die beiden ließen den sichtlich irritierten Werwolf zurück und kehrten über einen Hintereingang in das Gebäude zurück. Kaum im Inneren angelangt, fuhr Aira ihren Vater an.

„Was sollte das?", fragte sie aufgebracht.

Ihr Vater sah sie überrascht an.

„Du hättest ihn fast getötet!" Aira war beinahe außer sich

vor Wut.

Lutz hingegen blieb ganz ruhig. „Ich habe dir gesagt, dass ich bestimme, wie das läuft. Wenn dir das nicht gefällt, ruf Darrell an, dass er ihn wieder abholen soll. Von mir aus auch geschenkt."

„Du hast ihn fast gebrochen, noch so eine Nummer und er ist untauglich für Kämpfe!" Aira war entsetzt.

Lutz blieb unvermittelt stehen. „Ach, das denkst du wirklich? Versieh dich nicht bei so einem Rebellen. Der ist nicht wie die anderen, die du bisher kennengelernt hast."

Er blickte sie eindringlich an.

„Wäre ich kurz davor gewesen, ihn zu brechen, hätte er um sein Leben gefleht. Stattdessen tut er sich, trotz Waffe an seiner Schläfe, schwer damit, mich Meister zu nennen! Er hat einen starken Willen, was ihn durchaus attraktiv für außergewöhnliche Kämpfe werden lassen könnte. Wenn wir seinen Willen aber nicht unter Kontrolle bekommen, wird er nur zu einer Tötungsmaschine, die uns ruinieren könnte!"

Aira war sichtlich erschrocken über diese direkten Worte.

Lutz war aber noch nicht fertig.

„Er braucht eine klare und harte Hand, die ihn führt. Immer und überall. Sobald er das Ruder übernimmt, wird er außer Kontrolle geraten. Und das möchtest du nicht erleben, glaube mir! Du hast die Wahl: Entweder Darrell holt ihn bis Montagmorgen ab, oder ich werden ihn so ausbilden, wie ich es für richtig halte. Aber dann ohne ein zweifelndes Wort von dir. Und auch nur unter der Bedingung, dass er sich deines Vertrauens, welches du in ihn setzt, als würdig erweist. Ansonsten stirbt er durch meine Hand! Punkt."

Lutz war sichtlich aufgebracht und ließ seine Tochter einfach stehen.

Im Gehen drehte er sich noch einmal kurz um. „Füttere den Bastard ein wenig, aber nicht zu viel. Der hatte mit Sicherheit lange nichts mehr und bei mir wird kein Werwolf verhungern."

Aira musste schwer schlucken. Sie war sich plötzlich überhaupt nicht mehr sicher, ob sie die richtige Entscheidung getroffen hatte.

Teris

Als die Nacht hereinbrach wurde es kalt in seinem Verschlag. Er war unsicher, ob er es wagen sollte, sich zu verwandeln. Der Mann hatte ihm das Silberhalsband abgenommen. Einer Wandlung stand also nichts mehr im Wege. Und doch spürte er die Abscheu seines Wolfes tief in seinem Inneren. Er wusste, dass es an der Kette lag, die an seinem Stahlhalsband eingehakt war. Sein Wolf wollte sich nicht wie ein räudiger Hund an die Kette legen lassen. Es war schon schlimm genug, die Fesselung in Menschengestalt ertragen zu müssen.

Ein Lupus war ein stolzer Formwandler, seine Freiheit sein höchstes Gut. Nur das Rudel stand über allem. In der Gemeinschaft fühlte man sich sicher und beschützt. Was war wohl aus dem verletzten Silenus geworden? Er hatte ihm im Käfig nicht helfen können. Die verfluchten Menschen waren schuld an dessen Verletzungen. Doch anstatt ihm zu helfen hatten sie ihn nur brutal weggeschleift. Teris fühlte sich zum ersten Mal richtig hilflos und allein. War den Menschen überhaupt bewusst, was sie ihm hiermit, draußen unter freiem Himmel alleine angekettet, wie ein räudiger Hund, antaten?

Die junge Frau hatte ihm am Mittag etwas zu Essen gebracht. Zu seiner Verblüffung war es normales Essen gewesen, Nudeln mit Hackfleischsauce. Sogar eine Gabel zum zivilisierten Essen war dabei. Dazu ein halber Laib Brot und ein Eimer Wasser. Ihn hätte es nicht gewundert, wenn sie ihm befohlen hätte, die Mahlzeit wie ein Tier aus einem Napf zu sich zu nehmen.

Sie stellte Eimer und Tablett wortlos in seinem Zwinger ab und verriegelte die Tür wieder gewissenhaft. Er wusste nicht, was er von ihr halten sollte. Sie wirkte nicht so brutal und dominant auf ihn wie der ältere Mann oder der Russe, Aiden war wohl sein Name. Allerdings strahlte sie durchaus eine gewisse Autorität aus und der Umgang mit Lupi war ihr nicht fremd.

Er hatte ihre Entrüstung riechen können, als der ältere Mann, der anscheinend ihr Vater war, ihn mit der Waffe bedroht hatte. Sie war nicht damit einverstanden gewesen, wie der Mann sich ihm gegenüber verhalten hatte, das konnte er deutlich spüren. Teris wurde das Gefühl nicht los, dass sie ihn als ihren persönlichen Werwolf betrachtete.

Alleine bei dem Gedanken an dieses Wort stellten sich ihm die Nackenhaare auf. Er verabscheute diesen Begriff zutiefst. Er war ein Lupus, ein stolzer Formwandler, dem Magie innewohnte. Die Magie, die ihm den Wechsel zwischen den beiden Gestalten ermöglichte. Werwolf war ein alter Begriff, aus Zeiten, als die Menschen noch glaubten, dass Gestaltwandler den Vollmond bräuchten, um sich zu verwandeln.

Heute waren die Menschen schlauer.

Mit dem Wissen war allerdings auch der Respekt vor seiner Art gewichen. Ihre neu gewonnenen Erkenntnisse setzten sie unbarmherzig für ihre eigenen Zwecke ein. Sie wussten einfach zu viel, wie zum Beispiel, dass Silber Lupi an der Verwandlung hinderte oder dass sie Stahl nicht einfach sprengen konnten. Wie sie dieses Wissen erlangt hatten, war ihm nicht klar, aber der Umstand trug Schuld daran, dass er sich nun in dieser misslichen Lage befand.

Teris sah sich vorsichtig um. Die Dunkelheit war hereingebrochen und es wurde wirklich sehr kalt. Er trug immer noch keine Kleidung am Leib, nichts, was ihn auch nur annähernd vor dem Wetter schützen würde. Sein Gefängnis besaß keine Rückzugmöglichkeit. Sollte es anfangen zu regnen, würde er sich nicht einmal unterstellen können.

In dem Gebäude, in dem die anderen Lupi gefangen waren, brannte weiter oben Licht. Er konnte eine Silhouette wahrnehmen, die ihn offenbar beobachtete. Sie war zu weit weg, als dass er erkennen konnte, um wen es sich dabei handelte. War es vielleicht die junge Frau mit dem hübschen Gesicht? Eine weitere Person näherte sich dem Fenster. Es hatte den Anschein, als würden sie streiten. Ging es dabei vielleicht sogar um ihn?

Die beiden Personen entfernten sich vom Fenster und Teris lenkte seine Aufmerksamkeit zum Himmel. Der Mond stand hell erleuchtet über ihm und schickte ihm seinen beruhigenden Gesang. Dass die Lupi ihn nicht für ihre Wandlung benötigten, hieß nicht, dass er keine Bedeutung für sie hatte. Im Gegenteil. Die Stimme des Mondes tröstete Teris ein wenig. Ob die anderen Lupi sie im Gebäude auch hören konnten?

Die beiden Lupi, mit denen er hier eingetroffen war, machten einen vertrauenswürdigen Eindruck auf ihn. Sie waren verunsichert und wussten ebenso wenig wie er, was das alles zu bedeuten hatte. Aber sie alle hatten von den fürchterlichen Kämpfen gehört, die von den Menschen veranstaltet wurden. Teris hatte nur nie damit gerechnet, mit diesen Gräueltaten selbst in Berührung zu kommen. Er hatte immer angenommen, dass sein Rudel weit genug von der menschlichen Zivilisation entfernt wohnte.

Der junge Lupus schüttelte seinen Kopf. Das Grübeln brachte ihn nicht weiter. Es war gerade viel zu gefährlich, sich um Dinge Gedanken zu machen, die nicht zu ändern waren. Dass ihm kalt war, ließ sich allerdings ändern. Lange würde er nicht mehr in menschlicher Gestalt bleiben können, wenn er nicht erfrieren wollte. Oder zumindest ernsthaften Schaden nehmen wollte.

Sein Wolf war immer noch nicht damit einverstanden, herauszukommen. Es war für Teris ebenso niederschmetternd wie für seinen Wolf, zu spüren, dass die Menschen genau das erreichen wollten. Sie wollten die Kontrolle über ihn, und damit auch die Kontrolle über den Wolf, der in ihm war. Der eine untrennbare Einheit mit ihm bildete.

Teris hatte zwar Verständnis für den Wolf, als Mensch hatte er aber leider keine andere Wahl. Er leitete die Verwandlung ein und wappnete sich für den süßen Schmerz, den jeder Lupus gleichermaßen fürchtete und ersehnte. Nach nur wenigen Augenblicken stand er auf vier Pfoten da. Ihm war bewusst, dass er etwas kleiner war als die meisten Wölfe. Das war nicht ungewöhnlich für einen Lupus seines Ranges. Doch das wussten die Menschen hoffentlich noch nicht.

Sein Fell wärmte ihn augenblicklich und ließ die Kälte aus

seinen Gliedern kriechen. Eine reine Wohltat für seinen Körper, aber auch für seine Seele. Er roch die Umgebung nun mit der Nase seines Wolfes und sog die Gerüche tief in sich ein. Viel zu viel Smog und Dreck schlängelten sich durch seine sensiblen Geruchsgänge, aber er konnte auch die grünen Oasen dieser Stadt riechen. Und die waren für sein Befinden unglaublich wichtig. Für einen Moment fühlte er sich frei.

Allerdings nur solange, bis die Kette an seinem Halsband hörbar rasselte. Sie holte ihn unbarmherzig in die Realität zurück. Er atmete schwer aus und senkte leicht den Kopf. Es war so falsch, in einem Zwinger gefangen zu sein. Dazu diese Kette, die ihm zwar einen gewissen Bewegungsspielraum ließ, sich aber bei jedem Schritt wie ein tönendes Mahnmal in seine sensiblen Ohren fraß.

Er verspürte einen unbändigen Drang, den er nicht einfach ignorieren konnte. Der Mond sang immer lauter für ihn und er tat, was jeder einsame Lupus in so einer Nacht tat. Er legte den Kopf in den Nacken und ließ sein markerschütterndes Heulen erklingen.

Er sang nicht lange für den Mond, aber es reichte, um sein schwer gewordenes Herz etwas zu erleichtern. Rastlos wanderte er an den Wänden seines Gefängnisses auf und ab. Schließlich rollte er sich in einer Ecke zusammen und fiel in einen unruhigen, wenig erholsamen Schlaf.

Der nächste Morgen dämmerte viel zu schnell. Teris mochte sich nicht gleich zurückverwandeln, als er erwachte. Er genoss es, in Wolfgestalt zu sein, auch wenn die Passanten, die an dem Hinterhof vorbeikamen, ihn unverhohlen anstarrten. Er hasste es zwar, ausgestellt zu werden wie ein Tier, als nackter Mann wäre es aber weitaus erniedrigender.

Er döste noch etwas in der wärmenden Sonne, die sich langsam den Himmel emporkämpfte. Wieviel Zeit vergangen war, wusste er nicht, aber plötzlich vernahm er eine Bewegung an der Tür des Gebäudes. Er war erleichtert, dass es sich nur um die junge Frau handelte, die dazu noch etwas Essbares mitgebracht hatte.

Sie musterte ihn misstrauisch, anscheinend hatte sie nicht damit gerechnet, ihn in Wolfsgestalt vorzufinden. Hatte sie sein Heulen letzte Nacht etwa nicht vernommen? War es gar nicht sie gewesen, die ihn gestern Abend vom Fenster aus beobachtet hatte?

Er wanderte angespannt auf und ab und sie blieb in sicherer Distanz zum Zwinger stehen. Sie traute seinem Wolf nicht, das war deutlich in ihren Augen zu erkennen. Außerdem roch sie verräterisch nach Abneigung. Teris hielt inne und beobachtete sie mit leicht gesenktem Kopf. So konnte er ihre Mimik besser wahrnehmen. Er wusste allerdings auch, dass diese Geste in Wolfgestalt auf die Menschen wie das Taxieren vor einem Angriff wirkte.

Es war wohl besser, sich in seine menschliche Gestalt zurück zu verwandeln. Er bezweifelte stark, dass sie ihm das Essen in dieser Gestalt in den Zwinger stellen würde. Und er hatte kein Interesse daran, weiter zu hungern. Also leitete er seine Rückverwandlung ein. Der süße Schmerz wurde immer stärker und kurz darauf stand er, wieder auf zwei Beinen, vor ihr. Vielmehr hockte er, auf allen vieren, und sah sie abwartend an.

Aira

Er war ein wirklich schöner Wolf. Sein Fell war ebenso rostbraun wie sein Haar in Menschengestalt. Seine Augen glühten goldgelb und versprühten einen unglaublichen Stolz.

Er hatte sich zurückverwandelt, obwohl sie es ihm nicht befohlen hatte. Warum tat er das? Sie hatte nicht damit gerechnet, ihn überhaupt in Wolfsgestalt anzutreffen, auch wenn sie sich sicher war, dass er die Nacht nicht als Mann aushalten würde. Sie hatte aber angenommen, dass er sich am Morgen recht schnell wieder zurückverwandeln würde.

Aira straffte ihre Haltung. Sie wollte etwas ausprobieren. Wie würde er wohl auf ihre Befehle reagieren?

Sie trat an den Zwinger heran, machte aber keine Anstalten, die Tür aufzuschließen. Sie stellte das Tablett mit seinem Frühstück auf dem Boden ab und blickte ihn herausfordernd an. Er wartete, sichtlich angespannt, auf das was sie vorhatte.

„Komm an den Zaun heran."

Zu ihrer Überraschung richtete er sich auf und folgte dem Befehl, ohne zu zögern. Konnte sie etwa den Hauch einer Belustigung erkennen? Seine Augen hatten wieder die braune Farbe angenommen, die sie hatten, bevor Lutz ihn gestern so brutal unterworfen hatte. Vielleicht war ihr Vater im Recht und er hatte einen zu starken Willen. Würde er überhaupt gezähmt werden können?

Er stand abwartend am Zaun. Nicht eine Regung konnte sie in seinem Gesicht ausmachen. Nachdenklich neigte sie den Kopf. Sie wurde nicht schlau aus seinem Verhalten. Für einen langen Moment herrschte absolute Stille zwischen den beiden.

Plötzlich seufzte der Werwolf leise auf. Er blickte kurz sehnsüchtig auf das Tablett, welches sich außerhalb seiner Reichweite befand. Dann sah er sie wieder an. Sie konnte sehen, dass er sich gründlich überlegte, wie er sich am besten verhalten sollte. Er machte den Eindruck, als würde er abwägen, wieviel er bei ihr riskieren konnte.

Sie kam ihm zuvor. „Wie lautet dein Name?"

Er wirkte überrascht. Sie fühlte sich sofort besser. Sie hatte ihn erwischt. Es war besser, einem Werwolf immer einen Schritt voraus zu sein.

„Teris.", antwortete er nach einem kurzen Moment.

Er hatte eine angenehme Stimme, nicht zu rau, aber trotzdem männlich.

„Wie darf ich Sie ansprechen?", fragte er.

Aira ärgerte sich. Er hätte eigentlich erst um Erlaubnis bitten müssen, zu sprechen. Aber dann fiel ihr ein, dass er diese Regel noch nicht kannte. Sein Blick war auch nicht wild oder böse. Er schien tatsächlich ein Interesse daran zu haben, keine Fehler zu machen. Ob es daran lag, dass sie das Essen außerhalb seiner Reichweite abgestellt hatte? Sicher hatte er Hunger und wollte nichts riskieren.

Sie wurde strenger. „Du hast erst um Erlaubnis zu fragen, ob du sprechen darfst!"

Teris lachte abschätzig auf. „Natürlich."

Es klang spöttisch und sie wurde sofort wütend. Er versuchte, nur den Schein zu wahren. Wie konnte sie nur annehmen, dass er sich so schnell geschlagen geben würde.

Der Werwolf holte tief Luft und sie sah, welche Überwindung es ihn kostete, die nächste Frage zu stellen. „Darf ich sprechen? Miss...?"

So ein gerissener Hund. Ließ er sie doch tatsächlich auch noch lächerlich aussehen. Intelligent war er definitiv. Sie musste über ihren eigenen Fehler grinsen. Sie hatte ihn wohl unterschätzt.

„Vorerst ja."

Ihre Augen verengten sich. „Das überlege ich mir aber sofort anders, wenn du glaubst, mich lächerlich machen zu können."

Teris nickte und lächelte. Sie konnte ehrliche Anerkennung erkennen. Das Lächeln wirkte echt, er respektierte augenscheinlich klare Ansagen. Er sah sie etwas gelassener an.

„Ist das Kaffee in dem Becher?", fragte er dann fast schon sehnsüchtig.

Aira blickte auf das Tablett am Boden. „Was denkst du?"

Er schüttelte leicht angespannt seinen Kopf, lächelte aber

wieder freundlicher.

„Ich denke, es ist Kaffee in dem Becher! Es riecht zumindest danach!"

Aira hob die Augenbrauen. Er blickte genervt zum Himmel. Ihn schien ihr Spiel nicht halb so zu belustigen wie sie. Dann sah er ihr wieder in die Augen.

„Muss ich irgendeinen Tanz aufführen oder etwas anderes Entwürdigendes machen, damit ich den Kaffee trinken darf?" Er schaute stoisch an sich herunter, bevor er sie wieder anblickte. „Ich meine, ich stehe ja schon nackt vor Ihnen. Reicht das nicht?"

Nun musste Aira unwillkürlich grinsen. Er hatte es genervt, aber doch irgendwie lustig ausgesprochen. Er wollte einfach nur den Kaffee haben, nichts weiter. Sie nahm die Tasse in die Hand, um sie ihm durch die Stäbe zu reichen. Dankbar nahm er sie entgegen. Er freute sich offensichtlich, dass er noch heiß war.

„Hmm, danke.", brummte er leise, als er den Duft des heißen Getränks aufnahm.

Sie musste wieder grinsen. „Du scheinst Kaffee zu mögen", stellte sie amüsiert fest.

Er sah sie offen an. „Ich liebe guten Kaffee", verriet er ihr. Seine Augen waren plötzlich fast schon sanft.

Aira beobachtete, wie er für den Bruchteil einer Sekunde die Welt um sich herum zu vergessen schien. Der Moment war allerdings schnell verflogen. Sofort stand wieder der wilde Werwolf vor ihr, vorsichtig und auf der Hut. Er beobachtete sie argwöhnisch. Er traute ihr nicht, das war nicht zu verkennen.

Sie holte tief Luft und schob ihm das Tablet an den Zwinger, damit er an die belegten Brote herankam.

„Stärke dich ein wenig, ich komme später wieder." Sie spürte, wie seine Augen sie misstrauisch verfolgten, als sie sich auf den Weg ins Haus machte.

Der Werwolf verwirrte sie zutiefst, er war viel zu intelligent für einen einfachen Rebellen. Er war gerissen und besaß in der Tat einen starken Willen. Die körperlichen und seelischen

Misshandlungen, die er erlitten hatte, waren nicht mehr erkennbar. Er war nur vorsichtiger geworden. Er hatte offenbar gelernt, aber noch nicht aufgegeben.

Aira war hin und her gerissen, vielleicht sollte sie Darrell doch anrufen und den Wildfang wieder abholen lassen. Er könnte ihn in den Untergrund schaffen, wo es nicht darauf ankam, ob er gehorchte und sich kontrollieren ließ. Ihr Verstand sagte ihr, dass es die vernünftigere Entscheidung wäre. Damit wäre sie das Problem los. Dann hatte sie sich eben geirrt, das kam vor. Das war keine Schande.

So schnell wollte sie ihn aber nicht aufgeben, denn sie baute auf seine Talente im Käfig. Und Talent besaß er, das hatte er auf seiner eigenen Versteigerung eindrucksvoll bewiesen. Er war ein geborener Kämpfer. Aira war sich immer noch nicht sicher, was sie tun sollte. Sie hatte aber noch ein paar Stunden Zeit, sich zu entscheiden.

Kapitel 3

Teris

Ihm war langweilig!
Den ganzen Tag hatte er in diesem Zwinger verbracht. Die Sonne hatte seine Haut leicht verbrannt. Es war zwar schon Spätsommer und die Nächte wurden kalt, aber tagsüber war es noch recht angenehm. Er hätte sich verwandeln können, um einem Sonnenbrand zu entgehen, doch er wollte seinen Wolf nicht unnötig mit dieser Situation belasten. Als Mann war es um Einiges leichter, mit dieser Erniedrigung umzugehen.

Er hatte sich an eine der Gitterwände gelehnt und blickte zum Himmel. Er schaffte es immer besser, die vorbeigehenden Passanten, die ihn angafften, auszublenden. Die Frau war noch nicht wieder aufgetaucht, obwohl sie es gesagt hatte. Es dürfte bereits später Nachmittag sein. Niemand hatte sich bei ihm blicken lassen, auch nicht der ältere Mann oder der Russe. Nicht, dass er sich das gewünscht hätte. Die beiden waren nicht gerade eine Gesellschaft, die er bevorzugte. Allein sein war aber auch nicht besonders attraktiv, er schätzte die Gemeinschaft. Außerdem konnte er sich nur auf wenigen Quadratmetern bewegen. Eine Qual für einen Lupus.

Er verspürte wieder Hunger und Durst. Der Wassereimer war leer und sein Frühstück schon lange verdaut. Viel schlimmer war, dass er sich dringend erleichtern musste, ihm aber die Möglichkeit dazu fehlte. Niemals würde er das hier auf dem Boden erledigen. Er war kein wildes Tier ohne Manieren.

Endlich öffnete sich die Tür zum Gebäude. Mist, der ältere Mann und dieser Aiden begleiteten die schwarzhaarige Frau. Sie allein hätte ihm besser gefallen. Kein Essen dabei, alles klar. Teris war gespannt, was nun folgen würde.

„Komm her." Der Befehl des Russen war eindeutig. Er grinste dabei so hämisch, dass Teris ihm am liebsten eine reingehauen hätte. Er konnte die Abneigung ihm gegenüber deutlich spüren. Aiden wollte offenbar, dass er nicht gehorchte.

Den Gefallen tat er ihm allerdings nicht. Er ging ohne

Zögern an das Gitter heran und blickte den dreien abwechselnd in die Augen. Aiden grinste immer noch, der ältere Mann beobachtete jede Bewegung seinerseits genau. Die hübsche Frau musterte ihn argwöhnisch. Teris fand sie fast schon attraktiv, aber er wusste nicht, wie er sie einschätzen durfte.

Er musste wirklich dringend auf die Toilette, aber er hielt es für klüger, abzuwarten, was man von ihm wollte. Menschen mochten anscheinend keine voreiligen Reaktionen.

Der ältere Mann ergriff das Wort. „Ich habe ein paar Fragen! Ich erwarte zügige und ehrliche Antworten!"

Teris blickte wieder abwechselnd in die sechs Augenpaare, bevor er zustimmend nickte. Durfte er nun sprechen oder nicht? Ohne klare Anweisungen war es schwer, sich an die Regeln zu halten, wenn man sie nicht kannte. Vielleicht sollten sie ihm ein Regelwerk in die Hand geben, welches er studieren konnte. Er musste innerlich lachen, die Menschen waren so einfältig. Hielten sich für Götter, erhaben über alles. Lächerlich!

Aktuell war er aber auf ihr Wohlwollen angewiesen, also versuchte er anzuwenden, was er bisher gelernt hatte.

„Darf ich sprechen, Sir?", fragte er und versuchte dabei, nicht zu unterwürfig zu klingen. Niemals würde er sich diesen Menschen unterwerfen. Niemals.

Teris blickte kurz zu der Frau rüber, die ihm diese Regel erklärt hatte. Sie hob überrascht ihre Augenbrauen. Auch der ältere Mann war verblüfft und warf einen kurzen Blick zu seiner Tochter.

„Wie ich sehe, hat Aira dir schon eine der Grundregeln nähergebracht. Mich überrascht dein Gehorsam ehrlich gesagt!"

Misstrauisch blickte ihm der Mann tief in die Augen, als suche er dort nach der Lüge in seinen Worten.

Teris seufzte, denn der Mann hatte ihm immer noch keine Erlaubnis erteilt. Warum gestaltete sich eine Konversation mit diesen Menschen nur so kompliziert? Waren sie etwa alle so? Er hatte bisher nur wenig Kontakt zu Menschen gehabt, ihm war aber noch nie aufgefallen, dass sie so extrem anstrengend waren.

„Sprich!"

Na endlich. Teris versuchte, einen neutralen Blick aufzusetzen, sie sollten nicht sehen, wieviel Überwindung ihn die Frage kostete.

„Darf ich eine Toilette aufsuchen?" Er blickte sich kurz in seinem kleinen Gefängnis um, um zu unterstreichen, dass er hier draußen keine Möglichkeit dazu hatte.

Aiden brach in schallendes Gelächter aus und Teris blickte ihn böse an. So ein blöder Arsch, er war wirklich dämlich. Teris empfand sofort tiefe Abneigung für den Russen. Der ältere Mann grinste nur etwas, ihm war diese Frage wohl nicht ganz fremd. Auch Aira schmunzelte, aber sie schien sich nicht über ihn lustig zu machen. Teris senkte wütend den Kopf. Er wusste nicht, womit er es verdient hatte, so behandelt zu werden. Nur weil er ein Lupus war?

Der Mann blickte ihn fast schon erheitert an. „Natürlich."

Teris sah überrascht zu ihm auf, er hatte es tatsächlich freundlich ausgesprochen.

„Aber nicht ohne Silberhalsband, wir wollen doch nicht, dass du dich ohne Erlaubnis einfach so verwandelst." Santos Stimme wurde sofort wieder streng.

Teris blickte zu Aiden rüber, der sich nun wieder im Griff hatte und mit einem Halsband in der Hand an das Gitter herantrat.

„Komm mit deinem Hals dicht an den Zaun, damit ich dir das Silber anlegen kann."

Teris schluckte, er wollte das Halsband nicht tragen. Aber was hatte er schon für eine Wahl. Ohne würde er diesen Zwinger vermutlich nie verlassen. Augenblicklich gehorchte er und Aiden legte ihm das verhasste Halsband um. Teris trat einen Schritt zurück und beobachtete, wie der ältere Herr das Vorhängeschloss von der Tür löste. Aiden trat ein und kam direkt auf ihn zu, er hatte die Ketten für seine Handgelenke dabei. Der Lupus zog scharf die Luft ein, die Demütigungen würden wohl nie ein Ende nehmen.

Aiden blickte kurz zu seinem Chef rüber. „Vorne oder hinten?", fragte er knapp.

Teris blickte ebenfalls zu ihm rüber und der ältere Mann sah ihm sofort scharf in die Augen.

„Vorne. Vorerst!"

Aiden packte grob seine Hände und brachte die Ketten eng an. Nun löste er das Stahlhalsband und zog ihn aus dem Zwinger. Teris musste sich ernsthaft zusammenreißen, die Kontrolle über sich zu behalten. Er hasste es, wie sie ihn behandelten. Er war ein stolzer Lupus und kein wildes Tier. Doch die Menschen machten keinen Hehl daraus, dass sie ihn genau dafür hielten.

Aira

Es schien dem kleinen Wolf nach dem Toilettengang deutlich besser zu gehen. Außerdem hatte er eine Jeans erhalten und sich darüber sichtlich erfreut gezeigt. Aira konnte ihm das nicht verübeln, er war immerhin fast 36 Stunden nackt gewesen. Nun saß er in einem kleinen Raum unten im Keller vor ihnen auf einem Stuhl. Seine Hände waren immer noch mit Ketten gefesselt. Aiden stand, die Kette fest in der Hand, direkt neben dem Werwolf, dem diese Nähe sichtlich unangenehm war.

Ihr Vater hatte sich auf einen weiteren Stuhl gesetzt, der an einer Wand stand. Aira bevorzugte es, stehen zu bleiben. Sie beobachtete Teris´ Reaktionen ganz genau. Sie hoffte einfach nur, dass er sich gehorsam zeigen würde und beweisen würde, dass er sich im Griff hatte. Sonst würde sie heute Abend noch Darrell anrufen müssen, damit der diesen Wildfang wieder abholte.

Ihr würde diese Entscheidung nicht leichtfallen, aber sie konnte nicht alles aufs Spiel setzen, der Preis wäre zu hoch. Mittags hatte es bereits einen fürchterlichen Streit mit ihrer Mutter gegeben. Dabei ging es nur um Teris. Für einen einzigen Werwolf den Familienfrieden riskieren? Sicher nicht.

Schließlich hatte sie mit ihrem Vater die Vereinbarung getroffen, den kleinen Wolf zu testen, um zu sehen, ob er wenigstens Grundgehorsam zeigen konnte.

Ihr Vater begann ruhig und sachlich. „Dein Name ist Teris?"

Er nickte und sah zu ihr rüber. Aiden zog kurz an der Kette und der Werwolf begriff sofort.

„Ja, Sir", korrigierte er sich.

„Teris, und wie weiter?"

„Damianos, Sir"

Ihr Vater notierte etwas in seinem kleinen Block.

„Wie alt bist du, Teris?"

Er antwortet sofort. „28, Sir"

Lutz notierte auch dies. Nun legte er den Block beiseite und sah den Werwolf direkt an.

„Teris, was denkst du? Warum bist du hier?"

Aira beobachtete, wie dem Wolf die Gesichtszüge entglitten. Er wusste es ganz sicher nicht, aber es machte ihn eindeutig wütend. Nicht verunsichert, nicht verwundert, es machte ihn wütend. Interessant, war das jetzt gut, oder eher schlecht? Immerhin versuchte er nicht, seine Gefühle zu verstecken.

Er schnaubte. „Ganz ehrlich? Ich habe keine Ahnung. Ich weiß nur, dass das hier alles nicht richtig ist." Wütend funkelte er ihren Vater an, blieb aber ruhig auf seinem Stuhl sitzen.

Aiden war in Alarmbereitschaft, das konnte Aira erkennen. Aber bisher zeigte der Werwolf keine Anzeichen eines Angriffs. Er war einfach nur wütend, das durfte er sein. Aber würde er sich auch zügeln können?

„Das ist deine Meinung. Aus deiner Sicht durchaus nachvollziehbar", stellte Lutz nüchtern fest. „Aus meiner Sicht allerdings ist es durchaus richtig, dass du hier vor mir sitzt. Hier in meinem Heim."

Teris verfolgte Lutz' Worte angespannt. Aber er wartete offensichtlich ab, wo das Gespräch hinführen würde. Aira war überrascht, dass Teris ruhig blieb. Sie hatte mit einem Wutanfall gerechnet. Doch er rührte sich nicht, nur an seinen blitzenden Augen konnte man erkennen, wie wütend er war.

„Du bist mein Eigentum. Ihr alle seid mein Eigentum. Neben dir besitze ich noch sechs weitere Werwölfe." Lutz ließ die Worte kurz wirken. „Zwei davon kennst du, sie sind mit dir hier zusammen eingetroffen. Ich habe euch drei auf der Versteigerung gekauft, weil ihr das Potenzial habt, gute Kämpfer zu werden."

Aira beobachtete Teris' Reaktion auf die Worte ihres Vaters genau. Der rührte sich immer noch nicht, schluckte nur angespannt.

„Ihr seid alle hier, um für mich im Käfig zu kämpfen", erläuterte Lutz nüchtern.

Wieder schnaubte Teris nur kurz. Er verbarg seine Wut darüber nicht. Aber immer noch hatte er sich erstaunlicherweise gut im Griff. Er sagte auch jetzt noch kein Wort.

„Wenn du etwas zu sagen hast, dann tu das ruhig", erteilte Lutz ihm die Erlaubnis.

Doch der schüttelte nur den Kopf. „Ich höre Ihnen weiter zu, Sir!"

Lutz schmunzelte. „Du findest das also in Ordnung?"

Teris schnaubte jetzt laut auf, seine Augen wurden immer dunkler, sie gingen fast schon ins Schwarze. Seine Wut steigerte sich, das war nicht zu übersehen. Er schloss kurz die Augen, atmete tief ein und öffnete sie wieder. Die Farbe wechselte langsam wieder ins Bernsteinfarbene. Endlich blickte er auf.

„Nein, Sir. Das finde ich nicht. Aber ich glaube, dass meine Meinung für Sie irrelevant ist." Teris blickte kurz zu Aira rüber. Sie bemerkte, dass der Werwolf Aiden einfach ignorierte, obwohl dieser offenbar verärgert war. „Für Sie und Ihre Tochter scheint es ein lohnendes Geschäft zu sein. Und ich denke, dass weder meine Meinung, noch die eines anderen Lupus daran etwas ändern würden."

Aira war überrascht und musste unwillkürlich grinsen, denn sie hatte nicht mit so einer direkten Antwort gerechnet. Ob ihr Vater ebenfalls nicht damit gerechnet hatte? Dieser Teris war anscheinend noch intelligenter, als sie angenommen hatte. Dazu drückte er sich auf eine so gepflegte Art und Weise aus, dass Aira kaum glauben konnte, dass ein Werwolf vor ihnen saß. Wo kam dieser ungewöhnliche Wolf nur her?

„Interessante Antwort. Du überraschst mich ehrlich!" Lutz blickte ihn ernst an. „Ich bin mir nur nicht sicher, ob ich das gut finden soll. Oder ob es nicht besser wäre, dich von Darrell wieder abholen zu lassen, damit er dich in den Untergrund schafft."

Teris blieb ungerührt bei diesen Worten, aber er verstand die versteckte Drohung dahinter offensichtlich.

Lutz wurde dennoch deutlicher. „Im Untergrund interessiert es niemanden, ob und wie lange du überlebst. Ich würde dich ohne einen Gegenwert an ihn zurückgeben, damit wäre dein Leben nicht einmal mehr den Kaufpreis wert!"

Aira konnte beobachten, wie es in Teris Kopf ratterte. Er dachte offenbar über die Drohung nach. Gut, es war vielleicht besser, wenn er genau wusste, woran er war.

Teris seufzte. „Was erwarten Sie eigentlich von mir?" Er hielt kurz inne, dann brach es aus ihm heraus. „Bisher hat man mir nichts in die Hand gegeben, womit ich arbeiten kann. Sie haben mich bisher im Unklaren darüber gelassen, was genau Sie von mir erwarten. Sie fordern ein bestimmtes Verhalten, sagen aber nicht welches das ist. Sie lassen mich Hunger und Durst leiden, um mich mürbe zu machen, treiben Psychospielchen und denken vermutlich auch noch, dass das alles absolut richtig ist."

Der Wolf holte tief Luft. Er war vermutlich noch nicht fertig, aber schlau genug, abzuwarten, ob er zu weit gegangen war.

Lutz Haltung veränderte sich und er wurde wütend. „Du hältst dich wohl für besonders schlau!"

Ihr Vater stand auf und ging auf Teris zu. Aiden nahm die Kette nun deutlich kürzer. Teris blickte kurz zu ihm rüber und war sofort auf der Hut. Schnell wechselte er seinen Blick zu Lutz, der sich nun dicht über ihn beugte.

„Du bist nur ein dreckiger, kleiner Bastard. Ein stinkender Werwolf, nicht mehr und nicht weniger!"

Lutz verpasste Teris einen kräftigen Schlag auf den Kiefer und dessen Kopf flog sofort zur Seite. Etwas Blut floss aus seinem Mundwinkel. Der Werwolf verzog nur kurz die Miene, ehe er mit funkelnden Augen zu Lutz aufsah. Nicht ein Laut war ihm entwichen. Lutz schlug erneut hart zu und Teris´ Kopf flog in die andere Richtung. Der Werwolf schloss kurz die Augen, ehe er endlich reagierte.

„Sir, bitte!" Teris versuchte, seine Arme schützend vor den Kopf zu heben, doch Aiden hielt die Kette zu kurz. Teris hielt den Kopf nun gesenkt. Aira hielt den Atem an. Gott sei Dank fand Teris die richtigen Worte!

„Meister, bitte! Ich versuche nur zu verstehen, was Sie von mir erwarten!"

Aira seufzte, sie war mehr als erleichtert, dass Teris so reagierte. Auch wenn es sie absolut überraschte. Ihr Vater hatte den Arm schon zum nächsten Schlag erhoben, hielt bei dem Wort „Meister" aber inne. Langsam senkte er die Hand. Erbost blickte er den Werwolf an.

„Du hast zu tun, was man dir sagt und keine frechen Antworten zu geben. Ganz einfach!"

Teris blickte ihm nun direkt in die Augen und Lutz packte ihn sofort am Kinn. Die Augen des Lupus versprühten einen Hauch von Furcht, er versuchte aber nicht, sich dessen festem Griff zu entziehen.

„Halte dich nicht für schlauer, als du bist! Ich sitze am längeren Hebel!"

Endlich ließ Lutz wieder von ihm ab und trat einen Schritt zurück. Aiden verpasste Teris einen letzten Schlag auf den Hinterkopf, um die Worte seines Chefs zu unterstreichen. Der senkte gedemütigt den Kopf. Er schien begriffen zu haben, dass er sich besser fügen sollte. Aira entspannte sich etwas.

Lutz setzte sich wieder. „Eines muss ich noch wissen: Warum wolltest du im Käfig den anderen Werwolf umbringen? Du hattest ihn doch längst überwältigt!"

Teris blickte vollkommen überrascht auf. Auf diese Frage war er offenbar überhaupt nicht gefasst gewesen. Er überlegte einen Moment, bevor er sprach.

„Ich wollte ihn nicht umbringen, ich war davon ausgegangen, dass es sich um einen Kampf auf Leben und Tod handelte." Dabei blickte er zwischen Aira und Lutz hin und her. Seine Worte klangen ehrlich. „Der andere Lupus roch nach Tod. Ich nahm an, er wollte mich auch umbringen", rechtfertige sich Teris.

Lutz nickte angespannt. „Hättest du also gewusst, dass du ihn nicht töten darfst, hättest du es trotzdem versucht?"

Teris schüttelte nun heftig den Kopf. „Ich habe ihn nur gestellt. Ja, ich habe ihm die Kehle abgeschnürt, aber ich wollte nicht töten. Ich hatte doch gar keine Chance, eine Entscheidung zu treffen."

Teris straffte die Schultern und blickte Aira und ihren Vater herausfordernd an.

„Ich werde nicht auf Befehl töten. Niemals! Sollten Sie das von mir erwarten, erschießen Sie mich besser sofort. Ich bin kein Killer!" Diese Worte spuckte er regelrecht heraus. Er meinte das absolut ernst.

Aira wusste im ersten Moment nicht, was sie fühlen sollte. Hatte er den Test nun bestanden? War es richtig, was er gesagt hatte? Hatte er ihren Vater überzeugt? Sie jedenfalls glaubte seinen Worten.

Lutz blickte zu Aiden rüber.

„Bring ihn wieder in den Zwinger. Gib ihm was zu essen und zu trinken und bring ihm eine Decke. Die nächste Nacht wird kalt."

Aira und ihr Vater verließen den Raum und begaben sich in sein Besprechungszimmer. Lutz setzte sich hinter seinen Schreibtisch in den breiten Chefsessel und schlug die Beine übereinander. Er zündete sich eine Pfeife an und blickte nachdenklich aus dem Fenster. Aira ließ sich vor dem Schreibtisch in einem der beiden kleinen gemütlichen Sessel nieder. Beide schwiegen.

„Was denkst du?", fragte sie nach einer Weile, als sie die Spannung einfach nicht mehr aushielt.

Lutz seufzte hörbar, ehe er sie direkt ansah. „Ganz ehrlich, Aira. Mir wäre es lieber, du würdest Darell anrufen, am besten sofort."

Aira sah ihn erschrocken an. Meinte er das ernst? Hatte sich der Werwolf wirklich so falsch verhalten?

Doch Lutz sprach noch weiter.

„Allerdings liefert er uns keinen wirklichen Grund dafür."

Aira atmete erleichtert aus. „Das sehe ich auch so."

Lutz nickte trotzdem angespannt. „Aber eines weiß ich: der Bastard ist ein ganz gerissener Hund. Er ist unglaublich intelligent. Mir ist noch nie ein solcher Werwolf in die Finger gekommen."

Das dachte Aira auch, dieser Wolf war tatsächlich außergewöhnlich.

Lutz riss sie aus ihren Gedanken und wurde eindringlich.

„Er ist nicht wie die anderen Werwölfe, darum müssen wir mit ihm doppelt und dreifach vorsichtig sein. Es ändert sich nichts an meiner Einstellung, er wird einer harten Führung bedürfen. Er darf niemals das Gefühl der Überlegenheit bekommen! Hörst du? Niemals!"

Ihr Vater meinte das vollkommen ernst, das wusste Aira. Und sie sollte wohl auf sein Gespür und langjährige Erfahrung bauen.

Aira verabschiedete sich. In gewisser Weise war sie erleichtert, doch Zufriedenheit stellte sich trotzdem nicht ein. Die Situation um diesen Werwolf war zwar außergewöhnlich und interessant, aber auch enorm anstrengend. Dennoch hoffte sie auf den wahnsinnigen Erfolg, der sich mit Teris einstellen würde. Und dann hätte sie ihn entdeckt. Das würde einen großen Schritt in die Selbstständigkeit im Geschäft mit den Werwölfen bedeuten.

Den Umweg über den Hinterhof nahm Aira absichtlich. Sie wollte den Wolf noch einmal sehen.

Er saß in seinem Zwinger auf dem Boden und hatte sich eine Decke um den Oberkörper geschlungen, Jeans wärmten seine Beine. Seine Füße waren allerdings immer noch nackt. Teris hatte Aira sofort bemerkt und sah zu ihr hinüber. Er erhob sich und trat an den Zaun heran. Abwartend blickte der Wolf sie an.

Warum war sie eigentlich hier, fragte sie sich. Die Entscheidung war gefallen. Er würde vorerst bleiben, er würde für sie kämpfen dürfen. Für sie. Er war ihr Werwolf. Auch wenn sie ihn nicht gekauft hatte und er rein rechtlich das Eigentum von Lutz Santos war. Er war trotz alledem ihr persönliches Projekt!

Seine Augen ruhten immer noch auf ihr. Sie nickte ihm zu. „Du hast es geschafft meinen Vater soweit zu überzeugen, dass du vorerst bleiben kannst."

Teris senkte leicht den Kopf und lehnte sich mit der Schulter an den Zaun aus Stahl. Er blickte zu Boden.

„Die Alternative wäre Darrell gewesen?", fragte er und sah wieder auf. „Durfte ich überhaupt sprechen?", setzte er schnell nach. Aber nicht spöttisch, eher resigniert.

„Ist schon ok. Und ja, das wäre die Alternative gewesen."

„Dann war das da drinnen ein Test?"

Aira nickte.

Er schien kurz zu überlegen und seine Augen wirkten müde. „Okay." Mehr sagte er nicht.

Er tat ihr beinahe leid. Seine Wunden waren so gut wie verheilt, die Abschürfungen von gestern waren kaum noch zu sehen. Bei jungen gesunden Werwölfen heilten so einfache Verletzungen im Allgemeinen unheimlich schnell. Eine Eigenschaft, um die Aira diese Art beneidete. Ihr gebrochener Arm, der sie im Alter von sechs Jahren quälte, brauchte mehrere Wochen, um zu heilen. Ein Werwolf hätte dafür gerade mal eine knappe Woche benötigt.

Trotzdem wirkte Teris auf sie erschöpft. Sie wusste, dass die Einzelhaft und die Behandlung, die er zu ertragen hatte, ihn langsam zermürbten. Auch ein so starker Willen, wie er ihn hatte, war nicht unverwundbar. Sie verabschiedete sich daher freundlich von ihm.

„Ich muss los. Wir sehen uns morgen." Sie nickte ihm zu.

Er lächelte sie verhalten an. „War das eine Drohung oder ein Versprechen?"

Aira stockte der Atem. Versuchte er etwa, mit ihr zu flirten? Das Spiel beherrschte sie ebenfalls. „Finde es heraus."

Im Gehen blickte sie sich noch einmal um, Teris grinste kurz und verzog sich wieder in den hinteren Teil des Zwingers. Aira musste ebenfalls unwillkürlich grinsen. Wirklich, er war mehr als ungewöhnlich für einen Wolf.

Teris

Die Nacht war wieder fürchterlich kalt gewesen. In der Gestalt des Wolfes ließ es sich aber einigermaßen aushalten. Dennoch war es für Teris eine Qual. Er hasste diesen Zwinger abgrundtief. Er war einfach zu klein, um sich ausreichend bewegen zu können. Höchstens zehn Schritte brauchte Teris von einem Ende zum anderen.

Letzte Nacht hatte es kurz genieselt. Das Fell seines Wolfes war gut isoliert und er wurde nicht nass bis auf die Haut. Dennoch war es demütigend, dass diese Menschen ihn zwangen, unter freiem Himmel zu schlafen, ohne jeglichen Schutz vor Wettereinflüssen. Jede Minute, die er in diesem Zwinger verbringen musste, machte ihm klar, welche Macht die Menschen über ihn und seine Leidensgenossen hatten.

Teris stand nun in menschlicher Gestalt in der Mitte des Zwingers und beobachtete den Himmel. Helle Wolken schoben sich vor die Sonne. Aber sie gewann immer wieder die Oberhand. Zumindest würde es nicht so bald wieder regnen. Ihm war es lieber, in seiner menschlichen Gestalt von den Passanten angegafft zu werden.

Sein Wolf ertrug die Nähe der Menschen nur schwer. Er war nicht dafür geschaffen, sich wie ein Tier im Zoo ausstellen zu lassen. Teris gestattete es seinem Wolf, sich bei Anbruch des Sonnenaufgangs sofort zurückziehen, obwohl es so früh am Morgen immer noch fürchterlich kalt war. Doch er fror lieber, als seinen Wolf unnötig mit dieser Situation zu belasten. Wenigstens hatte er nun eine Jeans und eine Decke, um sich halbwegs vor dem frischen Wind schützen zu können.

Kurz darauf öffnete sich die Tür zum Gebäude und eine ältere Frau trat ins Freie. Teris kannte sie nicht, aber immerhin, sie hatte ein Tablett mit Frühstück dabei. Sie war schon etwas älter, mit schwarzen schulterlangen Haaren und den gleichen blauen Augen wie Aira. Außerdem haftete der Geruch von Santos stark an ihr. Das konnte nur die Chefin höchstpersönlich sein.

Ihre Augen erfassten ihn sofort mit einem festen Blick,

während sie auf den Zwinger zukam. Der junge Lupus beobachtete abwartend, wie sie an sein Gefängnis herantrat und ihn herausfordernd anblickte. Er konnte keine Angst an ihr wahrnehmen. Sie fürchtete ihn nicht, ihre Aura war absolut neutral. Fast so, als akzeptierte sie seine wahre Natur. Doch Teris spürte ihre innerliche Zerrissenheit. Sie wollte ihn offensichtlich nicht hier haben. Teris war irritiert. Was wollte diese Frau?

„Hallo, Teris." Ihre Stimme war freundlich und bestimmt.

Teris deutete ein Nicken an. Durfte er nun sprechen? Oder war das nur erlaubt, wenn er explizit den Befehl dazu erhalten hatte? Irgendwie hatte er die Regel immer noch nicht richtig verstanden. Wie sollte er das auch, wenn man ihm nichts wirklich erklärte? Leicht frustriert senkte er etwas den Kopf, ehe er wieder zu der älteren Frau aufblickte. Sie war trotz ihres Alters eine schöne Frau.

„Ich bin Gabrielle Santos!" Ihre Augen waren immer noch ruhig auf ihn gerichtet. Ihr Blick war distanziert, aber weiterhin nicht unfreundlich. „Du darfst sprechen, wenn du möchtest!"

Teris nahm das als gutes Zeichen und blickte ihr ebenfalls freundlich in die blauen Augen.

„Guten Morgen, Frau Santos. Erfreut, Sie kennenzulernen!" Er war gespannt, wie sich das Gespräch weiter entwickeln würde.

Sie lächelte und reichte ihm den Kaffee durch die Stäbe. „Er ist noch heiß. Ich hoffe, du magst Kaffee?"

Teris trat langsam an den Zaun heran und nahm das schwarze Getränk dankbar entgegen. „Absolut. Vielen Dank, Ma´m."

Sie beobachtete ruhig, wie er einen Schluck von dem heißen Getränk nahm. Das tat so gut. Endlich etwas Warmes im Bauch. Sofort war ihm nicht mehr so kalt wie noch vor fünf Minuten.

Als nächstes reichte sie ihm ein paar Wurstbrote. Himmlisch. Die Versorgung war gar nicht so übel. Wenn es denn etwas zu essen gab. Bisher wurde ihm nur unregelmäßig etwas gebracht. Er fragte sich, ob es nur ihm so erging oder die anderen Lupi ebenfalls unregelmäßig versorgt wurden.

Warum sie hier war und was sie von ihm wollte, wusster er nicht. Aber sie ging freundlich mit ihm um und das fühlte sich gut an. Etwas Freundlichkeit in dieser rauen Umgebung war ihm durchaus willkommen.

Teris senkte beschämt den Kopf. „Frau Santos, es tut mir leid, Sie damit behelligen zu müssen. Aber wäre es möglich, dass Sie Aiden oder ihrem Mann Bescheid geben, damit ich eine Toilette aufsuchen kann?"

Ihm war in seinem Leben nicht viel peinlich gewesen, aber dies gehörte eindeutig dazu. Angeleint an einer Kette wie ein Hund, dazu gezwungen, um Erlaubnis zu fragen, wenn er eine Toilette besuchen wollte. Wieder etwas, womit die Menschen ihm ihre Überlegenheit demonstrieren wollten. Noch etwas, dass er abgrundtief hasste.

Gabrielle lächelte nicht. Sie nickte freundlich, aber sie machte sich nicht lustig über ihn. „Aiden wird sich gleich um dich kümmern."

„Danke!"

Es widerstrebte ihm, sich unterwürfig zu zeigen, aber sie war tatsächlich freundlich zu ihm. Es gab also keinen Grund, ihr nicht ebenfalls höflich zu begegnen. Teris spürte, dass diese Frau nicht mit allem einverstanden war, was in ihrem Heim vor sich ging. Er wusste nur nicht, ob sie es trotzdem duldete, oder ob sie in diesem Punkt einfach übergangen wurde.

Teris nahm einen letzten Schluck von dem köstlichen Kaffee und reichte ihr die leere Tasse durch die Gitterstäbe. Ohne zu zögern nahm sie ihm die Tasse aus der Hand. Teris war irritiert. „Frau Santos, Sie haben keine Angst vor mir! Warum ist das so?"

„Warum sollte ich Angst vor dir haben?" Ihre Augen glitzerten leicht, sie blieb aber ruhig.

„Naja, da ich der einzige in diesem Zwinger bin und es augenscheinlich auch nur einen gibt, gehe ich davon aus, dass dieser nur zu Bestrafungszwecken eingesetzt wird. Also sitze ich offensichtlich eine Strafe ab und könnte sehr gefährlich sein." Teris Stimme klang verbittert. „Immerhin bin ich ein

Werwolf! So nennt ihr Menschen uns doch, oder?"

Gabrielle Santos schüttelte lächelnd den Kopf. „Ich weiß, was du bist, Teris! Und ich habe keine Angst vor deinesgleichen. Warum du in diesem Zwinger bist, interessiert mich nicht! Wir beide haben keinen Ärger miteinander! Warum also sollte ich Angst vor dir haben oder dich nicht genauso behandeln wie jeden anderen auch?"

Ihre Köperhaltung war unverändert. Nicht einmal ihr Herzschlag wurde schneller! Diese Frau war die Ruhe in Person. Teris war ehrlich beeindruckt. Interessant!

„Ich weiß, dass ihr klaren Strukturen folgt und einer Frau niemals etwas zuleide tut!", ergänzte Gabrielle.

Der junge Lupus holte überrascht Luft. „Sie haben Recht." Woher wusste sie davon?

„Aber wir besitzen auch einen ziemlich guten Selbsterhaltungstrieb! Wird eine Frau gefährlich für uns, würde ich persönlich nicht die Hand dafür ins Feuer legen, dass wir sie nicht doch verletzen! Oder gar töten!"

Er wollte ihr keine Angst machen, aber sie konnte ruhig wissen, dass sie es nicht mit einem Schoßhund zu tun hatte.

Gabrielle nickte nur ruhig. Sie war immer noch nicht aufgeregt, allerdings wurde ihr Blick nun fester. „Das weiß ich ebenfalls, Teris! Darum werde ich dich um einen Gefallen bitten!" Ihre Augen blickten so fest, als wollte sie ihn damit packen. „Und ich weiß, dass ihr euch an Versprechen haltet. Dass ihr euch an Versprechen bindet!"

Teris hob sein Kinn an. Diese Frau wusste viel zu viel über die Lupi. Woher hatte sie ihr Wissen? Und worum würde sie ihn bitten? Teris ahnte, dass ihm die Tasse Kaffee teuer zu stehen kommen würde.

„Ich bitte dich darum, auf Aira acht zu geben!" Die dunkelhaarige Frau blickte ihm immer noch fest in die Augen, als wollte sie ihn durchbohren.

Teris schnaubte leicht. Das nahm jetzt aber eine interessante Wendung.

„Ihre Tochter betreibt mit ihrem Mann ein gefährliches Geschäft. Sie läuft der Gefahr regelrecht in die Arme. Wie kommen Sie darauf, dass ich auf sie aufpassen könnte? Oder es wollte?"

Gabrielle lächelte, aber sie wirkte nicht belustigt. „Teris, du verstehst mich falsch! Du sollst nicht auf sie aufpassen!" Ihr Blick wurde nun bestimmend. „Ich bitte dich darum, dass du sie niemals verletzt oder tötest!"

Teris holte tief Luft. Warum bat sie ihn darum? Wie kam sie auf die Idee, er würde Aira verletzen wollen? Was wusste sie, was er nicht wusste?

„Warum sollte ich Ihrer Tochter etwas antun wollen?" Er sprach es fast schon verächtlich aus.

Doch Gabrielle blieb ernst. „Teris, versprich es mir!", forderte sie.

Sie ließ keinen Zweifel daran aufkommen, dass es ihr absolut ernst war. Teris holte nochmals tief Luft. Er musste mit seinem Wolf um eine Entscheidung ringen. Denn der war mit diesem Versprechen nicht einverstanden. Er wollte sich nicht an eine Gefahr binden. Und Gefahr war eindeutig in Verzug. Warum sonst wollte Gabrielle Santos ihm dieses Versprechen abnehmen? War ihr nicht bewusst, was sie da von ihm verlangte?

„Versprich es mir!", widerholte sie.

Teris schnaubte erneut hörbar aus. Sein Wolf tobte, für ihn fühlte sich alleine der Gedanke wie ein Verrat an. Teris war sich im Klaren darüber, dass er keine wirkliche Wahl hatte. So eine Verpflichtung würde er aber sicher nicht ohne Gegenleistung eingehen. „Sie verlangen viel! Was habe ich davon, Ihnen dieses Versprechen zu geben?"

„Du wirst eines Tages davon profitieren. Ich weiß noch nicht wann und wie, aber irgendwann wird es dir nützlich sein. Das verspreche ich dir!", ließ sie sich auf seine Forderung ein. „Versprich du mir im Gegenzug, Aira zu verschonen, sollte es eines Tages vonnöten sein!"

Teris seufzte innerlich. Er hatte durchaus Verständnis für ihr Anliegen, aber er fürchtete, dass es ihm zum Verhängnis werden könnte. Der Deal war nicht unbedingt der Beste, wie er fand, aber Gabrielle versuchte nur ihre Tochter zu beschützen.

Eine Eigenschaft, die jeder guten Mutter innewohnte, wie Teris als Mitglied eines Rudels nur allzu gut wusste.

„Einverstanden!"

Gabrielle war sichtlich erleichtert. „Danke, Teris! Ich weiß das zu schätzen!"

Teris wandte sich ab. Er hatte schon jetzt das dumme Gefühl, dieses Versprechen eines Tages böse zu bereuen. Er warf der älteren Frau einen letzten Blick über die Schulter zu. „Ich stehe zu meinem Wort, Frau Santos! Ich hoffe, Sie auch zu Ihrem!"

Gabrielle hob stolz den Kopf. „Das tue ich! Verlange nur nichts von mir, was ich nicht erfüllen kann! Wie dich frei zu lassen, zum Beispiel!" Sie schmunzelte und machte sich auf den Weg ins Gebäude.

Teris musste unwillkürlich grinsen. Gabrielle stand mit beiden Beinen im Leben. Sie wusste was sie wollte und wo ihre Grenzen waren. Teris empfand großen Respekt vor dieser reifen Frau. Er wäre ihr gerne früher begegnet, als er noch frei war. Er war sich sicher, dass er eine Menge über die Menschen von ihr hätte lernen können. Unter den gegebenen Umständen konnte sie allerdings auch sein Verderben werden.

Kapitel 4

Lutz

Ein Termin jagte den nächsten. Das Telefon stand nicht still und die Bestellungen überschlugen sich förmlich. Der heutige Montagmorgen war wirklich die Hölle. Das würde ein langer Tag im Büro werden. Lutz hatte sein Unternehmen in jungen Jahren alleine auf- und ausgebaut, bis sein Fleiß sich ausgezahlt hatte. Jetzt saß er in einem mehrstöckigen Geschäftsgebäude, in dem er seinen Onlinehandel betrieb. Hier befanden sich die Verwaltung, die Buchhaltung und das Archiv. Die oberen Etagen bewohnte er mit seiner Familie. Zusätzlich besaß Lutz außerhalb der Stadt ein Großlager. Dort wurden die Bestellungen abgewickelt und versandt. Gut 50 Mitarbeiter arbeiteten für ihn. Eine große Verantwortung, die auf Lutz lastete.

Im Keller des Geschäftsgebäudes ging er seinem Hobby nach. Dort konnte er den stressigen Alltag in seinem Onlinehandel vergessen. Dort unten gab es nur die wilden Werwölfe und ihn. Ihm war bewusst, dass es ebenfalls eine Art Geschäft war. Es brachte Geld ein und er musste auch dies versteuern. Es sorgte aber für genügend Abwechslung, um abschalten zu können.

Er genoss es, zu beobachten, wie die Wölfe sich unter Aidens Training formten und entwickelten. Vormittags ließ der Russe sie auf dem Hinterhof laufen und Übungen absolvieren. Nachmittags standen Krafttraining und weitere Lektionen, die nützlich für den Kampf waren, auf dem Plan. Dafür hatte Lutz eigens einen Trainingsraum mit entsprechenden Geräten einrichten lassen.

Im Moment mussten Aira und er sich allerdings auf die Verhandlungen mit einem Lieferanten konzentrieren. Die beiden Mitarbeiter der Firma waren zähe Verhandlungspartner, stellte Lutz anerkennend fest. Beide Parteien versuchten, die Konditionen zu ihren Gunsten ausfallen zu lassen. Lutz atmete erleichtert auf, als die Verträge endlich unterschrieben waren. Zum Abschluss ließ er seine Sekretärin noch eine Runde

Kaffee und Kuchen bringen. Zufrieden nickte Lutz seinen Verhandlungspartnern zu.

„Es freut mich, dass wir uns doch noch zur Zufriedenheit aller einigen konnten. Ich bin mir sicher, dass die Hoodies von „Fashion Trade" einen sehr guten Absatz finden werden!"

„Das sehen wir genauso!" Shoemaker war erst seit Kurzem stellvertretender Geschäftsführer von Fashion Trade.

Aira hatte im Vorfeld Informationen über den neuen Verhandlungspartner eingeholt, von daher wusste Lutz, dass Shoemaker ein begeisterter Kampfsportler war. Darum war es keine Überraschung für ihn, als dieser seine professionelle Haltung fallen ließ und Lutz gespannt ansah. Es war offensichtlich, dass er die ganze Zeit darauf gewartet hatte, ein bestimmtes Thema anzusprechen.

„Kommen wir nun zu etwas völlig anderem!" Dabei grinste Shoemaker schelmisch. „Verzeihen Sie, dass ich so direkt frage, aber wie wir hörten, sind Sie ebenfalls im Geschäft mit den Werwölfen tätig?" Der Mann blickte kurz zu seinem jungen Kollegen rüber, der ebenfalls interessiert aufblickte.

Lutz schmunzelte. „Da haben Sie richtig gehört!"

„Wo halten Sie denn ihre wilden Bestien?" Shoemaker bedachte seinen Kollegen mit einem fragenden Blick und dieser nickte zustimmend. Shoemaker wandte sich wieder Lutz zu. „Wir würden uns sehr gerne einmal echte Werwölfe ansehen. Bei uns gibt es dazu leider keine Möglichkeit!" Die beiden Männer blickten Lutz und Aira auffordernd an.

Lutz erhob sich von seinem Sessel. „Meine Herren, ich könnte Ihnen durchaus einige meiner Exemplare zeigen. Aber sie müssen sich im Klaren darüber sein, dass es sich um Tiere handelt. Sie sind keine Menschen, auch wenn sie in einer ihrer beiden Gestalten so wirken mögen!"

Lutz wurde ernst. „Werwölfe sind sehr gefährlich, wenn man sie nicht am Verwandeln hindert. Sie werden in meinem Keller nur Werwölfe in Menschengestalt vorfinden!"

Die Männer erhoben sich ebenfalls. „Das ist für uns vollkommen in Ordnung!"

Sie wirkten aufgeregt wie kleine Jungen. Die beiden Männer

hielten das alles für ein tolles Abenteuer und waren offensichtlich sehr gespannt darauf, zum ersten Mal auf Werwölfe zu treffen.

Lutz griff zu seinem Telefon. „Aiden, trainieren die Wölfe gerade im Hinterhof? Wunderbar! Halte sie in Bewegung, wir kommen gleich dazu!" Er legte auf und machte eine einladende Geste. „Meine Herren! Darf ich Sie bitten, mir zu folgen, wir werden uns die Werwölfe während ihrer Trainingseinheit ansehen können!"

Als die Gruppe den Hinterhof erreichte, liefen sieben Werwölfe in kurzen Sprints von einem Ende des Hinterhofes zum anderen. Sie trugen Handschellen und das Silberhalsband. Bekleidet waren sie nur mit Jeans, ihre Oberkörper waren schweißgebadet. Es war offensichtlich, dass sie schon länger trainierten. Aiden hatte seinen Stock in der Hand und trug seine Smith-and-Wesson griffbereit am Holster, während er Befehle an die Werwölfe brüllte. Sie alle gehorchten ausnahmslos, wie Lutz sofort zufrieden vernahm. Auch Teris zeigte keine Gegenwehr, als Aiden die Wölfe nun in einer Reihe Aufstellung nehmen ließ und Kniebeugen von ihnen verlangte.

Die Gäste waren beeindruckt. „Mr. Santos, Sie haben ihre Werwölfe anscheinend gut im Griff. Sie gehorchen aufs Wort!"

Lutz nickte zustimmend. „Sie brauchen auch eine strenge Führung, damit das System funktioniert. Sie sind wilde Bestien, die uns sonst schnell gefährlich werden können!"

Die Männer waren sichtlich zufrieden mit dem, was sie geboten bekamen. Sie verfolgten jede Bewegung der Werwölfe, die, ohne zu zögern, Aidens Befehle ausführten.

Lutz beobachtete Teris derweil ganz genau. Die Bewegung schien ihm gut zu tun. Lutz war nicht davon ausgegangen, dass er das Training so schnell bereitwillig mitmachen würde. Er hatte einen sehr starken Willen. Und auch wenn er den Test bestanden hatte, war Lutz sich nicht sicher, ob Teris sich im Griff behalten würde, wenn er sich falsch behandelt fühlte. Und das tat er permanent. Kein Wunder, er war ja nicht freiwillig her.

Lutz genoss es, zu erleben, wie Frischlinge ihre Aussichtslosigkeit erkannten und es aufgaben, gegen ihn oder Aiden anzukämpfen. Wenn der Wandel zwischen Ungehorsam und Widerstand zu Ergebenheit und Gehorsam stattfand. Dieser Moment war immer besonders befriedigend. Wenn sie anfingen für ihn, ihren Meister, zu kämpfen und ihr Bestes zu geben.

Doch Teris war noch meilenweit davon entfernt. Lutz zweifelte immer noch daran, dass dieser Werwolf sich jemals richtig unterordnen würde. Und das musste er, wenn er für ihn kämpfen sollte. Ein Wolf, der nicht gehorchte, hatte im Käfig nichts zu suchen. Das Risiko, dass er außer Kontrolle geriet, war einfach zu groß. Konnte dieser kleine störrische Werwolf sich unterordnen? Würde er im Käfig die Nerven behalten? Oder sollte er zu einer Gefahr für andere werden?

Es war an der Zeit, wieder ins Gebäude zurückzukehren. Die Männer hatten soweit alles gesehen und Lutz wollte nicht, dass die Geschäftsleute auf merkwürdige Ideen kamen. Werwölfe boten eine breite Palette für Dummheiten. Sie waren wilde Tiere. Vergaß man gewisse Vorsichtsmaßnahmen, konnte es unschön enden.

Lutz forderte die Gruppe freundlich auf und sie bewegte sich zurück ins Gebäude. Der Geschäftsmann war sehr zufrieden mit dem Beginn der Arbeitswoche. So konnte es gerne weitergehen.

Aira

Ein paar Tage später saß Aira in ihrem Büro und versuchte, sich auf eine Kostenabrechnung zu konzentrieren, die über ihren Bildschirm flackerte. Der Regen prasselte hart gegen die große Fensterfront. Sie seufzte laut, obwohl es keiner hören konnte. Sie hatte diesen Raum für sich alleine, die übrigen Mitarbeiter waren durch eine Glaswand im Großraumbüro von ihr getrennt. So hatte sie die Angestellten im Blick, konnte sich aber gut auf ihre eigenen Aufgabenbereiche konzentrieren.

Dieser verdammte Regen.

Sie stand schwungvoll von ihrem Bürostuhl auf und ging ans Fenster. Von hier aus konnte sie in den Hinterhof einige Stockwerke unter ihr blicken. Und in den Zwinger, der sich dort befand. Teris saß wieder darin fest und saß, an die Gitterstäbe gelehnt, zusammengekauert auf dem Boden. Er war dem Regen schutzlos ausgeliefert. Es regnete schon den ganzen Tag, aber Airas Vater hatte angewiesen, ihn bis zum Abend im Zwinger zu lassen. Die junge Frau war davon wenig angetan.

Der Werwolf hatte sich in den letzten Tagen nicht wirklich etwas zu Schulden kommen lassen. Er hatte das Trainingsprogramm, welches die Werwölfe beinahe täglich absolvieren mussten, klaglos mitgemacht. Auch die Autorität von Aiden hatte er nicht ein einziges Mal in Frage gestellt. Würde sie es nicht besser wissen, könnte man meinen, er wäre gezähmt.

Doch seine Augen sprachen eindeutig eine andere Sprache. Die verrieten seine Wut und die Wildheit, die er hinter seinem Gehorsam verbarg. Trotzdem war es barbarisch, ihn bei diesen niedrigen Temperaturen den ganzen Tag im Regen sitzen zu lassen. Es war mittlerweile Donnerstagnachmittag und an diesem Wochentag hatte Aiden grundsätzlich frei. Das Fitnesstraining für die Werwölfe fiel heute somit aus.

Aira zählte die Minuten bis zum Feierabend, sie wollte Teris endlich erlösen. Ihm musste furchtbar kalt sein. Warum sorgte sie sich überhaupt so sehr um diesen kleinen Wolf? Um die anderen hatte sie sich nie wirklich gekümmert. Sie waren im Keller, wurden von Aiden fit gehalten und kämpften im Käfig für ihren Vater. Sie interessierte sich durchaus für ihre Fortschritte und für welche Sparte im Käfig sie geeignet waren. Es gab Wölfe, die Siege einfahren mussten und andere, die eher durchwachsene Leistungen zeigten und häufiger verloren, als gewannen. Gebraucht wurden sie alle. Es war an ihr und ihrem Vater, den passenden Platz für jeden Werwolf zu finden.

Sie setzte sich wieder an ihren Platz und konzentrierte sich auf ihre Aufgaben am Computer. Nachdem sie die letzten Mails rausgeschickt hatte, lehnte sie sich aufatmend zurück. Endlich Feierabend, dachte Aira. Da ploppte plötzlich eine Nachricht von ihrem Vater auf dem Bildschirm auf.

\>\> Komm bitte in mein Büro. \<\<

Aira schloss ihre Programme. Sie hatte sowieso gleich Feierabend, also konnte sie den Computer schon mal runterfahren. Sie nahm ihre Jacke und ging rüber in das Büro ihres Vaters. Es lag direkt neben ihrem. Lutz telefonierte noch, als sie eintrat. Er winkte sie trotzdem heran und sie setze sich in den Sessel vor seinem Schreibtisch.

„Nein, Herr Stevenson, ich versichere Ihnen, dass es zu keinen Problemen kommen wird…, ja, genau…, nein, das wird er nicht…, nein, auch das nicht."

Ihr Vater verdrehte genervt die Augen. Aira blickte ihn überrascht an. Herr Stevenson war kein Kunde der Firma, er war der Vorsitzende der „Society of Lupi", des Verbandes, der alles Offizielle rund um die Werwölfe regelte. Was wollte er von ihrem Vater? Lutz rieb sich angestrengt die Stirn.

„Nein…, ja, natürlich. In Ordnung, wir sehen uns dann am Wochenende. Vielen Dank…, ja, auf Wiederhören." Endlich legte er auf.

Aira blickte ihn verwundert an. „Was war denn das?"

Lutz schüttelte fassungslos den Kopf und sah ihr dann nachdrücklich in die Augen.

„Die haben Darrell gefragt, wer den verrückten Werwolf auf der letzten Versteigerung gekauft hat. Du erinnerst dich? Die Tötungsmaschine, die in der Zeitung stand?"

Oh mein Gott, ernsthaft? Aira war ebenfalls fassungslos. „Was bedeutet das für uns?"

Lutz Augen verengten sich. „Dass dein Werwolf uns nun doch noch eine Menge Ärger einbringen kann! Außer, ..." Lutz stand von seinem Stuhl auf und bedeutete ihr, mit ans Fenster zu kommen. Gemeinsam blickten sie auf den pitschnassen Teris hinab, der sich immer noch zusammengekauert an die Gitterstäbe lehnte.

"...außer, er schafft es, sich vor den Offiziellen des Verbandes als gezähmter Wolf zu präsentieren."

Aira blickte ihren Vater nun leicht verwirrt an. Lutz erklärte es ihr.

„Sie wollen ihn am Wochenende im Käfig kämpfen sehen. Normalerweise lasse ich neue Werwölfe nicht so schnell kämpfen, wie du weißt! Ich hoffe sehr, er ist in der Lage, sich zu beherrschen. Wenn nicht, händigt man mir seinen Kaufpreis aus und er wird niemals mehr bei einem Kampf der Society auftauchen. Dann nehmen sie ihn mit!"

Aira war entsetzt. Das war doch nicht deren Ernst! Er war rechtmäßig von ihrem Vater gekauft worden. Wie konnte die Society einfach bestimmen, wer welchen Werwolf behalten durfte?

„Das kann doch wohl nicht wahr sein! Was passiert dann mit ihm?"

Lutz zuckte die Schultern. „Ich weiß es nicht. Und ich glaube, das wollen wir auch nicht wirklich wissen." Er wurde eindringlicher. „Die Society sorgt dafür, dass alles sauber bleibt. Darum sind wir ihr angeschlossen und halten uns nicht bei den Untergrundkämpfen auf. Darum zahle ich Mitgliedsgebühren und eine Pauschale für jeden Werwolf, der für mich kämpft. Weil mit dieser Organisation alles sauber läuft. Und ich möchte, dass das so bleibt!"

Aira verstand, was er meinte und nickte zustimmend, auch wenn sie gerade innerlich zerfressen wurde. Würde es jemals einfach werden mit diesem einen Werwolf? Lutz sah auf den nassen Wolf im Zwinger herab.

„Hol ihn da raus und lass ihn unter die Dusche gehen. Und

dann rede mit ihm. Mach ihm klar, wie wichtig es ist, dass er am Wochenende fügsam ist." Lutz wurde noch deutlicher. „Apropos fügsam: Nimm den Stock mit, je schneller er seine Position akzeptiert, umso besser. Ich werde ihn mir heute Abend noch zur Brust nehmen, pariert er dann nicht, werde ich dafür sorgen, dass er das tut."

Aira musste schwer schlucken. Der direkte Kontakt zu den Werwölfen und die Disziplinierungsmaßnahmen fielen eigentlich nicht in ihren Bereich. Das, was ihr Vater von ihr verlangte, war normalerweise Aidens Job. Doch der hatte mittwochs und donnerstags frei.

Aira holte tief Luft und sah noch einmal auf Teris hinab. Ihm war offensichtlich kalt, doch er hatte keine andere Wahl, als auszuharren, denn Lutz hatte ihm das Silberhalsband heute Morgen wieder angelegt. Er konnte sich nicht in seine andere Gestalt verwandeln, um sich vor dem Regen besser schützen zu können.

Sie verließ das Büro ihres Vaters und fuhr mit dem Fahrstuhl die sechs Etagen bis ins Erdgeschoß hinunter. Sie zog sich ihre Jacke über und rannte in den Regen hinaus. Teris hatte sie sofort wahrgenommen und sah sie misstrauisch an. Als sie näherkam, konnte sie erkennen, wie stark er zitterte. Seine Jeans war durchnässt bis auf die Haut und das Wasser tropfte von seinen durchtränkten Haaren. Mitleid überkam sie. Es war nicht richtig gewesen, ihn hier so lange in der Kälte bei dem starken Regen sitzen zu lassen.

„Teris, komm her! Ich bringe dich rein!"

Er kam sofort an die Tür heran, um sich die Handschellen anlegen zu lassen. Das Silberhalsband trug er ja schon. Er hielt den Kopf gesenkt und sah sie nicht an, er wollte wohl einfach nur ins Trockene.

Sie konnte nicht anders, dieser völlig durchnässte Werwolf tat ihr leid. „Es war nicht richtig, dich hier so lange sitzen zu lassen."

Er blickte überrascht auf und sie sah ihm tief in die braunen Augen. Er zitterte immer noch stark. „Ich konnte nichts dagegen unternehmen. Aber es tut mir trotzdem leid."

Er schaute weiterhin überrascht, sagte aber nichts.

„Komm jetzt!", befahl Aira. Er musste wirklich schnell ins Trockene, seine Lippen waren schon blau angelaufen. Auch ein Werwolf konnte Schaden durch Wettereinflüsse nehmen. Und er stand ihrer Meinung nach kurz davor.

Der kleine Wolf folgte ihr, ohne zu zögern, in das geschützte Gebäude. Er zitterte wie Espenlaub und musste dringend aus der nassen Hose raus.

„Komm mit, du musst dich dringend aufwärmen!"

Er nickte nur und folgte ihr in die große Gemeinschaftsdusche. Ihm war der Raum vertraut, er durfte sich hier seit Montag täglich mit den anderen Werwölfen duschen.

„Zieh dich aus, ich besorge dir gleich etwas Trockenes."

Teris gehorchte augenblicklich und stellte sich unter die warme Dusche. Zunächst zuckte er unter dem heißen Wasser zusammen. So ausgekühlt, wie er war, dürfte sich das warme Wasser eher wie Nadelstiche anfühlen. Doch schon nach einem kurzen Moment seufzte er wohlig, als das Wasser ihn endlich auftaute. Aira beobachtete, wie der Werwolf sich zunehmend entspannte. Er war wirklich stattlich gebaut, aber es verwirrte sie immer noch, dass er um einiges kleiner war als die anderen Werwölfe. Sie würde zu gerne erfahren, woran das lag. Noch nie war ihr ein Werwolf begegnet, der nicht mindestens 1,85 m groß war. Doch er war gut zehn Zentimeter kleiner.

Er bemerkte wohl, dass sie ihn anstarrte und drehte ihr den Kopf zu, während er sich einseifte. Abwartend sah er sie an. Sie beschloss, in die Offensive zu gehen. „Warum bist du so viel kleiner als die anderen?"

Ihre Frage sollte bewusst nicht abwertend klingen, sie war sich aber nicht sicher, ob ihr das gelungen war.

Teris grinste. „Ist das ein Problem?"

Aira schüttelte ebenfalls lächelnd den Kopf. „Nein, aber ungewöhnlich ist es schon", stellte sie nüchtern fest. Er nickte lächelnd. Das ließ ihn gleich viel weniger wild erscheinen.

„Gibt es dafür einen bestimmten Grund?"

Er lächelte weiter. „Gibt es einen bestimmten Grund für Ihre schwarzen Haare, Miss Santos? Oder die blauen Augen?"

Er ließ das warme Wasser nun genussvoll über seinen Kopf laufen und spülte sich die Seifenreste aus dem Haar.

Veräppelte er sie gerade? Machte er sich lustig über sie, oder war es ihm schlicht egal, dass er so klein war? Er war immer noch einen halben Kopf größer als sie, aber deutlich kleiner als alle anderen Werwölfe in diesem Keller. Das musste ihm doch aufgefallen sein! Endlich nahm er den Kopf wieder unter dem weichen Wasserstrahl hervor und ließ ihn nun über seinen kräftigen Rücken laufen.

„Ich glaube ja, dass es einen Grund dafür gibt. Und den würde ich gerne kennen", bohrte sie weiter nach.

Nun sah er sie distanziert an. Nur für einen Moment, aber lange genug, dass sie sein Unbehagen dahinter deutlich sehen konnte. Er wusste eindeutig mehr darüber, als er zugab. Das verärgerte sie, machte sie aber auch neugierig. Sie würde den Grund dafür noch herausfinden. Früher oder später.

Er schien sich endlich genug aufgewärmt zu haben und drehte den Hahn wieder zu. Sie reichte ihm ein Handtuch und beobachtete, wie er sich abtrocknete. Sein feuchtes Haar stand in alle Richtungen ab und sie musste schon wieder über ihn grinsen. Er sah wirklich lustig damit aus. Teris bemerkte, dass sie grinste und tat es ihr gleich.

Es war wirklich eine komische Situation, wie er nackt vor ihr stand und sich abtrocknete. Er, der wilde Werwolf mit dem starken Willen, der sie fast schon freundlich anlächelte. Das passte alles nicht wirklich zusammen. Sie sollte sich dringend auf ihre Aufgabe besinnen, stellte sie erschrocken fest.

„Bist du endlich fertig?", fragte sie nun etwas heftig.

Verwirrt blickte er zu ihr rüber, er schien zu merken, dass die Stimmung sich plötzlich gewandelt hatte. Er nickte nur und reichte ihr das Handtuch. Sie packte wieder seine Ketten und zog ihn aus der Dusche in den Raum, in dem ihr Vater ihn am Sonntag schon verhört hatten. Er blieb genau dort stehen, wohin sie ihn bugsiert hatte und sah sie immer noch verwirrt an.

„Warte hier, ich hole dir neue Kleidung."

Airas Blick war streng, auch wenn sie es eigentlich nicht sein wollte. Aber sie hatte eine wichtige Aufgabe zu erfüllen. Es hing eine Menge davon ab, wie erfolgreich das hier verlaufen würde.

Teris

Er wusste nicht, warum sich die Stimmung plötzlich verändert hatte. Auch nicht, warum sie ihn in diesen Raum brachte, aber er spürte, dass es nichts Gutes bedeutete. Gespannt wartete er auf ihre Rückkehr. Es wunderte ihn, dass sie mit ihm allein sein durfte. Aiden hatte er seit gestern nicht mehr gesehen, vielleicht hatte dieser frei?

Endlich öffnete sich die Tür und Aira brachte trockene Kleidung für ihn mit. Argwöhnisch blickte er zu ihr rüber, sie hatte noch mehr dabei… einen Stock. Er verengte sofort misstrauisch die Augen. Was sollte das hier werden? Sie reichte ihm die Jeans und das Shirt. Vorsichtig nahm er beides entgegen. Sie würde die Handfesseln öffnen müssen, damit er sich das Shirt anziehen konnte. Hatte sie den Stock aus diesem Grund mitgebracht? Zu ihrer Sicherheit?

Sie legte den Stock auf einem kleinen Tisch in der Ecke ab und beobachtete, wie er in die Jeans schlüpfte. Das ging auch mit Handfesseln ganz gut. Er blickte ihr kurz in die Augen, bevor er mit dem Kopf in die Richtung des Tisches nickte.

„Angst davor, dass ich auf dumme Ideen komme, wenn ich mir das Shirt anziehe?" Er war immer noch auf der Hut. „Oder wird das hier ein perverses Sadomaso-Spielchen?"

Sein Blick verriet ihr, dass er es ernst meinte. Er fragte sich, was sie vorhatte. Teris konnte sich nicht erinnern, in den letzten Tagen unangenehm aufgefallen zu sein. Er hatte sich bemüht, fügsam und gehorsam zu sein, auch wenn es er hasste. Auch wenn es absolut gegen seinen Willen war, wusste Teris, dass es besser war, abzuwarten, die Situation zu überblicken und einzuschätzen. Es machte wenig Sinn, vorschnell zu reagieren. Er hatte es sogar hingenommen, dass sie ihn weiterhin in Einzelhaft quälten. Ihn wie ein Tier an die Kette legten und im Zwinger der Öffentlichkeit Preis gaben. Sogar den heutigen Tag im Regen hatte er, ohne zu murren, überstanden. Also, was sollte das Ganze hier nun?

Sie trat auf ihn zu und öffnete die Handschellen. Dann sah sie ihm in die Augen, streng und beherrscht.

„Zieh dir das Shirt an und dann setz dich auf den Stuhl!", befahl sie klar und deutlich.

Teris wurde wütend. Alles klar, sie wollte ihm nicht sagen, worum es ging. Das ärgerte ihn. Er hatte angenommen, dass sie nicht wie Aiden oder ihr Vater war. Dass sie ihn anders behandeln würde. Wie dumm von ihm. Sein Fehler. Sie war eben auch nur ein Mensch.

Der Lupus gehorchte und setzte sich. Aira trat an ihn heran und drehte ihm die Handgelenke auf den Rücken. War das ihr Ernst? Er konnte es kaum glauben. Böse schnaubte er aus, als sie die Fesseln eng um seine Handgelenke schloss. Die Kette befestigte sie an der Rückenlehne. Sie kettete ihn regelrecht auf dem Stuhl fest. Wütend senkte er den Kopf. War es überhaupt möglich, sich richtig zu verhalten? Konnte man diesen Menschen überhaupt irgendetwas recht machen?

„Du stehst vor einer großen Aufgabe! Und ich werde sicherstellen, dass du diese Aufgabe bewältigst!" Airas Stimme klang absolut nüchtern.

Er konnte ihre Stimmung nicht einschätzen. War sie tatsächlich gefährlich, oder versuchte sie nur, es zu sein? Teris holte tief Luft und wartete ab, was nun passieren würde. Sie ging zum Tisch und nahm den Stock in die Hand. Dann drehte sie sich langsam zu Teris um. Ihr Blick war eiskalt und unergründlich, als sie auf ihn zu kam.

Scheiße… sie war gefährlich. Sie tat nicht nur so.

Er konnte ja nicht ahnen, dass er sein Versprechen, welches er Gabrielle Santos gab, schon drei Tage später bereuen würde.

Lutz

Die Schreie waren animalisch und durchdrangen das halbe Gebäude. Lutz saß zusammen mit seiner Frau am Küchentisch und trank Kaffee. Wenn seine Frau auch normalerweise den besten Kaffee auf dieser Erde kochte, dieser hier hatte einen faden Beigeschmack. Gabrielle schüttelte schweigend ihren kleinen Kopf. Bei jedem Schrei, der durch die dicken Mauern aus dem Keller hochdrang, schloss sie verärgert ihre Augen.

„Liebling, warum gehst du nicht in ein nettes Café mit einer deiner Freundinnen?"

Er wusste, wie schwer sie dies aushalten konnte. Sie mochte die Werwölfe nicht, ja sie verabscheute sie sogar. Aber sie war eine stolze Frau mit reinem Herzen. Handlungen, die mit Gewalt einhergingen, waren in ihren Augen eine Sünde.

Sie schüttelte mit zusammengekniffenen Augen den Kopf. „Nein, ich weiß es. Ich könnte es nicht ausblenden!"

Der Kaffee schmeckte fast schon widerlich. Lutz wusste aber, dass es nicht am Kaffee selbst lag. Er versuchte Gabrielles Arm zu streicheln, um sie zu beruhigen, doch sie entzog sich ihm.

„Nein!" Sie erhob sich und funkelte ihn wütend an. „Es ist schon schlimm genug, wenn Aiden und du zu solch barbarischen Mitteln greift! Aber, dass du Aira das tun lässt…" sie stockte, ihre Stimme brach „…sie ist eine junge Frau, die solche Dinge nicht tun sollte!"

Lutz holte tief Luft. „Gabrielle, ich habe ihr selbst überlassen, wie sie vorgehen möchte. Sie sieht anscheinend nur diese eine Möglichkeit. Auch wenn er rein rechtlich mir gehört, ist er doch in gewisser Weise ihr Werwolf. Sie hat die Verantwortung übernommen und entschieden, wie sie mit ihm verfahren will!"

Gabrielle schüttelte immer noch ihren Kopf. „Das mag sein, aber sie sollte nicht solche Entscheidungen treffen müssen!" Sie wurde lauter. „Ihr habt mir beide versprochen, dass Aira so etwas nie tun muss!" Ihre Stimme überschlug sich beinahe. „Du weißt wie sehr ich dieses Geschäft verabscheue!

Und du weißt auch, dass ich es nicht billige, so mit anderen Lebewesen umzugehen! Es ist barbarisch!"

Lutz holte tief Luft. „Gabrielle...bitte..." weiter kam er nicht.

Die Schreie hörten abrupt auf.

Lutz und Gabrielle sahen sich einen Moment lang schweigend an. Gabrielle ergriff als erste das Wort.

„Du solltest jetzt zu ihr gehen!"

Er nickte und erhob sich. „Ich werde nach ihr sehen!" Lutz küsste seine Frau sanft auf die Stirn.

Er akzeptierte, dass sie in dieser Sache unterschiedlicher Meinung waren. Vor allem aber bewunderte er seine Frau für ihre klare Haltung. Und natürlich war ihm bewusst, dass sie versuchte, ihre Tochter vor den mitunter grausamen Praktiken in diesem Geschäft zu schützen.

Lutz fand seine Tochter vor dem Verhörraum. Sie saß auf dem Boden, hatte die Knie angewinkelt und hielt den Stock locker in der Hand. Als sie ihn bemerkte, blickte sie erschöpft auf. Lutz erschrak bei ihrem Anblick und machte sich sofort Sorgen. War es für sie zu viel gewesen?

„Aira?"

Sie schüttelte den Kopf. „Schon okay!", wehrte sie seine Hand ab, als er ihr aufhelfen wollte.

Sie richtete sich auf und schob sich eine Haarsträhne aus dem Gesicht. „Mir geht es gut. Ich hatte nur nicht erwartet, dass ich in der Lage wäre, so etwas durchzuziehen!"

Lutz war überrascht, wie gefasst sie wirkte.

Aira holte tief Luft. „Ich gebe zu, dass es mich einiges an Überwindung gekostet hat. Und ich hasse mich jetzt schon dafür. Aber ich weiß, wie wichtig es ist, dass er gehorcht!"

Er nickte ihr nur zu. Er wusste, wie schwer es war, einem Lebewesen, welches dem Menschen so ähnlich war, den eigenen Willen aufzuzwingen. Aber es gehörte zu diesem Geschäft dazu. Entweder man konnte es, oder man ließ die Finger davon.

„Ist er da noch drin?"

Lutz war angespannt, auch wenn er so etwas wie Stolz für seine Tochter empfand. Sie war stärker als er angenommen hatte. Sie nickte nur und er legte sanft seine Hand auf ihre Schulter.

„Sehr gut. Kümmerst du dich bitte darum, dass die anderen ihr Abendbrot bekommen? Ich möchte deine Mutter heute nicht mehr damit belästigen, du weißt, wie sie zu alldem steht. Morgen kann Aiden das wieder übernehmen!"

Aira drückte die Schultern durch und seufzte. „Natürlich."

„Ich kümmere mich um den Rest!" Lutz empfand Mitleid mit ihr, aber die täglichen Aufgaben mussten trotzdem erledigt werden. Auch das gehörte zum Geschäft dazu.

Sie verstand und machte sich auf den Weg in die Futterküche des Kellergebäudes. Die Mahlzeiten der Werwölfe wurden dort vorbereitet.

Lutz atmete tief ein und wappnete sich, für das, was ihn erwartete. Dann öffnete er die Tür zum Verhörraum.

Teris saß immer noch angekettet auf dem Stuhl. Er hielt den Kopf gesenkt und hob ihn nur kurz an, um zu sehen, wer eingetreten war. Er schnaubte verächtlich, sagte aber kein Wort.

Lutz erkannte sofort die roten Flecken in seinem Gesicht. Blut lief an seiner rechten Schläfe herunter. Ein blutiges Rinnsal lief aus seinem linken Mundwinkel den Hals herab und verdreckte das Shirt. Zudem war er stark verschwitzt und die Haare klebten ihm an der Stirn.

Lutz griff ihm in die feuchten Haare und zog seinen Kopf zurück, so dass der Wolf ihn ansehen musste. Seine Augen waren tatsächlich braun, nicht dunkel oder fast schwarz. Er strahlte nicht einmal Wut aus. Hatte Aira es tatsächlich geschafft ihn gefügig zu machen? Hatte dieser willensstarke Bastard wirklich klein beigegeben?

Lutz hielt den Wolf weiter auf diese unangenehme Art fest und zog mit der anderen Hand das Shirt hoch, um seinen Oberkörper zu betrachten. Der Werwolf schluckte und schloss für einen Moment die Augen. Auch hier hatte Aira ganze Arbeit geleistet. Er war über und über mit roten Striemen bedeckt, einige waren dunkelrot und leicht aufgeplatzt. Lutz war sich sicher, dass sie spätestens morgen tiefblau sein würden, da bei Werwölfen Wunden schneller heilten als bei Menschen.

Sie musste wirklich exakt und hart zugeschlagen haben. An Teris´ linker Flanke hatte sich ein großer Bluterguss gebildet. Airas Präzision, immer wieder dieselbe Stelle zu treffen, war vermutlich für seine animalischen Schreie verantwortlich.

Lutz ließ Teris´ Haar wieder los und dessen Kopf sackte sofort kraftlos auf die Brust. Ein kurzer Blick auf die nackten Füße des Wolfes reichte, um zu erkennen, dass Aira nicht eine Stelle an seinem Körper ausgelassen hatte.

Lutz nahm sich den freien Stuhl und platzierte ihn wenige Meter vor die geschundene Kreatur. Nichts anderes war Teris in diesem Moment. Insgeheim verabscheute der Geschäftsmann diese Praktiken, aber er wusste aus Erfahrung, dass es manchmal nicht anders ging. Er setzte sich auf den Stuhl.

„Kann ich davon ausgehen, dass du deine Aufgabe verstanden hast?", fragte Lutz sachlich.

Der Werwolf hob den Kopf langsam an, selbst sein Blick war kraftlos. Hatte er tatsächlich klein beigegeben? Lutz mochte es kaum glauben.

„Ja, Sir." Teris Stimme klang erschöpft.

Lutz nickte. „Gut, es war leider unumgänglich, dir dies auf schnelle Weise beizubringen!"

Teris verzog für einen kurzen Moment zynisch die Mundwinkel, senkte den Kopf aber direkt wieder. Ihm fehlte eindeutig die Kraft, den Kopf für längere Zeit aufrecht zu halten.

„Natürlich."

Lutz erkannte, dass es kein direktes Aufbegehren war. Der Wolf begriff seine Lage zwar anscheinend immer noch nicht, hatte sich aber - zumindest für den Moment - damit abgefunden. Sehr gut!

„Teris, du musst verstehen, wie wichtig es ist, Gehorsam zu zeigen. Immer und überall. In jeder Situation, egal wer ihn von dir einfordert!"

Teris blickte ihn verwirrt an, sagte aber kein Wort.

„Dir steht eine wichtige Prüfung bevor. Eine Prüfung die du bestehen musst!"

Teris´ Kopf schwankte vor Erschöpfung hin und her. Er schien Schwierigkeiten zu haben, dem Gespräch weiter zu folgen.

Lutz Stimme wurde eindringlicher. „Aira hat sich für dich verbürgt. Versagst du, wird sie mit dir untergehen!"

Lutz wartete bewusst auf eine Reaktion. Teris´ Verwirrung wurde nur größer, aber er zeigte keine weitere Regung.

„Du hast dich auf der Versteigerung zu impulsiv gezeigt, das führt nun im Nachhinein zu Problemen. Probleme, die Aira nicht wahrhaben wollte. Sie hat sich gegen mich, ihre Mutter und sogar gegen dich durchgesetzt. Sie glaubt an dich! Obwohl du ein hohes Risiko für uns alle bist!"

Teris Augen veränderten sich leicht, sie wurden etwas weicher und er schluckte schwer.

„Ich werde es nicht zulassen, dass du sie enttäuschst!" Lutz hob streng sein Kinn an.

Der Werwolf seufzte tief und ließ den Kopf wieder kraftlos auf die Brust sinken. Er schloss kurz die Augen, bevor er sich mühsam versuchte, aufzurichten. Dies gelang ihm mehr schlecht als recht. „Wären Sie so freundlich meine Hände zu lösen, Sir?" Teris stöhnte. „Ich halte das wirklich nicht mehr aus!"

Kraftlose Augen blickten Lutz nun bittend an. Der nickte. Der Werwolf war an dem Punkt, wo Lutz ihn haben wollte. Aira hatte wirklich nichts ausgelassen.

Lutz löste die Fesseln hinter dem Rücken, so dass der Wolf die Hände vorsichtig nach vorne nehmen konnte. Schmerzverzerrt rieb der sich die Handgelenke. Endlich blickte Teris wieder zu ihm auf.

„Ich tue, was Sie mir sagen! Aber dürfte ich Sie trotzdem um etwas bitten?"

Lutz hob abwartend den Kopf. Der Werwolf deutete dies ganz richtig als Zustimmung.

Teris zögerte für einen Moment, ehe er vorsichtig ansetzte. „Eigentlich sind es zwei Dinge: Sprechen Sie, oder auch ihre Tochter, bitte das nächste Mal vorher mit mir über wichtige Angelegenheiten. Ich bin nicht blöd und wir könnten uns das hier alle ersparen!"

Teris schluckte schwer, bevor er seinen Blick fester werden ließ.

„Und bitten Sie mich niemals, zu töten! Das werde ich nicht tun! Weder für Sie noch für irgendjemanden sonst!" Der Werwolf senkte erneut den Kopf, er war wirklich am Ende seiner Kräfte.

Der Geschäftsmann war überrascht, er hätte einiges erwartet, aber nicht das. Dieser Werwolf war in der Tat mehr als außergewöhnlich. Lutz erkannte, wie entscheidend dieser Moment war. Er hatte Teris genau dort, wo er ihn haben wollte. Denn auch, wenn Folter nicht zu Lutz´ bevorzugten Mitteln gehörte, so bot sie ihm die Möglichkeit, dem Werwolf seinen Platz in diesem Geschäft aufzuzeigen.

Lutz baute sich vor dem Wolf auf und schaute von oben auf ihn herab. „Dich bittet niemand mehr etwas zu tun. Du wirst nur noch befehligt."

Teris schaffte es, noch einmal kurz aufzuschauen.

Lutz Blick wurde stechend. „Gewöhn dich lieber schnell daran!"

Nun wurde er wieder etwas milder.

„Du sollst nicht für mich töten, du sollst für mich gewinnen!"

Kapitel 5

Teris

Es war stickig und laut.
Das Licht war gedämpft, nur der Käfig in der Mitte der Halle war hell erleuchtet. Es war Samstagabend und Teris stand wieder mit nacktem Oberkörper an derselben Mauer angekettet wie letzte Woche. Diesmal waren aber viel mehr Menschen in der kleinen Halle und sie waren noch lauter. Ihre Jubelschreie drangen bei jedem neuen Kampf tief in seine empfindlichen Ohren. Er hasste es. Warum waren sie nur so fürchterlich laut?

Es harrten noch weitere Lupi mit ihm hier aus. Er kannte keinen davon, Aiden hatte ihn allein hierhergebracht. Den Tag hatte er alleine im Keller verbracht und durfte seine Wunden auskurieren. Nicht einmal das Fitnessprogramm musste er absolvieren. Dies hatte er allerdings wirklich bedauert. Es versprach Abwechslung und er war dann endlich nicht mehr allein. Die Nähe der anderen Lupi wirkte beruhigend.

Teris seufzte und blickte sich vorsichtig um. Santos und seine Tochter hielten sich in der Nähe des Käfigs auf. Bei ihnen standen drei Männer in Anzügen, mit denen sie sich angeregt unterhielten. Er hatte Aira den ganzen Tag nicht gesehen nachdem sie ihn gestern dieser Tortur unterzogen hatte. Es war ihm nur recht gewesen.

Die Masse schrie wieder laut auf. Verdammt, dröhnte das in seinem Kopf. Musste er denn so empfindlich sein? Er sollte wirklich lernen, mit so einer Lautstärke umzugehen.

Familie Santos und die Anzugträger kamen nun auf ihn zu. Teris schluckte, er konnte regelrecht riechen, wie aufgebracht Santos und Aira waren. Vermutlich hing das mit ihm zusammen, daher senkte er leicht den Kopf und wartete ab, was passieren würde. Die Menschen schienen dies zu erwarten, wenn sie mit ihm umgingen. Es signalisierte Unterwürfigkeit. Sein Wolf knurrte böse auf, er wollte das nicht hinnehmen. Teris zügelte sein inneres Tier. Vorerst würde der sich damit abfinden müssen.

Santos trat an ihn heran und löste seine Kette von der Wand. Teris sah kurz zu ihm auf und er erkannte die Anspannung in seinen Augen. Sein Herr bugsierte ihn direkt vor die fremden Männer und die musterten ihn eindringlich. Ihr Blick war streng und kalt. Der Lupus fühlte sich auf der Stelle unwohl, rührte sich aber nicht. Auch nicht als ein kleinerer und untersetzter Mann ihn am Kinn packte.

„Das soll er sein? Ein bisschen klein, oder?"

Die Verachtung war nicht zu überhören. Teris´ Wolf knurrte erneut böse auf, doch äußerlich blieb Teris stumm. Der Mann ließ ihn wieder los. Teris atmete langsam durch. Sein Wolf war erzürnt. Nicht gut.

„Ich weiß, er ist etwas klein, aber hat das Zeug zu einem guten Kämpfer!" Santos blickte kurz zum ihm rüber. „Teris, geh auf die Knie!"

Teris schluckte schwer, ging es noch demütigender? Er gehorchte und sackte auf die Knie. Innerlich zerriss es ihn fast. Sein Wolf wollte die Menschen anspringen und ihnen Respekt vor einem Lupus lehren. Doch seine menschliche Seite wusste, dass er aktuell nichts an seiner Situation ändern konnte. Es waren zu viele Menschen mit einer Waffe in dieser Halle. Teris blickte die Menschen kurz an, die Anzugträger beobachteten ihn genau.

„Wie Sie sehen, zeigt er den nötigen Gehorsam. Er wird keine Gefahr für andere darstellen und auch im Käfig keinen anderen Werwolf töten!"

Santos trat an ihn heran und packte ihn bei den Haaren. Grob riss er ihm den Kopf zurück.

„Meine Herren, Sie sehen hier einen gut gezähmten Wolf. Stark und voller Stolz. Aber mit der nötigen Demut vor seinem Meister und seiner Meisterin."

Teris schloss verzweifelt die Augen. Wie weit konnte Santos noch gehen, bis sein Wolf die Demütigungen nicht mehr dulden würde? Er musste sich und seinen Wolf unbedingt unter Kontrolle behalten.

„Ist es nicht so, Teris?", fragte Santos fast schon hämisch.

Der öffnete wieder seine Augen und versuchte einen

neutralen Gesichtsausdruck aufzusetzen. „Ja, Meister!"

Teris Wolf bleckte die Zähne. Er war nicht mit Teris Reaktion einverstanden.

Santos grinste und ließ ihn endlich wieder los. Sein Wolf hörte auf zu knurren und zog sich leicht zurück. Gut.

Santos bedeutete ihm, aufzustehen. Endlich, das war wirklich erniedrigend.

„Ich möchte Ihnen nicht vorenthalten, dass dies unter anderem die hervorragende Arbeit meiner Tochter ist! Sie hat aus diesem Wildfang in nur einer Woche einen brauchbaren Kämpfer gemacht!"

Ein Raunen ging durch die Gruppe der Männer, anerkennend reichten sie Aira die Hände. Teris blickte zu Aira rüber, die ihn nur eines kurzen Blickes würdigte. Die Männer waren ganz angetan von ihrer „Arbeit". Teris hätte ihnen am liebsten direkt vor die Füße gespuckt. Er trug immer noch die offensichtlichen Spuren ihrer „Unterredung" an seinem Körper. Wenn auch nicht mehr so frisch und schon gut abgeheilt. Aber es war nicht zu übersehen, dass er gezwungen wurde, Gehorsam zu zeigen. Auf die schlimmste Art und Weise.

„Wir sind gespannt, wie er sich im Käfig schlagen wird. Obgleich er etwas klein ist, so handelt es sich doch um ein wirklich gut gelungenes Exemplar eines Werwolfs. Ich kann Ihnen beiden nur gratulieren, sie besitzen ein wirklich gutes Auge für diese Bestien." Einer der Anzugträger war nun wieder an Teris herangetreten und begaffte ihn wie ein ausgestelltes Möbelstück. Sein Wolf bleckte die Zähne. Teris schaffte es trotzdem, ruhig zu bleiben.

Endlich wandten sich die Männer ab und gingen zurück zum Käfig. Aira grinste ihren Vater erleichtert an. Auch Santos nickte lächelnd.

„Gut so!", raunte er dem jungen Wolf ins Ohr.

Der antwortete nicht darauf, sondern blickte nur wütend zu Boden. Er wusste nicht, wie lange er seinen Wolf noch zügeln konnte.

Santos schien die Veränderung an Teris sofort zu

bemerken. „Beruhige dich, das war leider nötig." Santos war fast schon freundlich. „Konzentriere dich auf deinen Kampf, du bist gleich dran. Und dein Gegner ist ein erfahrener Kämpfer, das wird nicht so einfach für dich."

Teris schnaubte verächtlich. Vielleicht war das ja tatsächlich ein gutes Ventil, um etwas Dampf abzulassen. Auch wenn er diese Kämpfe verabscheute. Es war nicht richtig, was die Menschen mit ihnen veranstalteten. Aber es hatte sich eine Menge Energie und Wut in Teris angestaut und die wollte dringend raus.

Er hielt seinen Blick immer noch gesenkt. „Ja, Sir."

Santos wurde noch freundlicher. „Ich weiß deinen Gehorsam zu schätzen, Teris. Du wirst heute Abend wieder zu Xanthus und Philon wechseln. Keine weitere Nacht mehr im Zwinger."

Teris schaute sofort auf. Dies war tatsächlich mal eine gute Nachricht.

Endlich ließen sie ihn allein. Er brauchte jetzt dringend ein paar Minuten für sich. Es war wirklich anstrengend, mit Menschen umzugehen.

Aira & Lutz

Es ging sofort ein Raunen durch das Publikum, als Teris in den Käfig gebracht wurde.

Viele erinnerten sich an seinen Auftritt von letzter Woche. Der reißerische Zeitungsartikel hatte das Feuer für diesen Werwolf erst richtig entfacht. Den ganzen Abend war die Stimmung schon aufgeheizt gewesen. Dass die „Tötungsmaschine" heute wieder ihren Auftritt hatte, war ein offenes Geheimnis. Das Publikum wollte ihn sehen. Gleich würde sich entscheiden, ob der Artikel ein Fluch oder ein Segen war.

Teris´ Gegner Kreon war allerdings nicht zu unterschätzen. Er war ein mehrfacher Sieger und sehr erfahren. Die Society hatte ihn ausgewählt und Aira wusste genau, warum: Dieser Werwolf war über 1.90 m groß und für seinen gerissenen Kampfstil bekannt. Dazu war er gnadenlos. Seine Hiebe waren nicht nur hart, sondern auch treffsicher.

Aira war gespannt, wie Teris sich schlagen würde. Er durfte sie nicht blamieren. Die Vorstellung der beiden Kämpfer war kurz und knackig. Der Sprecher schien keinen allzu langen Kampf zu erwarten. Beiden Werwölfen wurden die Handschellen abgenommen und der Kampf konnte beginnen.

Teris war klar im Nachteil. Kreon hatte ihm bereits in den ersten drei Minuten des Kampfes so oft auf den Kopf geschlagen, dass Aira kaum noch hinschauen mochte. Blut lief aus einer Wunde an seiner Schläfe. Kreons Schläge waren präzise wie immer. Der Werwolf war um einiges größer, das machte die Schläge auf den Kopf seines Gegners so einfach. Aira tobte innerlich, wann würde ihr Werwolf endlich anfangen zu kämpfen? Wann würde er sich erfolgreich zur Wehr setzen können? War er doch nur eine Luftnummer und hatte bei seinem ersten Kampf einfach nur Glück?

Aira sah ihren Vater den Kopf schütteln. „Na, das ist ja bis jetzt ein Desaster!"

Aira holte tief Luft. „Ich bringe ihn um!"

Wütend blickte sie in den Käfig. Der Bastard ließ sich doch

nicht etwa verprügeln, weil dies seine einzige Möglichkeit war, Widerstand zu zeigen?

Lutz lachte auf. „Na, na, warte doch erst mal ab, was passiert. Kreon ist eigentlich nicht unbedingt ein geeigneter Gegner für einen Anfänger! Teris hat seinen Gehorsam bewiesen, darum ging es doch in erster Linie. Niemand rechnet damit, dass er heute gewinnt!"

Aira schnaubte trotzdem. So hatte sie sich das nicht vorgestellt. Er sollte ihr Sprungbrett sein, um einen Fuß in dieses Geschäft zu bekommen. Sie wurde immer wütender.

Endlich schaffte es Teris, sich von dem großen Werwolf zu lösen und schlüpfte unter seinem Schlag davon. Dabei drehte er sich so geschickt um den anderen, dass er ihm von hinten ein paar Schläge in die Nieren verpassen konnte. Das Publikum und Aira jubelten laut auf. Endlich kam Bewegung in die Sache. Kreon sackte augenblicklich leicht zusammen. Das war auch für den kampferprobten Werwolf zu viel. Teris nutzte dies, um weitere Schläge in Kopfrichtung zu platzieren. Doch Kreon erholte sich erstaunlich schnell und blockte diese schneller ab, als Teris reagieren konnte. Wieder prasselten Schläge auf Teris ein. Diesmal aber auf seinen Oberkörper.

Plötzlich knurrte Teris animalisch und Aira stockte der Atem. Die Zuschauer schrien begeistert auf, als Teris seinen Gegner böse anblickte und ihn anknurrte, als wäre er auf vier, anstatt auf zwei Beinen. Kreon war sichtlich verunsichert. Er wich etwas vor ihm zurück und schien nicht zu wissen, ob er nochmal angreifen sollte. Teris schoss in einer atemberaubenden Geschwindigkeit auf Kreon zu. Dieser versuchte nun nochmals, seinen Gegner anzugreifen. Doch seine Schläge verpufften in der Luft. Teris hatte sich um seine Fäuste bewegt und setzte seine Hiebe zielgenau immer wieder in die Nierengegend.

Mehrere Minuten ging es so weiter, beide Werwölfe waren schweißgebadet. Jeder traf immer wieder den anderen, doch es wollte einfach kein Ende nehmen.

Lutz blickte zu Frank, dem Besitzer von Kreon, rüber. Sollten sie die beiden solange kämpfen lassen, bis sich noch einer schwer verletzte, oder gar starb? Oder war es besser, den Kampf zu beenden und dabei auf den Gewinn der Wetten zu verzichten? Auch der Beitrag der Society für den Kampf wäre erheblich geringer. Ein Unentschieden wurde nicht leichtfertig gewährt. Die Offiziellen der Organisation waren augenscheinlich sehr zufrieden mit dem Kampf. Er war entgegen aller Erwartungen ausgeglichen.

Frank schüttelte fast unmerklich den Kopf. Lutz verstand, er würde seinen Wolf weiterkämpfen lassen.

Lutz wandte sich nun an Aira. „Frank wird die beiden bis aufs Äußerste kämpfen lassen!"

Aira nickte und seufzte dabei. „Jepp, das passt zu ihm. Er hat noch nie einen Kampf beendet." Sie sah ihren Vater nun kopfschüttelnd an. „Wir können nicht aufgeben, Vater. Nur einvernehmlich beenden. Wie stehen wir sonst da?"

Lutz Blick wurde streng. „Als Eigentümer, die ihren Werwolf nicht für den ersten Kampf verheizen!" Er blieb ruhig, doch Aira erkannte die Schärfe in seiner Stimme. „Beende es, Aira!"

Sie schüttelte weiterhin ihren Kopf. „Nein, er wird es schaffen!"

Was sich im Ring abspielte, sah allerdings nicht danach aus. Beide Werwölfe schlugen aufeinander ein, doch keiner schaffte es wirklich, den anderen außer Gefecht zu setzen. Oder ihn zu überwältigen. Beide keuchten vor Anstrengung. Teris lief das Blut weiterhin die Schläfe hinunter, Kreon hatte es mittlerweile auch erwischt. Das Publikum tobte. Die Stimmung war allerdings kurz vorm Explodieren. Bei offiziellen Kämpfen gab es Regeln. Eine besagte unter anderem, dass man Werwölfe weder bis zum Tod noch bis zur völligen Erschöpfung kämpfen lassen durfte. Dieser Kampf bewegte sich gerade auf eine absolute Grauzone zu.

Lutz wurde nun wütend. „Es reicht jetzt. Er hat gut gekämpft!"

Aira konnte kaum reagieren. Lutz hob die Hand und signalisierte dem Richter, den Kampf zu beenden. Dieser griff sofort zu seiner Trillerpfeife und unterbrach damit den Kampf lautstark. Das Publikum war zuerst irritiert, aber es jubelte ebenso zügig laut auf. Die Zuschauer wussten diese Entscheidung zu würdigen.

Kreon wurde offiziell zum Sieger erklärt, sein Besitzer grinste nur schäbig. Er hätte Schäden an seinem Wolf billigend in Kauf genommen. Lutz war verärgert, denn seine Tochter war ebenfalls sehr egoistisch gewesen.

„Du solltest dir gut überlegen, welchen Weg du in Zukunft mit Teris gehen willst."

Ein kurzer, scharfer Blick in das Gesicht seiner Tochter genügte, sie war verstummt.

Er löste sich von ihr und ging in den Käfig, um seinen Wolf zu holen. Normalerweise übernahm Aiden diese Aufgabe, doch diesmal ließ er es sich nicht nehmen. Teris stand wie verloren im Käfig und Lutz sah ihm deutlich an, dass er nicht wusste, was das Ganze zu bedeuten hatte.

Lutz legte ihm die Handschellen an. „Das war gut, Teris!"

Teris blickte verwirrt zu ihm auf, er hatte wirklich eine üble Platzwunde und das Blut lief ihm ins linke Auge. Besser, wenn die Wunde schnell genäht wurde.

„Manchmal muss man aufhören, bevor es sich in die falsche Richtung entwickelt. Noch ein kurzer Spießrutenlauf, dann hast du es erst einmal geschafft!" Lutz nickte ihm bestimmt zu.

Teris war immer noch sichtlich verwirrt, ließ sich von Lutz aber durch die Menge aus der Halle bringen. Das Publikum konnte es nicht lassen und berührte den Werwolf im Vorbeigehen. Die Masse nutzte das als ein Zeichen des Respekts. Lutz wusste, wie sehr die Werwölfe dies hassten und war erleichtert, dass Teris auch dies hinnahm, ohne zu rebellieren.

Aiden war ihnen zum Van gefolgt und hatte den Verbandskasten in der Hand.

„Setz dich auf die Bank, ich nähe deine Schläfe. Der Cut ist zu groß!"

Lutz blickte zu Aiden rüber. „Sobald wir fertig sind, bring ihn nach Hause. Er kann zu Xanthus und Philon in die Zelle!

Und gib ihm ordentlich was zu essen, der Kampf war kräftezehrend!" Aiden nickte und öffnete den Verbandskasten. Lutz vereiste Teris Schläfe und blickte ihm kurz in Augen. „Ich stehe zu meinem Wort!"

Aiden war mit Teris auf dem Weg nach Hause. Lutz stand mit seiner Tochter am Tresen und trank einen Whiskey. Er war immer noch sauer auf seine Tochter, doch er musste sich vorerst zurückhalten. Er würde sie nicht vor allen Leuten ins Gebet nehmen.

Aira war mit Stevenson beschäftigt. Der bestellte noch eine Runde. „Dein Wolf war gut. Interessanter Typ, ich bin gespannt wie er sich noch entwickelt."

Lutz beobachtete, wie der Vorstand der Society Aira an den Lippen klebte. Lutz wusste, dass er von Aira fasziniert war. Doch sie zeigte kein Interesse an ihm. Das wunderte Lutz nicht, Stevenson war fast fünfzehn Jahre älter als sie. Da er aber nie zu aufdringlich wurde, ließ Lutz ihm seinen Spaß. Und Aira nutzte diesen Vorteil gerne für Verhandlungen.

Aira zuckte nur mit den Schultern. „Ich auch, aber er muss noch viel lernen."

Lutz musste unwillkürlich grinsen. Sie tat so, als wäre er einer von vielen. Gutes Mädchen, nur nicht zu viel Aufmerksamkeit erregen. Den Dingen einfach ihren Lauf lassen. Man konnte und sollte nicht alles beeinflussen. Sie wurden schon den ganzen Abend auf Teris angesprochen. Das Publikum war begeistert und freute sich auf den nächsten Kampf. Neben Kreon gab es nur wenige Kämpfer, die wirklich interessant waren. Etwas, worauf seine Tochter baute.

Lutz nahm das nächste Glas in die Hand, als er Unruhe hinter sich bemerkte. Frank Hanson bahnte sich seinen Weg zum Tresen. Und er hatte seinen Werwolf im Schlepptau. Die Menschen versuchten immer wieder, den Kämpfer zu berühren. Es war der reinste Spießrutenlauf für Kreon. Doch Frank zog ihn ungerührt in Richtung des Tresens und orderte sofort zwei Whisky.

Er blieb bei Lutz stehen und reichte ihm die Hand. „Das

war ein interessanter Kampf, Santos."

Lutz nahm diese höflich entgegen und nickte grinsend. „Allerdings. Das war er!"

Hanson hatte Recht. Interessant war der Kampf allemal gewesen. Hanson grinste, als der Barkeeper ihm den bestellten Whiskey reichte. Er reichte Lutz ein Glas.

„Stoßen wir darauf an. Für einen Anfänger war dein Wolf wirklich gut!"

Lutz nickte ihm zu. „Das ist wahr. Kreon ist wahrlich kein einfacher Gegner!"

Kreon stand hinter seinem Herrn und hielt den Blick gesenkt. Er sah nicht wirklich gut aus. Teris hatte ihm ordentlich eine aufs Auge gegeben, ein großer Cut war zu erkennen. Das Blut war ihm zwar aus dem Gesicht gewischt worden und die Wunde genäht, doch es war rundherum geschwollen und gerötet. Außerdem sah man ihm die Erschöpfung deutlich an. Dazu schonte er sein rechtes Bein leicht. Lutz erinnerte sich, wie Teris ihm mit einer unglaublichen Kraft dagegengetreten hatte.

Hanson lachte laut auf und zog den Werwolf plötzlich nach vorne. Der kam dabei ins Straucheln.

„Ist ja auch mein bestes Pferd im Stall, nicht wahr, Kreon?"

Hanson hob schnell die Hand, um ihm durchs Haar zu wuscheln. Kreon duckte sich sofort unterwürfig und ließ diese Demütigung anstandslos über sich ergehen. Sein Blick sprach allerdings Bände, er verabscheute seinen Herrn zutiefst.

Hanson bestellte sogleich die nächste Runde.

Lutz winkte ab. „Für mich nicht mehr, wir gehen gleich."

Hanson grinste breit und nahm beide Gläser des Barkeepers entgegen. „Kein Problem."

Ein Glas hielt er Kreon an die Lippen, der verzog sofort angewidert das Gesicht. Lutz schüttelte leicht den Kopf. Er wusste, dass Werwölfe Alkohol nicht besonders gut vertrugen. Es war ähnlich, als setzte man sie unter Drogen, sie verfielen in einen Rauschzustand und wurden regelrecht apathisch.

„Trink!", herrschte Hanson seinen Werwolf nun an.

Der verzog immer noch das Gesicht, gehorchte aber

augenblicklich. Frank kippte ihm die braune Flüssigkeit so schnell in den Hals, dass etwas an seinen Mundwinkeln hinunterlief. Kreon verschluckte sich beinahe daran, er war deutlich angewidert von dem Zeug.

Aira gesellte sich zu ihnen, anscheinend war sie Stevenson los geworden.

„Mr. Hanson, wie schön, sie zu sehen!" Sie reichte ihm ihre Hand. „Ihr Kämpfer war heute sehr gut in Form!"

Der grinste und nickte stumm. Lutz merkte, dass Hanson langsam betrunken wurde.

„Wir sprechen nochmal über einen Verkauf, Frank. Wir müssen los. Auf Wiedersehen!"

Lutz schob Aira vorsichtig vom Tresen weg. Diese sah ihn verwundert an. „Was ist los? Warum willst du nicht, dass wir bei Frank bleiben?"

Er hatte immer noch einen Arm um sie gelegt, um sie sanft aus der Halle zu führen.

„Weil Frank betrunken ist, dann wird er ein Ekel. Außerdem füllt er seinen Werwolf ebenfalls ab und das willst du nicht sehen!"

Aira blickte sich noch einmal um und konnte gerade noch erkennen, wie Kreon ein zweites Glas trinken musste. Entsetzt blickte sie zu ihrem Vater auf, er hatte sie mittlerweile losgelassen.

„Warum tut er das? Das macht doch keinen Sinn."

Lutz hob nur etwas die Augenbrauen, ging aber zielstrebig zu seinem Wagen weiter.

„Frank Hanson ist ein Arsch, denk nicht weiter darüber nach. Es ist besser, sich das nicht mit anzusehen!"

Aira nickte und stieg in den Wagen ihres Vaters. Er hatte wohl recht.

Aira

Der Beat war schnell und hart, genauso wie Aira es mochte. Sie brauchte den Bass und die zuckenden Lichter in diesem Moment. Sie tanzte ausgelassen mit ihren Freundinnen auf der großen Tanzfläche des „Las Palmas", ihrer auserkorenen Lieblingsdisco. Dieser Laden hatte Stil und war trotzdem verrucht genug, um sich gehen lassen zu können. Feiern bis zum Abwinken, das war Airas auserkorenes Ziel für den Abend.

Die Heimfahrt mit ihrem Vater war unangenehm gewesen, er hatte ihr noch ordentlich die Leviten gelesen. Er war nicht sonderlich davon angetan gewesen, dass sie den Kampf zwischen Teris und Kreon nicht beenden wollte. Das Gespräch war mehr ein Streit, der nicht wirklich beigelegt wurde. Ihr Wolf hatte sie maßlos enttäuscht. Sie hatte mehr von Teris erwartet. Er hätte gewinnen müssen. Auch gegen Kreon, obwohl er noch so unerfahren war. Er war die ganze Mühe nicht wert, wenn er nicht gewann. Ausnahmslos.

Ihr Vater war da anderer Meinung, doch sie blieb diesmal standhaft und setzte sich durch. Er gab ihr für die Zukunft freie Hand mit Teris. Für Aira war dies ein eindeutiger Sieg an diesem Abend, endlich hatte sie einen Kämpfer, mit dem sie ihren eigenen Weg gehen konnte. Er würde unter ihr erfolgreich sein, dessen war sie sich sicher.

Sie tanzte die ganze Nacht durch, bis ihr die Füße weh taten und immer weiter. Sie fühlte sich endlich frei, frei von allen Zwängen. Bis in den Morgengrauen trugen ihre Füße sie über die Tanzfläche. Aira und ihre Freundinnen gehörten zu den letzten Gästen, die den Club verließen. Es gehörte zu einer Art Ritual, dass sie alle auf einen Pancake in das kleine Café an der Southwest gingen. Hier gab es rund um die Uhr den besten Kaffee und die Pancakes waren einfach nur himmlisch.

Cassandra grinste breit, als sie sich ein großes Stück davon in den Mund schob. „Aira, das war wieder eine Nacht. Der Wahnsinn!" lallte sie leicht weggetreten. Sie hatte eindeutig zu viel getrunken. Aira lächelte sie nur an, sie hatte weit weniger intus und war noch klar bei Verstand. „Das war es!"

So viel Spaß hatte sie schon lange nicht mehr. Ihre andere Freundin Mary nickte zustimmend. „Oh ja, das war es. Ich habe dich schon lange nicht mehr so ausgelassen gesehen. War dein Werwolf gestern Abend erfolgreich?" Mary war Airas engste Vertraute und war in die Geschichte um diesen kleinen Werwolf ausreichend eingeweiht.

„Nein, war er nicht!" Aira schüttelte etwas den Kopf, blickte ihre Freundin aber trotzdem zufrieden an. „Das wird er aber in Zukunft sein, denn mein Vater hat ihn mir vollends überlassen." Airas Augen funkelten nun. „Ich werde ihn in Zukunft so oft kämpfen lassen, dass ihm nichts anderes bleibt, als zu gewinnen."

Mary lächelte anzüglich. „Kann ich ihn mal sehen? Dein erster eigener Werwolf! Wie aufregend!"

Aira grinste ihre Freundin an und blickte auf die Uhr. „Na klar. Aiden beginnt gleich mit dem Fitnessprogramm. Wenn du möchtest, können wir dabei zusehen!"

Teris

Es war noch früh am Morgen und die Sonne ging gerade erst auf. Der Himmel war rot erleuchtet und es war kalt und feucht im Innenhof. Doch weder Teris noch den anderen sechs Werwölfen war kalt. Aiden ließ die sieben hin und her sprinten, immer und immer wieder. Teris war fit genug, um diesem Fitnessprogramm standzuhalten. Auch Philon und Xanthus hatten keine Probleme damit, obwohl sie ebenso zu den Neulingen zählten wie er. Aiden hielt seinen Stock in der Hand, die Smith-and-Wesson trug er stets in seinem Holster bei sich. Er wachte streng über die sieben Werwölfe. Teris kannte seine skrupellose Art, mit ihnen umzugehen. Es war besser, seinen Befehlen unverzüglich Folge zu leisten.

Als nächstes mussten sie sich in einer Reihe aufstellen. Liegestützen und Kniebeugen standen auf dem Programm. Teris mochte diese stupiden Trainingseinheiten nicht besonders, aber fast alles war besser, als im Keller eingesperrt zu sein. Außerdem gab ihm der Sport die Möglichkeit, sich auszupowern. Die Bewegung an der frischen Luft tat ihm und seinem Wolf gut.

Teris bemerkte Aira erst, als er von den Liegestützen zu den Kniebeugen wechselte. Sie hatte eine Frau mit blonden Haaren bei sich. Sie musterten ihn augenscheinlich, während er weiter seine Übungen absolvierte. Er und die anderen Lupi waren schon ordentlich ins Schwitzen geraten, als Aiden ihnen eine kurze Verschnaufpause gönnte. Teris schüttelte seinen Kopf, um die Feuchtigkeit aus den Haaren zu bekommen. Sie waren aufgrund der hohen Luftfeuchtigkeit am Morgen und dem harten Training durchnässt. Außerdem rann ihm der Schweiß in die Wunde über seinem linken Auge.

Aiden packte ihn plötzlich an der Kette, die um seine Handgelenke befestigt war. „Mitkommen!", lautete der Befehl.

Teris knurrte innerlich auf, er hasste es immer noch, so respektlos behandelt zu werden. Daran hatte sich auch nach einer Woche in dieser Hölle nichts geändert. Doch er blieb äußerlich stumm. Er hatte gelernt, dass es besser war, nicht negativ aufzufallen. Auch wenn es ihm nicht leichtfiel.

Aiden bugsierte ihn direkt vor Aira und ihre Begleiterin. Er konnte den Alkohol an ihnen sofort riechen. Vermutlich waren sie die ganze Nacht auf Tour gewesen. Teris spürte sofort die Abneigung gegen Aira, die sich seit ihrer letzten „Unterredung" aufgebaut hatte. Er traute dieser Frau keinen Millimeter mehr über den Weg.

„Das ist Teris. Er hat gestern Abend gekämpft und sieht deshalb noch etwas ramponiert aus!" erklärte Aira der anderen Frau.

Die hob etwas die Augenbrauen. „Das sieht man! Warum ist er so klein? Die anderen sind alle viel größer!" Die Frau rümpfte etwas die Nase.

Teris konnte ihre Abneigung seiner Art gegenüber deutlich spüren. Warum war sie hier, wenn sie ihn und die anderen so verabscheute?

Aira blickte ihn nun böse an, als wäre es ein schweres Verbrechen. „Das wissen wir noch nicht, aber er kann gut kämpfen. Das alleine zählt."

Teris blickte ihr direkt in die Augen, sie war nicht wirklich betrunken, dass konnte er spüren. Aber der Alkohol ließ auch Airas Abneigung ihm gegenüber deutlich hervortreten. Hatte sie es tatsächlich geschafft, ihn die letzten Tage zu täuschen?

Sie trat nun an ihn heran. „Du wirst am Dienstag wieder kämpfen und ich rate dir, den Kampf zu gewinnen. Wenn nicht, wird die nächste Unterhaltung noch etwas unangenehmer!" Ihre Augen funkelten ihn herausfordernd an.

Teris hielt ihrem Blick stand, er hätte ihr am liebsten gesagt, was für ein Miststück sie war. Lupi verehrten die Frauen, doch sie unterwarfen sich ihr nicht. Diese Frau war eine Bedrohung. Und eine Bedrohung schaffte man normalerweise aus der Welt. Er hatte allerdings ein Versprechen gegeben. Sein Pech, ihr Glück!

Sie strich ihm fast schon zärtlich über die Wange. „Ich gehe davon aus, dass wir uns verstanden haben?" Ihre Frage sollte eine Drohung darstellen.

Teris verstand dies sofort. Er hielt ihrem Blick weiterhin

stand, aber er wusste auch, dass er nicht widersprechen dufte. Aiden stand noch immer neben ihm und hatte den Schlagstock fest in der Hand. Die anderen Lupi absolvierten währenddessen weitere Übungen.

„Ja, Miss Santos!" Teris antwortete so neutral, wie es ihm möglich war.

Er würde ihr am liebsten sagen, dass er nicht kämpfen wollte und schon gar nicht wieder in zwei Tagen. Aber er hatte nicht wirklich eine Wahl. Er konnte aktuell nichts an seiner Situation ändern. Aira lächelte zufrieden und wandte sich wieder ihrer Freundin zu. Aiden schubste ihn zurück in die Reihe und er absolvierte weiter seine Übungen. Was hatte dieser Besuch zu bedeuten? Warum führte sie ihn ihrer Freundin vor? Und warum sollte er so schnell wieder kämpfen?

Nach zwei weiteren Stunden durften sie alle endlich duschen gehen. Aiden ließ sie dabei allein. Die Tür zur Gemeinschaftsdusche war allerdings fest verschlossen. Teris vermutete, dass der Russe in der Zeit das Frühstück für die Lupi zubereitete.

Andras gehörte zu den Lupi, die am längsten für Santos kämpften. Er gab eindeutig den Ton bei den drei Lupi an, mit denen er sich eine Zelle teilte. Seine Aura war ruhig und erhaben, aber nicht dominant.

Teris erhoffte sich von ihm Aufklärung. „Hey, du kennst dich doch hier aus!"

Andras blickte misstrauisch auf, er hielt normalerweise immer etwas Abstand von Teris. Dieser ahnte, dass es an seiner Ausstrahlung lag. Denn die war dominant. „Was willst du wissen?" Es war noch misstrauischer ausgesprochen, als Andras Blick vermuten ließ.

Teris spürte die Abneigung ihm gegenüber deutlich. „Wie oft müssen wir in der Regel kämpfen? Mehrmals die Woche?"

Andras schnaubte leicht, er wollte ihm nur ungerne Auskunft geben. „Normalerweise nur am Freitag oder Samstag. Je nachdem, wie der Kampf am Freitag verlaufen ist, auch an beiden Tagen. Das ist aber ganz unterschiedlich!" Seine Augen verengten sich leicht, doch er wartete Teris Reaktion ab.

Der stutzte. „Also eigentlich nicht an einem Dienstag?"
Wieso sollte er Dienstag wieder antreten? Der letzte Kampf war anstrengend gewesen. Und es hätte kein gutes Ende genommen, wäre Santos nicht dazwischen gegangen. Warum also sollte er so schnell wieder kämpfen?

Andras seufzte. „Nein, normalerweise nicht!"

Nun senkte Andras sein Haupt, ehe er wieder aufblickte. Seine Haltung veränderte sich leicht, doch er wahrte Abstand zu Teris. „Ich weiß nicht, was mit der Tochter von Santos los ist. Ich weiß auch nicht, warum sie es so auf dich abgesehen hat. Aber eines weiß ich ganz genau: Halte mich da raus! Ich möchte nicht mit dir ins Visier geraten und ich rate dir, die anderen auch raus zu halten!"

Sein Blick wurde nun intensiver und er senkte seine Stimme. „Du bist noch keiner, aber du hast die Aura eines Alphas. Das wissen wir alle hier, und das merken alle, die dir im Käfig gegenüberstehen. Und keiner möchte dabei sein, wenn dein Alpha rauskommt. Denn wenn die Menschen herausfinden, was du bist, fürchte ich, wird es uns allen schlecht ergehen!" Andras bleckte die Zähne, um seine Worte zu unterstreichen.

Teris hob den Kopf. Andras machte es sich etwas zu leicht. Glaubte er wirklich, er könnte ihm sagen, was er tun sollte? „Ich denke, du solltest die anderen selber entscheiden lassen und nicht für sie sprechen!"

Andras hielt seinem Blick mühelos stand. Er hatte Mumm, das musste man ihm lassen. Aber ein Beta würde weder Teris noch seinem Wolf befehlen, was sie zu tun oder zu lassen hatten. Ganz sicher nicht!

Teris wirkte nun mit einer starken Aura auf Andras ein und dieser senkte endlich kurz den Blick. Kurz darauf sah Andras ihn wieder an, aber diesmal deutlich wütender. „Ich habe ein Rudel! Auch wenn mein Alpha nicht hier ist, so gilt ihm meine absolute Loyalität. Du bist noch nicht einmal einer, also halte mich aus deiner Show raus!" Andras wandte sich nun von Teris ab.

Teris ließ ihn gehen, er verstand seine Beweggründe

durchaus. Und er respektierte sie. Außerdem wusste er, was er herausfinden wollte. Er schien häufiger kämpfen zu müssen als üblich. Nur warum? Er sollte schleunigst in Erfahrung bringen, was dahintersteckte.

Der Dienstagabend war schneller da, als es Teris lieb war.
Er war von Aiden wieder in eine Halle gebracht worden. Diese lag wohl etwas außerhalb, denn die Fahrt dorthin dauerte deutlich länger. Sie war ähnlich aufgebaut wie die, die er kannte, auch die Lautstärke war nicht viel geringer. Aira stand am Käfig und beobachtete die Kämpfe. Teris war wieder an einer Mauer festgekettet. Diesmal waren noch um die zehn weitere Lupi mit ihm hier angekettet. Unter der Woche war wohl etwas mehr los, die Halle war brechend voll und die übliche Mischung aus Hitze, Schweiß und Adrenalin umgab Teris.

Er entdeckte seinen Gegner von letzter Woche, dieser war nur zwei Positionen weiter angekettet. Kreon schonte sein Bein immer noch, er war also offenbar immer noch verletzt. Dennoch stand er hier in der Halle und sollte wieder kämpfen.

Teris überkam auf der Stelle eine unsagbare Wut. Was nahmen sich die Menschen nur heraus! Die erneute Demonstration darüber, wie sie alle von dieser schwachen Art kontrolliert und ausgebeutet wurden, machte ihn rasend vor Wut. Sein Wolf wollte sie alle töten. Teris war sich nicht sicher, ob er ihn noch lange kontrollieren konnte. Ohne das Silberhalsband hätte er keine Chance gehabt. Das wusste er und es beunruhigte ihn.

Sein direkter Nachbar wurde nun von einem großen dunkelhaarigen Mann abgeholt und in den Käfig geführt. Der nächste Kampf würde gleich stattfinden. Die Menge tobte und Teris verzog das Gesicht. Elendige laute Schwächlinge. Er holte tief Luft, um sich zu beruhigen, ehe er beschloss, Kreon anzusprechen.

„Hey, ist alles in Ordnung?"
Dieser blickte vorsichtig auf und schien Teris wiederzuerkennen. Sein Blick ließ keine wirkliche Regung

erkennen, doch Teris spürte sofort die Überraschung. Aber wenigstens keine Abneigung.

Kreon nickte. „Geht schon."

Teris blickte ihn fragend an. „Du bist offensichtlich nicht ganz fit! Warum sollst du heute wieder kämpfen?"

Kreon grinste entmutigt. „Mein Herr ist ein Arsch und ein Säufer! Der braucht die Kohle!"

Diese Feststellung war so nüchtern, dass Teris darüber erschrocken war. „Wie lange kämpfst du schon für ihn?", fragte er neugierig.

Kreon überlegte kurz. „Viel zu lange, ich weiß es nicht mehr. Aber schon viel zu lange!"

Teris nickte mitfühlend.

Kreon blickte ihn freundlich an. „Wir haben nicht viel Zeit zu sprechen, aber wie bist du hier herein geraten?"

Teris schnaubt kurz aus, er hatte die Betonung auf seine Person durchaus gehört. Kreon wusste also auch, was er war. „Wenn ich das nur wüsste. Plötzlich standen die Jäger vor mir und ehe ich mich versah wachte ich in einem stinkenden Lieferwagen auf." Er blickte Kreon nun kopfschüttelnd an. „Wann haben die Menschen es geschafft, die Lupi derart zu unterdrücken?"

Kreon zuckte mit den Schultern. „Keine Ahnung."

„Menschen sind der reinste Abschaum!", stellte Teris verbittert fest.

Kreon schien zu Teris` Überraschung anderer Meinung zu sein. „Nicht alle sind so!" Sein Blick wurde für einen Moment weich.

Plötzlich senkte Kreon seinen Kopf. Teris erkannte schnell den Grund dafür. Ein älterer Mann war an ihn herangetreten und löste die Fesseln des Lupus. Teris wich leicht zurück und beobachtete die Szene.

Der Mann hatte einen jüngeren Herrn bei sich und der begutachtete den Lupus genauer. „Er ist wirklich ein guter Kämpfer, Frank. Aber dein Preis ist immer noch zu hoch! Er wird älter und wird irgendwann nachlassen."

Dieser Frank rümpfte abfällig die Nase. „Blödsinn, er hat

noch nie verloren! Er kämpft bis zur völligen Erschöpfung, wenn es sein muss. So einen Kämpfer findest du nie wieder!" Frank packte nun in Kreons Haare und zog ihn grob runter auf die Knie. Der verzog sein Gesicht und blieb ohne eine weitere Regung sitzen.

Teris war entsetzt. Er musste nicht nur Verhandlungen über einen Verkauf mit anhören, er war auch noch machtlos, etwas dagegen zu unternehmen. Dieser Frank roch stark nach Alkohol und es war auf den ersten Blick zu erkennen, dass er den Lupus immer so schlecht behandelte. Wie konnte Kreon da noch an das Gute im Menschen glauben? Teris musste diese Hölle noch keine zwei Wochen ertragen und konnte nichts Gutes mehr an ihnen erkennen.

Endlich ließen sie von ihm ab und dieser Frank kettete Kreon wieder an der Mauer fest. Dass Aira in der Zwischenzeit an Teris herangetreten war, bemerkte er erst, als sie ihn ansprach.

„Du bist gleich dran!" Ihr Blick bohrte sich in seine Augen.

Leicht erschrocken war er herumgefahren und sah ihr direkt ins Gesicht. Wann waren diese blauen Augen ihm gegenüber so kalt geworden? Er senkte sofort seinen Kopf. Es war nicht clever, sich jetzt mit ihr anzulegen. Auch wenn er ihr zu gerne ins Gesicht gespuckt hätte. Er verabscheute sie täglich mehr. Sie hatte ihn verarscht. Ihn in dem Glauben gelassen, eine von den Guten zu sein. In Wirklichkeit war sie egoistisch und kannte kein Mitleid. Er unterdrückte seinen Zorn und sah sie wieder an.

Ihr Blick blieb bohrend. „Gewinne, oder du wirst es bereuen!"

Sofort senkte er seinen Kopf wieder. Lange würde sein Wolf sich nicht mehr unterdrücken lassen. Teris spürte seinen Zorn jeden Tag deutlicher. Die Position, die er in dieser Umgebung einnehmen musste, war seinem Wolf nicht würdig.

Kapitel 6

Aira

Teris war wütend. Unbeschreiblich wütend!
Das konnte Sie sofort erkennen, auch wenn er seinen Kopf gesenkt hielt. Aira beobachtete ihn für einen Moment. Er schien starke Schwierigkeiten zu haben, sich zu kontrollieren. Ob das vielleicht der richtige Auslöser war, damit er diesen Kampf anders anging? Half seine Wut ihm eventuell sogar dabei, zu siegen? Oder würde es in einem Fiasko enden, wenn sie Teris in diesem Zustand in den Käfig schickte? Seine Wunden waren fast alle verheilt, er war jung und stark. Es sprach rein körperlich nichts gegen einen Kampf, doch die mentale Seite war nicht zu verachten.

Ihr Vater predigte es ihr immer wieder, ein Werwolf musste nicht nur körperlich fit und stark sein, er brauchte auch mentale Ausgeglichenheit. „Zuckerbrot und Peitsche" lautete stets das Motto ihres Vaters. Belohnungen gehörten ebenso in das Geschäft mit diesen Bestien wie knallharte Strafen. Hatte sie es mit Teris übertrieben? War sie vielleicht zu hart vorgegangen?

Aira holte tief Luft. Sie konnte beobachten, wie er immer noch mit sich kämpfte. Ob es half, ihm etwas Positives mitzuteilen? „Dein Gegner ist nicht ohne, aber ich denke du kannst ihn schlagen!"

Er blickte nicht einmal auf. Er atmete nur weiter tief ein und aus. War er kurz vorm Durchdrehen?

„Teris, sieh mich an!", befahl sie. Es reichte! So würde er nicht in den Käfig gehen können.

Ihr Wolf blickte sie wütend an. Sein Zorn funkelte dunkel in seinen sonst so schönen Augen. „Was ist dein Problem?", fragte sie. Sie versuchte, dabei nicht mehr so forsch und streng zu klingen.

Teris schnaubte nur kurz. Sein Blick wurde stechend. „Was mein Problem ist? Was sollte ich schon für ein Problem haben, außer dass man mich zwingt, gegen meine Artgenossen zu kämpfen? Und nun muss ich auch noch mit ansehen, wie in dieser dreckigen Halle sogar verletzte Lupi gezwungen werden, zu kämpfen!"

Er hatte ihr seinen ganzen Hass entgegen geschleudert. Sofort wendete der Werwolf seinen Blick ab, er wusste offenbar, dass er zu weit gegangen war. Dennoch schluckte er nur schwer und schien immer noch wütend zu sein.

Aira atmete fest aus. Er war respektlos gewesen, ganz klar. Aber ihn weiter zu reizen würde ihn heute definitiv nicht mehr in den Käfig bringen.

„Welcher Werwolf ist verletzt und muss trotzdem kämpfen?", fragte sie nun, um herauszufinden, ob dies der Grund für seinen Zorn war.

Teris sah kurz zur Seite und sie folgte seinem Blick. Sie erkannte Kreon, der sein rechtes Bein immer noch schonte. Sie wunderte sich. Dies sollte schon längst verheilt sein.

Teris blickte sie wütend an. „Das ist nicht richtig!"

Er hatte Recht, das war es wirklich nicht. Auch wenn das Bein von Kreon schon längst in Ordnung sein sollte, es war noch nicht verheilt. Einen verletzten Wolf kämpfen zu lassen war gegen ihre Grundsätze. Das gab es nicht im Hause Santos.

Sie sah Teris nun freundlicher an. „Du hast Recht! Das ist absolut nicht in Ordnung, dennoch können wir nichts dagegen tun. Er gehört Frank und nicht mir oder meinem Vater!"

Teris schnaubte spöttisch. „Das ließe sich ändern!"

Aira blickte verwirrt auf. „Wie bitte?"

Teris schielte kurz zu Kreon rüber, ehe er sie wieder direkt ansah. Das Funkeln wurde etwas weniger. „Warum kaufen Sie ihn nicht? Frank ist ein Arsch, das ist nicht zu übersehen!"

Aira musste schmunzeln. „Ach, ist das so? Und mein Vater und ich sind in deinen Augen besser?" Jetzt hatte sie ihn kalt erwischt und er holte tief Luft.

Kreon wurde in diesem Moment abgeholt und in den Käfig geführt. Er humpelte tatsächlich noch viel zu stark, um in den Käfig geschickt zu werden. Teris Worte waren zwar anmaßend gewesen, aber das änderte nichts an der Tatsache: Frank war ein Arsch.

Teris lächelte nicht, als er sie wieder ansah. „Ich weiß nicht, was ich von Ihnen oder Ihrem Vater halten soll!" Er machte eine kurze Pause, bevor er weitersprach, seine Augen funkelten wieder. „Aber das, was gerade mit Kreon geschieht, ist abscheulich. Auch wenn wir Lupi in der Lage sind, mehr auszuhalten, als ihr Menschen es je könntet!" Er versuchte immer noch sich unter Kontrolle zu halten.

Aira nickte und ließ ihre Stimme sanfter werden. „Teris, ich bin ja deiner Meinung, aber es ändert nichts daran, dass Frank mit seinen Wölfen tun und lassen kann, was er will."

Teris wirkte angewidert. Aira überlegte einen Moment. Kein Kampf war es wert, so grausam mit einem Lebewesen umzugehen. Auch nicht mit einem gefährlichen Werwolf. „Ich werde mit meinem Vater darüber sprechen, Teris. Heute werde ich nichts mehr erreichen. Aber ich verspreche dir, dass wir nach einer Lösung suchen werden!"

Teris misstraute ihr immer noch, das konnte sie deutlich in seinen Augen erkennen. War es denn ein Wunder, so wie sie mit ihm umgegangen war? Er konnte nicht verstehen, warum es notwendig war, ihn zum Gehorsam zu zwingen. Wie sollte er dies auch. Aber er schien sich langsam wieder zu beruhigen, das war ein gutes Zeichen!

Kreon hatte im Kampf ordentlich etwas abbekommen. Er blutete aus mehreren Wunden und war sichtlich erschöpft. Sein Gegner sah allerdings nicht viel besser aus. Kreon hatte diesen Kampf zwar gewonnen, doch er war ziemlich mitgenommen. Aira war entsetzt. Wie konnte Frank das nur zulassen, es war wirklich abscheulich. In diesem Moment wünschte sie sich ihren Vater herbei, er könnte Hanson in die Mangel nehmen. Vielleicht könnte er Kreon auch von ihm befreien, immerhin stand der Werwolf ganz offiziell zum Verkauf. Doch solange dieser immer weiter gewann, würde Frank nicht mit dem Preis runter gehen. Und Lutz war nicht bereit, einen überzogenen Preis für einen Werwolf zu bezahlen, dessen Zeit langsam ablief.

Kreon war schon drei Jahre im Geschäft und kein Wolf hielt das Pensum, das Hanson verlangte, auf Dauer durch. Aira beobachtete, wie Frank sich vom Publikum feiern ließ. Wieder einmal hatte sein Werwolf gewonnen. Er schien unbezwingbar. Zu gerne hätte sie ihm die Meinung gesagt, ihn vor allen Leuten bloßgestellt. Doch sie wusste, dass sie dafür nur Hohn und Spott ernten würde.

Als Teris in den Käfig gebracht wurde, jubelte die Menge. Er hatte die Sympathien eindeutig auf seiner Seite. Aira verstand nur nicht genau, warum. Er war zu klein für einen Werwolf. Sein erster Kampf hatte ihm den Ruf einer Tötungsmaschine eingebracht und war viel zu schnell zu Ende. Sein zweiter Kampf war dazu ein Fiasko gewesen. Er hatte sich zwar tapfer geschlagen, aber der Kampf war müßig anzusehen gewesen. Und gewonnen hatte er ihn auch nicht.

Aira beobachtete nun jede seiner Bewegungen. Es war in der Tat faszinierend, wie er sich verhielt. Im Gegensatz zu den letzten beiden Kämpfen blickte er sich ruhig um. Er wirkte nicht im Geringsten aufgeregt oder verunsichert und wartete geduldig, bis Aiden ihm die Handschellen abnahm. Er hielt den Kopf stolz aufrecht. Die meisten Werwölfe hielten sich eher geduckt und warteten, bis sie den Befehl zum Kämpfen erhielten. Teris hingegen studierte seinen Gegner einen Moment.

Er blickte kurz zu ihr rüber. Aira nickte ihm aufmunternd zu, obwohl er nicht den Eindruck machte, als hätte er es nötig. Er rümpfte leicht die Nase und konzentrierte sich nun voll auf seinen Gegner. Der war gut einen Kopf größer als er und fast doppelt so breit. Und flink. Er bewegte sich so schnell auf Teris zu, dass Aira sofort der Atem stockte. Denn Teris wich nicht aus, er straffte nur seine Schultern und blickte seinen Gegner mit glühenden Augen an. Teris duckte sich unter dem Schlag seines Kontrahenten und bekam ihn so schnell an der Kehle zu packen, dass Aira erschrocken ausatmete. Teris schleuderte den anderen Werwolf mit solch einer Kraft gegen das Gitter des Käfigs, dass die Wände für einen kurzen Moment wackelten. Das Publikum tobte vor Begeisterung. Das hatten sie wohl nicht von so einem kleinen Wolf gedacht.

Teris wartete, bis der andere wieder auf den Beinen war

und ihn erneut angriff. Diesmal drehte Teris sich nur aus seiner Angriffslinie und sein Gegner rannte ins Leere. Wütend knurrte dieser auf. Er wurde nun richtig sauer und griff Teris noch heftiger an. Teris grinste nur ruhig, er schien dies zu erwarten. Aira wurde nervös, dieser Kampf war mehr als ungewöhnlich. Normalerweise prügelten Werwölfe einfach aufeinander ein, doch Teris schien eine Strategie zu verfolgen.

Ihr Wolf ließ seinen Gegner nun fast in seine Faust laufen, doch dieser stoppte gerade noch rechtzeitig und landete einen überraschenden Hieb in Teris´ Nieren. Teris knurrte schmerzerfüllt auf. Sein Gegner nutzte dies, um weitere Schläge nachzusetzen, doch der kleine Werwolf sammelte sich erstaunlich schnell. Er drehte sich etwas ein und trat seinem Kontrahenten hart von hinten in die Kniekehle. Der sackte sofort zusammen und Teris nutzte die Chance, um ihm wieder an die Kehle zu greifen.

Teris Ausstrahlung war sichtlich überlegen. Er beugte sich über seinen Gegner und drückte dessen Kehle leicht zu. Der andere sah ihn ängstlich an. Er war sichtlich eingeschüchtert von Teris. Das Publikum schrie begeistert auf. Dieser Kampf war wirklich mehr als außergewöhnlich gewesen. Teris hatte ihn eindeutig dominiert, aber er ließ genug Spannung für die Meute aufkommen. Aira war überwältigt, das war besser, als alles, was sie sich ausgemalt hatte.

Aiden und ein weiterer Mann betraten schnell den Käfig. Teris hatte erneut einen Gegner an der Kehle gepackt. Würde er ihn diesmal frei geben, oder musste eingegriffen werden? Aira hielt für einen Moment die Luft an und atmete anschließend erleichtert aus, denn Teris ließ los, noch bevor Aiden ihn erreichte. Teris Gegner sprang direkt auf seine Füße. Teris trat einen Schritt zurück und blickte zu Aira rüber. Sein Blick war so ausdruckslos, dass Aira beklommen schlucken musste.

Sie nickte ihm gönnerhaft zu. Er hatte eine gute Performance abgeliefert. Doch ihr wurde im nächsten Moment bewusst, was es für ihn bedeutete, diesen Kampf gewonnen zu haben. Sie konnte spüren, wie angewidert er von alldem war.

Ihr Werwolf sah nun seinem Gegner direkt in die Augen und reichte ihm die Hand. Das Publikum verstummte augenblicklich. Noch nie hatte dies ein Werwolf getan. Diese Geste zeugte von so einer Überlegenheit den Menschen gegenüber, dass Aira schwindelig wurde.

Teris Gegner sah sichtlich verwirrt aus. Er blickte unsicher zu seinem Herrn rüber, der böse die Augen zusammenkniff. Aiden schaute für einen Moment Aira an. Er schien für den Bruchteil einer Sekunde nicht zu wissen, wie er sich verhalten sollte. Diese Geste von Teris überforderte den Russen offenbar ebenfalls.

Doch schon im nächsten Moment packte er die Hände von Teris, drehte sie auf dem Rücken zusammen und legte die Handschellen routiniert an. Dann schlug er Teris von hinten auf den Kopf, der für einen Moment das Gesicht verzog.

Teris wirkte verwirrt. Er schien nicht zu wissen, was er falsch gemacht hatte. Aira seufzte genervt, dieser Werwolf war alles andere als einfach. Sie würde etwas unternehmen müssen, wenn sie nicht wollte, dass morgen ein neuer, reißerischer Artikel über ihren Wolf in der Zeitung stand.

Entschlossen betrat sie ebenfalls den Käfig und ging schnurstracks auf Teris und Aiden zu. Der Russe drückte den Werwolf auf die Knie. Teris schaute abwartend zu ihr auf, als sie vor ihm zu stehen kam. Das Publikum war immer noch mucksmäuschenstill. Sie wusste, dass sie ein Exempel statuieren musste, sollte sie ihn jemals wieder in den Kampf schicken wollen.

Ohne ein weiteres Wort schlug sie ihm kraftvoll ins Gesicht und sein Kopf flog zur Seite. Er schaffte es, keinen Laut von sich zu geben, obwohl ihr Hieb präzise und hart war. Nun packte sie ihn grob an den Haaren und riss seinen Kopf in den Nacken. Mit der freien Hand verpasste sie ihm drei weitere Schläge, ehe sie ihn böse anstarrte. Teris begriff nicht, was er getan hatte. So ein Bastard! Wie konnte sie nur annehmen, dass er sie nicht in aller Öffentlichkeit blamieren würde. Damit war ein für alle Mal Schluss!

„Was glaubst du, was du da tust, du elendiger Bastard!" Ihre

Worte waren hart und ihr Blick eiskalt. Teris Augen versprühten Furcht. Er hatte wohl nicht vergessen, wie weit sie gehen konnte. Er schluckte nur und schloss kurz seine Augen, als sie ihm noch einmal grob an den Haaren herumriss.

Schließlich sah er sie an. „Es tut mir leid, Meisterin. Ich wusste nicht, dass ich das nicht darf!"

Sie ließ ihn wieder los und baute sich angespannt vor ihm auf. Das Publikum pfiff anerkennend auf. Sie hatte ihre Macht eindrucksvoll demonstriert. Gott sei Dank.

Teris senkte nun unterwürfig seinen Kopf und hielt den Blick gesenkt. „Ich wollte ihm nur für den guten Kampf danken. Mehr nicht, ehrlich!" Seine Worte klangen demütig.

Aira packte ihn am Kinn und zwang ihn so, sie anzusehen. Seine Augen wirkten glasig. „Tu das nie wieder!"

Teris blickte sie gequält an. „Ja, Meisterin!" Seine Antworten kamen zügig.

Aira atmetet innerlich erleichtert auf. Immerhin versuchte er nicht, sich ihr zu widersetzen. Sie gab Aiden das Zeichen, ihn aufzurichten und das Publikum tobte augenblicklich los. Sie feierten Aira für ihr beherztes Eingreifen. Sie sah sich lächelnd um. „Teris ist noch fit für einen weiteren Kampf. Wollt ihr in heute noch einmal kämpfen sehen?", schrie sie laut und grinste zufrieden, als das Publikum begeistert schreiend zustimmte.

Sie hatte es geschafft. Das Publikum war immer noch auf der Seite ihres Kämpfers. „Haben wir hier noch jemanden, der seinen Werwolf gegen ihn antreten lassen möchte?", fragte sie nun laut und wartete, ob sich jemand melden würde.

Ein älterer Mann trat hervor. Aira erkannte Mr. Parker. Er besaß ebenfalls mehrere Werwölfe und grinste sie belustigt an. Sie kannte ihn gut genug, um zu wissen, dass er immer für einen spannenden Kampf zu haben war. Außerdem pflegte er dieselbe Einstellung wie ihre Familie. Nur gesunde Werwölfe kämpften für ihn und er hatte sie ebenfalls gut im Griff.

„Miron ist ebenfalls noch fit und freut sich darauf, deinem tollkühnen Werwolf Manieren beibringen zu dürfen!", rief er nun theatralisch.

Aira grinste zufrieden, zu diesem Geschäft gehörte eine gewisse Show einfach dazu. „Mr. Parker...", sie neigte ihr Haupt leicht zum Gruß, „...so sei es. Teris und Miron werden im Anschluss an den letzten Kampf noch einmal ihr Können unter Beweis stellen!"

Parker nickte grinsend zurück und verbeugte sich leicht. Das Publikum explodierte förmlich.

Teris

Aiden drückte Teris unbarmherzig mit dem Gesicht an die Mauer, als er die Ketten an seinen Handgelenken noch enger schloß. Teris verzog schmerzerfüllt das Gesicht. Im nächsten Moment riss der Russe ihn grob herum und drückte ihn mit einer Hand im Nacken auf die Erde herunter. Teris wusste zwar nun, was er falsch gemacht hatte, aber warum Aiden ihn immer noch so unwürdig behandelte, war ihm nicht klar. Er hatte sich doch bei Aira entschuldigt. Sie hatte ihn vor allen Menschen in dieser Halle aufs Übelste erniedrigt und doch hatte er klein beigegeben. Wenn er gekonnt hätte, wäre er ihr am Liebsten an die Kehle gegangen. Aber sein Versprechen war bindend. Daran hielt sich auch sein Wolf.

Nichtsdestotrotz, behandelte Aiden ihn brutal und herablassend. Er drückte Teris Gesicht auf den dreckigen Boden und boxte ihm grob in die Seite. Der Lupus jaulte auf. Er wusste nicht, wie er sich dagegen wehren sollte. Verzweiflung übermannte ihn, doch er kämpfte mit all seiner Macht dagegen an. Wieder boxte Aiden ihm in die Seite und Teris zog scharf die Luft ein. Er traf zielsicher auf die Nieren und das tat unwahrscheinlich weh.

„Aiden, es reicht!" hörte er nun die wütende Stimme von Aira.

Aiden ließ sofort von ihm ab und riss ihn auf die Knie. Aira blickte kurz auf ihn herab, als er erneut vor ihr kniete. Aidens Griff war fest und Teris fühlte sich wie in den Zwingen eines Schraubstocks.

Nun sah Aira streng zu Aiden auf. „Ich habe dir nicht befohlen, ihn weiter zu bestrafen! Er hat sich entschuldigt und seine Unterwürfigkeit unter Beweis gestellt. Überschreite nicht deine Kompetenzen!" Ihre Stimme klang schneidend, das war ein eindeutiger Befehl.

Aiden richtete ihn komplett auf und lockerte seinen Griff. Teris holte erleichtert Luft. Verdammt, hatte der Russe Kraft, seine Fäuste waren unnachgiebig und zielsicher. Aira schüttelte leicht ihren Kopf. „Kette ihm die Hände wieder vorne zusammen, er hat noch einen Kampf vor sich. Er soll sich bis dahin ausruhen!"

Aira sah Teris genervt an. „Tu mir einen Gefallen und gewinne den Kampf. Von mir aus auch auf deine ganz eigene Art! Aber verhalte dich danach einfach nur normal und tu nichts, was man dir vorher nicht gestattet hat!" Sie winkte ab, sie erwartete offenbar keine Antwort von ihm.

Aiden kettete ihn an der Mauer fest und sie ließen ihn endlich allein. Teris atmete tief ein und strich sich mit der Hand durchs Gesicht. Verdammt, was war da gerade geschehen? Er wurde einfach nicht schlau aus diesen Menschen. Es schien, als ob er einfach nichts richtig machen konnte.

Teris nahm die betretenen Blicke der verbliebenen Lupi um ihn herum wahr. Sie alle waren sichtlich verunsichert und starrten ihn abschätzend an. Teris schüttelte den Kopf und setzte sich auf den Boden. Dann lehnte er sich mit dem Rücken an die kalte Mauer und legte den Kopf in den Nacken. Er ignorierte die Blicke der anderen um sich herum und schloss die Augen. Wann würde dieser Alptraum nur ein Ende nehmen?

Der nächste Kampf kam schneller als ihm lieb war und dieser Miron war wirklich noch verdammt fit. Außerdem war er nicht nur zwei Köpfe größer und flink wie ein Wiesel, sondern auch gerissen. Er ließ sich nicht so leicht von ihm an der Nase herumführen. Er griff ihn zwar immer wieder leicht an, aber ein richtiges Kampfgeschehen kam nicht wirklich zustande. Teris spürte die Unruhe des Publikums sofort. Sie wollten mehr Show sehen. Instinktiv wusste er, dass ein guter Kämpfer das Publikum auf seine Seite ziehen musste. Nur so würde er Aira und Santos zufrieden stellen können. Es reichte nicht einfach nur, zu gewinnen. Und er war zum momentanen Zeitpunkt auf das Wohlwollen der beiden angewiesen. Bis er wusste, wie er dem Ganzen hier ein Ende setzen konnte. Und das würde er!

Doch jetzt musste er sich auf diesen Kampf konzentrieren.

Eine gute Performance liefern, ohne seinen Gegner dabei wirklich zu verletzen. Denn das war aktuell das Einzige, was er kontrollieren konnte. Sie mochten ihn demütigen und diktieren, so viel sie wollten, aber im Käfig hatte er das Sagen. Er bestimmte, wie der Kampf verlaufen würde. Er hatte die Kontrolle über den Verlauf und die Schwere der Verletzungen, die seine Gegner davontrugen. Und er hatte beschlossen, keinen seiner Artgenossen schwer zu verletzen.

Teris ging nun in die Offensive. Ein guter Anführer musste in der Lage sein, seine Strategie schnell zu ändern, wenn die Situation es erforderte. Eine Lektion, die er schon früh gelernt hatte. Er griff Miron direkt an, behielt dabei aber seine Körpersprache genau im Auge. Er erkannte die Bewegungen, bevor Miron sie ausführen konnte und setze geschickt einige Hiebe in die Richtung des großen Lupus. Teris konnte ihn nicht so einfach an der Kehle packen, wie seinen ersten Gegner an diesem Abend. Miron war wesentlich größer und schlau genug, ihn nicht zu dicht heranzulassen. Die Hiebe waren allerdings nicht stark genug, um Miron auch nur ansatzweise ins Straucheln zu bringen. Teris musste sich schnellstens etwas anderes einfallen lassen.

Miron wurde langsam sauer. Ihn nervte offenbar das Spiel von Angriff und Rückzug, welches Teris mit ihm spielte. Er hatte sichtlich genug davon und griff Teris nun mit voller Wucht an. Teris wurde gegen den Käfig geschleudert und ihm blieb für einen kurzen Moment die Luft weg. Verdammt, der Hüne hatte Kraft! Seine Schläge waren präzise und eindrucksvoll.

Das Publikum wollte endlich mehr Action sehen und jubelte begeistert auf. Na super, so hatte er sich das aber eigentlich nicht vorgestellt. Teris kam wieder auf die Beine und grinste seinen Kontrahenten nun überlegen an. Sie wollten mehr Action? Sie bekamen mehr Action!

Sofort setzte Teris zum Sprint in Mirons Richtung an, der ihn grollend auf sich zukommen ließ. Er wollte Teris in sich reinlaufen lassen, doch der drehte so abrupt vor Miron ab, dass sein Schlag ins Leere ging. Haken schlagen gehörte schon lange in das Repertoire von Teris. Diese beherrschte er im Schlaf. Teris setzte augenblicklich zum Sprung an und krallte sich auf dem Rücken des großen Lupus fest. Der knurrte überrascht auf und versuchte, ihn abzuschütteln. Doch er konnte ihn weder greifen noch wirklich loswerden. Das Publikum jubelte laut auf. Wankelmütiges Volk, das gefällt euch natürlich.

Teris verzog seine Miene zu einem siegessicheren Grinsen. Jetzt würde er die Sache hier endgültig beenden. Urplötzlich löste er seinen Griff und ließ sich hinter seinem Kontrahenten auf den Boden fallen. Ehe Miron wirklich begriff, was vor sich ging, schlang Teris seine Beine um die Fußgelenke seines Gegners und drehte sich in atemberaubender Geschwindigkeit ein. Miron verlor sofort das Gleichgewicht und ging krachend zu Boden. Teris nutzte den Moment, um seinen Oberkörper etwas aufzurichten und um seine Beine um den Hals des Hünen zu schlingen. Er drückte diese nur leicht zusammen, aber die Kraft reichte aus, um Miron zum Aufgeben zu bringen. Sein Kopf war auf diese Art in einer ungünstigen Position und Teris brauchte nicht viel Kraft, um ihm die Luft abzuschnüren.

Miron klopfte leicht gegen Teris´ Beine und der grinste erneut siegessicher. Das Publikum war außer sich und jubelte wild auf. Er hatte ihnen gegeben, was sie wollten. Er mochte nicht auf die brutale Art kämpfen, die sie gewohnt waren, aber er lieferte ihnen eine gute Show.

Teris löste nun seine Beine von Mirons Kopf und der kroch sofort aus seiner Reichweite. Teris erhob sich elegant, während Miron immer noch am Boden das Weite suchte. Er war nicht wirklich angeschlagen, aber verstand offensichtlich nicht, was über ihn gekommen war.

Teris blickte zu Aira rüber. Die grinste von einem Ohr zum anderen. Anscheinend war sie diesmal mehr als zufrieden mit ihm. Neben ihr stand ihr Vater. Wann war er dazu gekommen? Santos nickte ihm anerkennend zu und applaudierte im Takt des Publikums. Teris holte tief Luft. Ja, verdammt nochmal, er hatte es geschafft! Er musste niemanden verletzen und behielt die Kontrolle über sich und seinen Wolf. Die Menschen mochten diese Kämpfe veranstalten, aber er musste sich ihrer bestialischen Art nicht beugen. Er verletzte niemanden ernsthaft. Ein paar blaue Flecke und Hiebe waren für einen Lupus nicht mehr als ein müdes Lächeln wert.

Teris hätte am liebsten den Kopf in den Nacken gelegt und die Hände in die Höhe gerissen. Ein triumphierendes Heulen wollte sich seinen Weg über seine Lippen bahnen, denn er ließ sich von niemandem brechen. Er würde nicht ohne Verstand auf seine Artgenossen einprügeln, weil irgendein Mensch dies von ihm verlangte. Doch er zügelte sich und wartete mit gesenktem Kopf darauf, dass Aiden ihn aus dem Käfig holte. Er hatte seine Lektion für heute gelernt. Die Menschen wollten keine menschlichen Züge an den Lupi sehen. Seine Art war in ihren Augen Bestien, die unterdrückt werden mussten, und diese Illusion galt es, aufrecht zu erhalten.

Wie sonst konnten die Menschen diese abscheulichen Kämpfe rechtfertigen?

Aira & Lutz

Aira blickte ihren Vater begeistert an und der nickte ihr anerkennend zu. Sie hatte von Teris Großes erwartet, doch er schien ihre Erwartungen sogar noch zu übertreffen. Nach dem ersten Kampf an diesem Abend hätte sie ihn am Liebsten auf der Stelle zu Darrell zurückgebracht. Erst hatte er gut gekämpft und sie anschließend vor allen Anwesenden blamiert. Doch sein zweiter Kampf war nicht nur interessant und abwechslungsreich gewesen, er zeigte auch ein vorbildliches Verhalten. Er wartete geduldig, bis Aiden ihm die Handschellen anlegte und folgte ihm anstandslos aus dem Käfig. Sogar die Hände, die ihn permanent berührten, nahm er ohne eine Regung hin. Das Publikum liebte diesen kleinen Wolf! Und das nach nur drei offiziellen Kämpfen, von denen er den ersten verloren hatte. Aira war wieder voll und ganz von ihrem Kämpfer überzeugt.

Lutz hatte Aiden zu verstehen gegeben, dass er Teris zu ihnen bringen sollte. Normalerweise wurden die Kämpfer unverzüglich nach dem Kampf aus der Halle gebracht oder in einem abgetrennten Bereich angekettet. Das Publikum konnte gut und gerne zu aufdringlich werden und nicht jeder Werwolf war in der Lage, das über einen längeren Zeitraum auszuhalten. Doch Ruhm und Anerkennung brachten gewisse Pflichten mit sich. Die Presse stand schon bereit, sie wollten Interviews führen und Fotos mit dem Kämpfer machen.

Der Vorstand der „Society of Lupi", Stevenson und Mitchell, gesellte sich zu Lutz und Aira. Grinsend schüttelten die beiden ihnen die Hände. „Einen großartigen Kämpfer ziehen Sie beide sich da gerade heran." Stevenson war begeistert.

Lutz lächelte zurückhaltend. „Den Verdienst gebe ich gerne an meine Tochter weiter. Teris obliegt alleine ihrer Verantwortung. Sie hat sein Potenzial erkannt und es verstanden, ihn in die richtige Richtung zu lenken. Ich habe sie dabei nur ein wenig unterstützt."

Santos zwinkerte seiner Tochter zu, diese Anerkennung

gehörte ganz ihr. Aira lächelte stolz, bewahrte aber ihre Haltung. Gutes Mädchen. Sie verstand das Geschäft immer besser.

Die Security drängte das Publikum zurück. Die wichtigsten Pressevertreter konnten nun problemlos ihre Fragen stellen und Fotos machen. Selbst der Vorstand ließ sich mit ablichten, eine große Ehre für die Familie. Normalerweise gab sich die Society eher zurückhaltend in Pressefragen.

Teris blieb die ganze Zeit über ruhig an Aidens Seite und hielt den Kopf gesenkt. Aira fragte sich, ob sie sich darüber Sorgen machen musste. Sie konnte kaum glauben, dass aus ihrem rebellischen, impulsiven Werwolf so schnell ein fügsamer und ruhiger Vertreter seiner Art geworden war. Noch vor wenigen Stunden war er unsagbar wütend gewesen, so dass sie ernsthaft darüber nachdenken musste, ihn nicht antreten zu lassen. Was hatte diese Veränderung wohl in ihm hervorgerufen?

Aira erinnerte sich plötzlich an ihr Versprechen. Sie musste wirklich mit ihrem Vater über Kreon sprechen, nicht nur weil sie es Teris versprochen hatte. Denn sie sah eine ernste Gefahr für Kreon, wenn er noch allzu lange in Franks Händen verweilen musste. Kreon war ebenso wie Teris ein Ausnahmetalent. Seit drei Jahren war der große Werwolf ungeschlagen. Nicht einmal seine körperliche Einschränkung hatte ihn heute den Sieg gekostet. Doch Frank versorgte ihn offenbar schlecht und selbst ein so starker Kämpfer konnte dies nicht ewig wegstecken.

Endlich flaute der Andrang etwas ab und Lutz erteilte Aiden die Anweisung, Teris nach Hause zu bringen. Sie wollte ihm ihre Anerkennung zukommen lassen und nickte ihm wohlwollend zu. Teris nickte kaum merklich zurück. Dieser Werwolf verfügte über ein verdammt gutes Pokerface.

Am nächsten Tag plagten Aira leichte Kopfschmerzen. Es war den Abend zuvor noch spät geworden. Die Stimmung in der Halle war ausgelassen und viele Freunde und Bekannte wollten mit Aira und Lutz über Teris sprechen, so dass sie nicht früher gehen konnten. Die Arbeit rief dennoch unerbittlich und Aira kämpfte sich durch die Unmengen an Bestellungen. Es war fast Mittag und so zufrieden sie auch war, dass der Onlinehandel ihres Vaters erfolgreich lief, so wünschte sie sich ihre Mittagspause sehnlichst herbei. Sie war müde und ausgelaugt. Nur Unmengen von Kaffee hielten ihr Gehirn heute überhaupt am Laufen.

Aira und Lutz waren gegen eins bei Frank angemeldet, um mit ihm Verhandlungen über einen Verkauf von Kreon zu führen. Sie konnte es kaum erwarten, auch wenn sie sich nicht sicher war, ob dieser Termin erfolgreich verlaufen würde. Ihr Vater zeigte schon seit Längerem Interesse an Kreon. Aber er war immer noch ein Geschäftsmann und würde Frank nicht den utopischen Preis zahlen, den der sich in den Kopf gesetzt hatte.

Aira blickte auf ihre Uhr. Es war kurz vor zwölf und ihre Mutter bereitete um diese Zeit das Essen für die Werwölfe zu. Sie half ihr jeden Mittwoch und Donnerstag dabei, denn auch, wenn Gabrielle Santos sehr gut kochen konnte, ging sie nicht gerne in die Zellen. An diesen Tagen hatte Aiden frei, die Arbeit teilte sich die Familie also untereinander auf. Airas Aufgabe war es, den Wölfen das Essen zu bringen. Sie hatte noch etwas Zeit, weitere Bestellungen abzuarbeiten, bevor sie in den Keller hinuntergehen musste.

Zehn Minuten später verkündete eine WhatsApp Nachricht ihrer Mutter, dass die Mahlzeiten für die Werwölfe fertig gestellt waren. Aira machte sich auf den Weg, erleichtert, aus dem Büro heraus zu kommen.

Es dauerte nicht lange, die sieben Werwölfe zu versorgen. Eigens für diesen Zweck befand sich eine kleine Küche im Keller und die Wege waren kurz. Nachdem sie Philon und Xanthus ihre Portion zugeteilt hatte, wandte sie sich Teris zu, der sich die Zelle mit den anderen beiden teilte. Teris saß auf dem Boden, mit dem Rücken an der Wand. Er hatte die Knie angezogen und seine Arme locker darauf abgelegt. Er sah Aira ausdruckslos an, als sie ihm den Teller reichte. Das Gulasch ihrer Mutter sollte den Wölfen schmecken, zumindest duftete es fantastisch. Doch Teris zeigte kaum eine Regung. Er nickte nur höflich, sagte aber kein Wort.

Nicht einmal mit Kaffee, den er doch so gerne mochte, hatte sie ihm heute Morgen ein Lächeln entlocken können. Er verhielt sich seit einer Woche so distanziert und kühl. Aber was erwartete sie auch von ihm? Sie hatte ihn misshandelt und war in den letzten Tagen hart mit ihm umgegangen. Es war nur natürlich, dass er sich so verhielt. Daher war es wohl besser, die richtige Mischung aus Strenge und Freundlichkeit zu finden. Er war sicherlich immer noch leicht reizbar und sie befürchtete, dass er sich nicht ewig unter Kontrolle halten könnte. Warum fiel ihm dies so viel schwerer als den anderen? Aira würde schon noch herausfinden, was so anders an ihm war.

Frank Hanson betrieb einen Schrotthandel am Rande der Stadt. Seine Geschäfte liefen gut, dennoch war der Vorplatz nicht besonders schön anzusehen. Frank besaß augenscheinlich kein gutes Händchen für Ordnung und Sauberkeit. Dabei wusste Lutz, dass es nicht immer so gewesen war, aber der Alkohol ließ Frank den Fokus auf das Wesentliche verlieren.

Sie fanden den Schrotthändler in seinem kleinen Büro, welches er wieder einmal mit einer seiner geliebten Zigarren verpestete. Er erhob sich sofort grinsend, als er die beiden erkannte. „Aira, Lutz! Schön, dass ihr da seid! Lasst uns gleich nach draußen gehen!"

Er reichte ihnen die Hand und stolperte etwas unbeholfen auf den Hof. Der Zahn der Zeit, in Verbindung mit einem erhöhten Alkoholgenuss, hatte deutliche Spuren hinterlassen. Lutz und Aira tauschten nur einen kurzen Blick und folgten ihm langsam.

Frank hustete, bevor er sprach. „Ich habe vor, mich zur Ruhe zu setzen und den ganzen Mist hier zu verkaufen!" Er blickte die beiden mit leicht glasigen Augen an. „Ich werde zu alt für den Stress und schaffe die Arbeit nicht mehr. Außerdem hat mein Doc mir nahegelegt, aufs Land zu ziehen!" Er machte eine theatralische Geste zu seinem Brustkorb. „Die Pumpe will nicht mehr!"

Lutz nickte freundlich. „Wir werden alle älter, davor kann keiner weglaufen!"

Frank nickte nur und nahm einen tiefen Zug von seiner Zigarre. „Du sagst es, mein Lieber, du sagst es!"

Aira musste unwillkürlich mit dem Kopf schütteln. Weniger Tabak und Alkoholkonsum würden der Gesundheit auch zuträglich sein, doch Frank schien dieser Umstand wenig zu kümmern. Er stolperte weiter, auf dem Weg an Autowracks und Schrottteilen vorbei, bis sie das Ziel erreichten.

Kreon war gerade damit beschäftigt, einen Lkw mit Schrott zu beladen. Dafür waren seine Hände an einer langen Kette befestigt, die genügend Spielraum für solche Arbeiten zuließ. Er humpelte immer noch und Aira war sofort verärgert. Kein Wunder, dass er nicht gesund werden konnte. Ohne Ruhe würde das Bein wohl kaum ordentlich verheilen.

Der Werwolf entdeckte die Gruppe sofort, doch er unterbrach seine Arbeit nicht. Routiniert wuchtete er ein Teil nach dem anderen auf den Laster. Aira war beeindruckt von der Kraft des Werwolfes, doch dann bemerkte sie, dass Kreon ungewöhnlich stark schwitzte. Die Arbeit fiel ihm doch nicht so leicht, wie es zunächst den Anschein hatte.

Lutz verengte seine Augen. „Darum willst du ihn verkaufen? Kehrst du den Kämpfen den Rücken?"

Frank nickte nur und schnappte sich die auf dem Boden liegende Kette, die Kreon an einer Flucht hinderte. Er riss grob daran. „Komm her!", befahl Frank barsch.

Kreon legte das schwere Metallteil in seinen Händen direkt beiseite und bewegte sich vorsichtig auf die Gruppe zu. Er humpelte noch stärker als gestern Abend. Doch das hinderte Frank nicht daran, ihn an den Haaren zu packen und auf die Knie zu zwingen. Kreon verzog schmerzhaft das Gesicht. Sein Bein schien ihn wirklich zu quälen, doch nicht ein Laut kam über seine Lippen.

Lutz holte tief Luft. Kreon hielt den Kopf gesenkt und blickte zu Boden. Er sah zur Zeit alles andere als gut aus. Der

Werwolf war verschwitzt und wirkte eingefallen. Sein Haar war stumpf und die Wirbelsäule trat am Rücken deutlich hervor. So sollte kein Werwolf aussehen, das war einfach unnatürlich. Normalerweise verfügten sie über so starke Heilkräfte, dass selbst gebrochene Knochen nicht viel Zeit in Anspruch nahmen. Auch ein Silberhalsband änderte daran nichts.

Frank strich ihm über den Kopf. Kreon duckte sich unter der Berührung, doch er zog den Kopf nicht weg. „Er ist der letzte, der übrig geblieben ist. Alle anderen habe ich schon vor einer Weile verkauft." Fast schon melancholisch blickte er auf den Werwolf nieder. „Er ist schon lange bei mir!"

Lutz erkannte, wie schwer es Frank fiel, seinen letzten Werwolf abzugeben. Ihm wurde in diesem Moment bewusst, dass der Preis für Kreon hoch sein würde, egal, in welchem Zustand er sich auch befand. Frank ließ seine Gefühle mit einfließen. Gefühle waren ein teures Geschäft. Dieser Werwolf war unter Franks Anleitung eine große Nummer im Käfig geworden. Er hatte ihn zu einem außergewöhnlichen Kämpfer geformt. Kreons Preis hatte auch einen ideellen Wert.

Lutz seufzte innerlich. Er war ein Geschäftsmann, für Gefühle war in diesem Bereich eigentlich kein Platz. Aira blickte ihn angespannt an. Sie kannte ihn gut genug, um zu wissen, was er dachte. Sie wollte diesen Werwolf um jeden Preis und Lutz konnte ihr ansehen, wie sie alle Felle davon schwimmen sah. Sie wirkte geknickt.

„Frank, du siehst aber auch, dass er aktuell nicht in Topform ist?", setzte Lutz vorsichtig an.

Er wollte den älteren Mann nicht beleidigen. Frank brannte nach wie vor für Kämpfe. Nur die Umstände drängten ihn dazu, sein bisheriges Leben umzukrempeln.

Franks Augen blieben glasig, wieder strich er über Kreons Haar. „Ja, er ist etwas angeschlagen. Aber darum ist er immer noch kein schlechter Kämpfer!"

Lutz nickte. „Das stimmt. Und er wird auch weiterhin glänzen, dessen bin ich mir sicher!"

Frank blickte überrascht auf, mit dieser Aussage hatte er offenbar nicht gerechnet.

Lutz räusperte sich. „Frank, gehen wir in dein Büro und besprechen die Details! Ich bin mir sicher, wir werden preislich zusammenkommen."

Frank ließ Kreon wieder aufstehen und reichte Lutz die Hand. Dieser ergriff sie und blickte seinem alten Geschäftspartner tief in die Augen. „Der Deal bleibt vorerst unter uns. Kein Wort zu irgendjemanden!"

Auch ohne den scharfen Blick ihres Vaters wusste Aira, dass sie sich zurückhalten und die beiden Männer das Geschäft unter sich abwickeln lassen musste. Ihr Vater wollte Frank seinen letzten Deal im Geschäft mit den Werwölfen nicht unnötig schwer machen.

Frank nickte derweil erfreut. „Natürlich. Ich bin froh, dass er in deine Hände kommt. Bei dir weiß ich ihn gut aufgehoben!"

Aira reichte Frank ebenfalls die Hand und verbarg geschickt ihr Triumphgefühl.

Auf dem Heimweg konnte Aira sich ein Grinsen aber nicht länger verkneifen. Obwohl sie nicht ganz verstand, warum ihr Vater sich auf den Deal eingelassen hatte. Freundschaft hin oder her, für Kreons momentane Verfassung war er viel zu teuer gewesen.

Sie blickte ihren Vater fragend an. „Warum hast du zugestimmt? 14.000 Dollar für einen 30 Jahre alten Werwolf, der seit drei Jahren im Käfig unterwegs ist und dazu aktuell nicht fit. Eigentlich war der Preis viel zu hoch."

Lutz nickte und verzog das Gesicht, obwohl er den Blick auf die Straße gerichtet hielt. „Ist er auch, aber Frank wäre niemals mit der Summe runter gegangen. Ihm ist es tatsächlich egal, ob ihm jemand das Geld gibt oder nicht."

Er warf einen kurzen Blick auf seine Tochter, die ihm gespannt zuhörte. „Kreon hat einen emotionalen Wert für ihn. Er würde ihn vermutlich eher umbringen als ihn dem Erstbesten für kleines Geld zu verkaufen!"

Aira war verwirrt. „Warum, das ergibt doch keinen Sinn? Er versorgt ihn nicht einmal anständig und behandelt ihn dazu wirklich schlecht."

„Das stimmt. Aber Frank sieht das nicht so. Für ihn ist es absolut ausreichend, was er Kreon zugesteht. Du darfst seine emotionale Entscheidung nicht mit Zuneigung für Kreon verwechseln."

Aira guckte immer noch verwirrt und Lutz erklärte weiter. „Frank bedauert, dass er sein Leben ändern muss und dadurch gezwungen ist, aus dem Geschäft mit den Werwölfen auszusteigen. Kreon ist als letzter auf dem Hof übriggeblieben, weil er sein erfolgreichster Kämpfer war und ihm bis gestern noch gutes Geld einbrachte. Lass dich nicht von seinen Worten täuschen! Du weißt, wie sehr dieses Geschäft von einer guten Show lebt." Er zwinkerte Aira zu.

„Du hast sicher Recht. Ich bin nur froh, dass Aiden ihn Freitag abholen wird."

Lutz nickte „Ich möchte es vorerst nicht an die große Glocke hängen. Kreon muss sich erst einmal erholen und solange möchte ich weder vom Vorstand noch von der Presse behelligt werden."

Aira nickte zustimmend, diese Entscheidung konnte sie sehr gut verstehen.

Kapitel 7

Teris

Die letzten beiden Tage waren unerträglich langweilig gewesen. Wenn Aiden frei hatte mussten sie alle diese Zeit untätig im Keller verbringen. Einzig die drei Mahlzeiten lockerten die Langeweile für einen Moment auf. Der Frühsport und das Nachmittagsprogramm stellten an den anderen Tagen die einzige Abwechslung im Tagesablauf für Teris und seine beiden Zellengenossen dar. Xanthus und Philon waren mit ihrer Situation ebenso unzufrieden. Doch sie versuchten es nicht nach außen zu zeigen.

Teris nutzte die Untätigkeit, um die beiden etwas besser kennen zu lernen. Sie waren ihm gegenüber offener als Andras. Teris konnte in Erfahrung bringen, dass Xanthus aus dem Rudel der Demetra stammte. Philon gehörte dem Rudel der Enea an. Beide Familienclans waren ihm geläufig und er kannte das ein oder andere Rudelmitglied. Die beiden Rudel lebten wie sein eigenes in den Bergen weit außerhalb von Detroit. Sie bevorzugten die Einöde und die Ruhe, die damit einhergingen. Teris mochte beide Lupi auf Anhieb.

Heute war allerdings Freitag und sie durften sich in der Frühe draußen austoben. Auch wenn Frühsport mit Kontrolle und Disziplinierung seitens der Menschen einherging, so empfand Teris es als Erleichterung, sich auspowern zu können. Sein Wolf hingegen konnte dem Ganzen nicht so viel abgewinnen. Er war immer noch böse auf Teris, dass der sich nicht unbeugsamer zeigte.

Freitag hieß allerdings auch, dass sie sich am Abend in der stickigen Halle aufhalten mussten. Diesmal hatte Santos groß aufgefahren und insgesamt fünf seiner Lupi angemeldet.

Teris fand sich neben Andras, Valon, Tyler und Philon an der verhassten Mauer wieder. Valon und Tyler teilten sich mit Andras und Telmos eine Zelle. Teris kannte sie nur flüchtig von den gemeinsamen Trainingseinheiten. Der junge Lupus vermutete, dass Andras ihnen dazu geraten hatte, sich von ihm fern zu halten, denn sie hielten geschlossen Abstand von ihm.

Es tat allerdings gut, Philon hier zu wissen. Jemand Vertrautes konnte in dieser Hölle nicht schaden.

Xanthus war zu Hause geblieben und Teris begrüßte dies sehr. Denn Aira hatte Wort gehalten und Kreon war heute Mittag zu ihnen in die Zelle gebracht worden. Er sah schlecht aus und es war sicher besser, wenn er nicht unbedingt alleine zurückblieb. Ein Arzt war zwar noch da gewesen, doch Teris wusste, dass Lupi sich in Gesellschaft ihrer Artgenossen einfach wohler fühlten. Es beruhigte sie und gab ihnen das Gefühl von Sicherheit.

Die Stimmung in der Halle war aufgeheizt und Teris konnte spüren, dass etwas Ungewöhnliches in der Luft hing. Er wusste nicht, was es war, aber die Menge war extrem aufgedreht.

„Was ist hier los?", fragte er Andras und blickte sich vorsichtig um. Santos und Aira hielten sich am Käfig auf. Wie immer eigentlich.

Andras zuckte leicht mit den Schultern. „Keine Ahnung, aber irgendwas ist merkwürdig!"

Teris nickte. Sein Wolf war ebenfalls beunruhigt. Er spürte eine Gefahr auf sie zukommen. Teris versuchte, Ruhe zu bewahren. Er würde abwarten müssen, wohin sich der Abend entwickelte. Aber es konnte nicht schaden, wachsam zu bleiben. Plötzlich fiel sein Blick auf Philon, der unglaublich nervös wirkte. Er stand mit gesenktem Kopf vor der Mauer, hielt die Augen geschlossen und atmete tief ein und aus. Teris konnte erkennen, dass er kurz vorm Hyperventilieren war. Scheiße! Absolut nicht gut!

Er erinnerte sich daran, wie er Philon das erste Mal begegnet war. Es war in dieser Halle vor zwei Wochen auf der Versteigerung gewesen. Philon war nach seinem Kampf ziemlich mitgenommen gewesen. Er war derjenige, der seinen Kampf nur knapp gewinnen konnte. Seine äußerlichen Wunden waren verheilt, doch seine Seele war es nicht. Teris konnte die Angst an Philon regelrecht riechen. Andras hielt deutlich Abstand von ihm und rümpfte sogar verächtlich seine Nase. Es war nicht zu übersehen, dass er Philon für einen Schwächling hielt.

Teris Kette war lang genug und erlaubte ihm, an seinen Zellengenossen heran zu treten. Teris holte tief Luft. „Philon, es ist in Ordnung. Beruhige dich!"

Doch der Lupus mit den schwarzen Haaren schüttelte nur hektisch den Kopf. Er öffnete seine Augen immer noch nicht. Der Gestank nach Angst haftete von Minute zu Minute immer stärker an ihm. Teris wusste, dass sich gerade eine ausgewachsene Panikattacke in Philon ausbreitete.

Verdammt, das war gar nicht gut. Ein Lupus, der in dieser Umgebung ausrastete, würde vermutlich nicht lange überleben. Es waren zu viele Waffen hier. Teris hegte keinen Zweifel daran, dass Aiden, ohne mit der Wimper zu zucken, zu seiner Smith and Wesson greifen würde.

Teris atmete nun ruhig und konzentriert. Er musste Philon so schnell wie möglich helfen. Er ging in sich und rief seinen Wolf. Den Wolf, den er in den letzten Tagen doch so tief in sich vergraben musste, um nicht selbst die Kontrolle über sich zu verlieren. Diesmal würde er die Kontrolle behalten. Er musste einfach. Sein Wolf lugte interessiert hervor. Er war nicht gerne tief in dem Mann gefangen, mit dem er eine Symbiose bildete. Er war allerdings nicht gut auf den Mann zu sprechen. Er war böse auf ihn, weil er all diese Demütigungen für sie beide zuließ. Aber er sah auch, dass der andere Lupus dringend ihre Hilfe brauchte.

Ohne zu zögern wirkte der Wolf gemeinsam mit dem Mann beruhigend auf Philon ein. Teris berührte den aufgewühlten Lupus vorsichtig. Normalerweise reichte es, die Aura einzusetzen, sie war stark und voller Macht. Doch Philon war mitten in einer Panikattacke, es konnte nicht schaden, die Sache hier durch Berührung zu verstärken. Seine Atmung wurde langsam ruhiger und nach wenigen Augenblicken öffnete er seine Augen. Sie schimmerten immer noch leicht glasig, doch sie nahmen nach und nach wieder das warme Braun an, welches ihnen eigentlich innewohnte.

Dankbar blickte Philon zu ihm auf. Teris berührte ihn immer noch an seinem Arm. Er lächelte beruhigend, wartete aber ab, bis dieser sich vollends gesammelt hatte.

Der atmete tief durch. „Verdammt, ich weiß nicht, was mit mir los ist."

Teris sah ihn freundlich an. „Schon gut, kann passieren!"

Teris ahnte, wo das Problem lag. Philon war kein Kämpfer. Er war zwar kräftig gebaut und groß, wie die meisten Lupi, doch sein Herz war nicht für harte Kriege gemacht. Es war ihm sofort aufgefallen, als er Philon das erste Mal sah. Dieser junge Lupus war hoch intelligent, aber kein Kämpfer. Und er hatte schlicht und ergreifend Angst, in den Käfig zu gehen. Weil er befürchtete, dass er nicht als Sieger herausgehen würde.

„Philon, du musst dich da drinnen nicht auf das brutale Niveau der Menschen herablassen." Teris hielt seine Stimme gedämpft, die Menschen mussten nicht alles mitbekommen.

Der schwarzhaarige Lupus blickte verwirrt auf. Teris seufzte. „Sei intelligenter als dein Gegner, dann kannst du es schaffen!"

Philon nickte, doch Teris wusste, dass er nicht wirklich eine Chance hatte. Er gehörte definitiv nicht in den Käfig. Und jeder, der ihm auch nur für einen Moment in die Augen blickte, konnte dies erkennen. Er war ein Lupus und konnte genauso viel wegstecken wie Teris oder Kreon, doch seine Seele war nicht dafür gemacht. Nicht jeder Lupus war automatisch ein geborener Kämpfer. So, wie nicht jeder Mensch ein geborenes Arschloch war…

Teris hatte es geschafft, Philon soweit zu beruhigen, dass dieser nicht Amok laufen würde. Sein Wolf zog sich ohne große Gegenwehr zurück, er war zufrieden mit seiner Arbeit und müde. Die Aura des Alphas einzusetzen, der in beiden im Verborgenen schlummerte, war anstrengend gewesen.

Als Teris sich umdrehte, konnte er den bohrenden Blick von Andras nicht ignorieren. Er war abwertend und voller Misstrauen. Andras billigte Teris´ Eingreifen nicht, doch er schien sich dafür entschieden zu haben, ihn vorerst nur im Auge zu behalten.

Teris hätte ihm am liebsten die Zähne gezeigt. Doch es würde ihm nichts bringen, außer unnötige Unruhe unter den Lupi. Und das würde Santos und Aira verärgern. Nichts, was er momentan anstrebte, er brauchte erst einen Plan. Einen todsicheren Plan, wie er dem Ganzen hier ein Ende setzen konnte. Aira war schon viel zu sehr auf ihn fokussiert. Besser, er zog nicht noch mehr Aufmerksamkeit auf sich.

Aira

Das Publikum tobte wild, als Aiden Teris in den Käfig brachte. Sie waren heiß auf den neuen Kämpfer, der einen so außergewöhnlichen Stil an den Tag legte. Aira kam nicht umhin, stolz auf sich selbst zu sein. Er war ihr bei der Versteigerung nur aufgefallen, weil Darrell ihn gerade einem Interessenten vorführte. Aber er hatte sie von Anfang an fasziniert. Dabei passte er überhaupt nicht in das Schema, wonach sie und ihr Vater neue Werwölfe für gewöhnlich aussuchten. Aber er zeigte absolutes Talent für Kämpfe, die man in einem ganz anderen Stil aufziehen konnte. Mit ihm würde sie dieses Geschäft revolutionieren.

Teris blickte sich um, er war die Ruhe selbst. Doch irgendetwas war heute anders an ihm. Seine Ausstrahlung war verändert. Aira konnte es sich nicht erklären, aber er wirkte beinahe ausgeglichen. Als kontrollierte er das Geschehen im Käfig schon, bevor der Kampf überhaupt angefangen hatte. Aira wurde etwas nervös, er würde doch nicht auf dumme Ideen kommen?

Sie war die letzten Tage ganz bewusst selten in den Keller gegangen. Er sollte etwas Abstand zu ihr gewinnen können, denn er war immer noch nicht gut auf sie zu sprechen. Er misstraute ihr ganz offen. Sie hoffte inständig, dass er diesen Kampf ebenfalls für sich entscheiden konnte. Andras und Tyler waren zuvor in ihren Kämpfen erfolgreich gewesen. Philon war nach diesem Kampf dran und Valon würde den letzten Kampf an diesem Abend bestreiten. Je erfolgreicher ihre Kämpfer waren, umso mehr Preisgeld wurde ausgegeben. Ganz zu schweigen von ihrem guten Ruf.

Teris wurde von seinem Gegner sofort übel angegriffen. Der war zwar nur einen Kopf größer, aber drahtig und schnell. Teris rümpfte schon die Nase, bevor der Kampf begonnen hatte. Konnte ihr Kämpfer mit Hilfe des Geruch seines Gegners eine Strategie entwickeln? Teris wirkte zumindest nicht überrascht, als der kräftige Werwolf ihn direkt hart und brutal anging. Sein Gegner griff ihm so heftig in die braunen

Haare und schleuderte ihn quer durch den Käfig, dass Aira der Atem stockte. Sie sollte wirklich ruhiger werden. Die Kämpfe durften nicht so an ihren Nerven zerren. Mit Teris war irgendwie alles anders.

Dieser rappelte sich sofort wieder auf. Er knurrte wütend und ging zu einem Gegenangriff über. Der andere Wolf hatte dies erwartet und packte Teris so schnell an der Kehle, dass Aira erkennen konnte, wie ihm kurz vor Überraschung die Luft wegblieb. Doch Teris zog sofort die Schulter hoch und trat seinem Gegner gegen das Schienbein. Der jaulte auf und ließ ihn los. Dies nutzte Teris, um ein paar geschickte Tritte in die Magengegend zu setzen. Doch der andere Werwolf ließ sich davon wenig beeindrucken und schlug Teris so hart ins Gesicht, dass er leicht benommen zurücktaumelte. Aira atmete schwer aus. Dieses Mal war es nicht so einfach für ihren Kämpfer.

Teris wurde erneut hart angegriffen. Weitere Schläge und Tritte prasselten auf ihn ein, so dass er letztlich mit dem Rücken im Sand landete. Teris schüttelte wütend den Kopf. Offensichtlich hatte er langsam genug davon, einzustecken. Er sprang so elegant und leichtfüßig auf, dass sein Gegner ihn verwirrt anblickte. Seine Schläge und Tritte waren hart gewesen und doch machten sie wenig Eindruck auf den viel kleineren Werwolf. Das irritierte ihn ganz offensichtlich.

Noch bevor der andere begriff, wie ihm geschah, verdrehte Teris ihm einen Arm auf den Rücken und drückte ihn mit dem Gesicht voran in den Sand. Teris kontrollierte ihn lediglich über den verdrehten Arm, den er immer noch fest in seinen Händen hielt. Er legte ein Knie über dem Rücken des Gegners ab und übte ganz leichten Druck auf das Handgelenk aus. Der unterlegene Wolf knurrte heftig auf. Er klopfte verzweifelt mit der freien Hand auf den Sand. Er war besiegt.

Das Publikum jubelte auf. Sie tobten und schrien Teris' Namen immer und immer wieder. Aira musste unwillkürlich grinsen. So hatte sie sich das vorgestellt, genauso musste er kämpfen.

„Eigentümlich, aber gut!" lobte ihr Vater ihren Kämpfer

und applaudierte mit der Menge.

Aira grinste ihn erfreut an. „Ja, wenn das so weiter geht, müssen wir aufpassen, dass ihn uns nicht jemand abspenstig machen möchte!"

Lutz blieb ganz nüchtern. „Ruft jemand den richtigen Preis auf, ist er genauso verkäuflich wie alle anderen!"

Airas Augen wurden sofort groß. Das war doch nicht sein Ernst?

Lutz wurde streng. „Denk dran, Aira, früher oder später gehen sie alle. Versteif dich nicht zu sehr auf ihn!" Aira schluckte schwer, ja, das wusste sie. Aber sie war nicht davon ausgegangen, dass ihr Vater seinem Geschäftsmodell bei so einem Ausnahmekämpfer treu bleiben würde.

Lutz lächelte nun etwas milder. „Aktuell habe ich nicht vor, ihn zu verkaufen, sofern kein überragendes Angebot rein kommt. Genieße erst einmal deinen Erfolg, er steht dir zu!" Aira ließ sich von seinen Worten beruhigen und stimmte in den Applaus mit ein.

Teris ließ seinen Gegner wieder los und richtete sich langsam auf. Diesmal war er nicht ganz so glimpflich davongekommen. Die Schläge und Tritte, die er einstecken musste, hatten ihre Spuren hinterlassen. Sein Gesicht trug rote Prellungen zur Schau und sein Oberkörper war ebenfalls arg mitgenommen. Teris atmete schwer. Dieser Kampf war anstrengender gewesen als die letzten beiden. Er blickte Aira und Lutz abwartend an, als wollte er eine Bestätigung von ihnen.

Aira nickte ihm zu, der Kampf war gut gewesen. Daran gab es nichts zu rütteln.

Sanchez trat an Aira und Lutz heran. Er war der Eigentümer des Werwolfs, der sich gerade Teris geschlagen geben musste. „Gratuliere. Interessanten Kämpfer habt ihr da." Er reichte beiden seine Hand. Sein Blick wanderte in die Richtung von Teris.

Aira folgte seinem Blick. Teris wurde soeben von Aiden abgeholt.

Das Publikum war immer noch außer sich vor Aufregung,

es wollte ihren gefeierten Kämpfer unbedingt berühren.

„Er scheint noch fit zu sein. Ich würde mich freuen, wenn ihr mir mit Tyron die Chance auf eine Revanche geben würdet." Sanchez blickte Aira herausfordernd an.

Sie kannte Sanchez' Wolf. Er war ein Hüne und einer der härtesten Kämpfer, den sie je gesehen hatte, durchaus mit Kreon zu vergleichen. Tyron war fast zwei Meter groß und stark wie ein Bär. Er war aus seinem heutigen Kampf als überlegener Sieger herausgegangen.

Aira blickte kurz zu ihrem Vater. Der überließ die Verantwortung eindeutig ihr. Sie hatte sie eingefordert, also musste sie allein entscheiden. Aira war für einen Moment hin und her gerissen. Normalerweise ließ ihr Vater die Wölfe nicht zwei Kämpfe an einem Abend bestreiten. Doch am vergangenen Dienstag hatte sie mit ihrer Methode bereits Erfolg gehabt. Und Teris schien fit genug für einen weiteren Kampf zu sein, auch wenn dieser Kampf deutlich anstrengender gewesen war. Er war jung und stark und kaum verletzt. Abzulehnen würde sie als Feigling dastehen lassen.

Sie reichte Sanchez die Hand. „In Ordnung! Teris kann nach dem letzten Kampf wieder antreten."

Sanchez grinste verschlagen. „Wunderbar. Ich werde es verkünden!"

Ihr Vater sah sie nur vielsagend an, sagte aber kein Wort. Er hatte ihr das Versprechen gegeben, sich nicht bei Teris einzumischen und er hielt sich daran. Auch wenn er ihre Methode offensichtlich nicht guthieß.

Aira holte tief Luft. Der nächste Kampf sollte gleich beginnen und Philon würde sein Debüt unter dem Namen ihrer Familie geben. Sie sollte sich jetzt erst einmal darauf konzentrieren, bevor sie Teris auf seinen nächsten Kampf vorbereiten musste.

Der Kampf war eine Katastrophe. Philon schaffte es kaum, Treffer zu landen, musste dafür selbst aber umso mehr einstecken. Sein Gegner war kein wirklich erfahrener Kämpfer, also durchaus zu schlagen. Doch Philon schaffte es selten, zu ihm durchzudringen. Er zögerte bei seinen Angriffen und bewegte sich zu zögerlich. Aira schüttelte mit dem Kopf, als der nächste Schlag den jungen Werwolf zu Boden katapultierte. Lutz stand neben ihr und machte sich Notizen in seinem kleinen Buch.

„Kanonenfutter?" fragte Aira mit leichtem Bedauern.

Lutz nickte. „Ich denke schon!"

Als Kanonenfutter bezeichneten sie Werwölfe, die sich als Kämpfer eher mäßig eigneten. Diese wurden allerdings ebenso benötigt, wie die, die bis aufs Blut kämpfen konnten.

„Schade, er macht rein körperlich eigentlich einen guten Eindruck!" Aira verzog das Gesicht.

„Sieh ihm in die Augen. Sie sind viel zu weich, fast schon sanft. Er hat nicht den Biss, um in solchen Kämpfen zu siegen!" Lutz Worte waren klar und nüchtern.

Seine Wölfe waren eine Investition und Philon war offenbar zu teuer gewesen für seine mangelnden Fähigkeiten. Mit Teris ließ sich dieser Umstand wieder ausgleichen. Aira war sich dieser Tatsachen durchaus bewusst. Auch, dass Lutz sie Fehler machen ließ, damit sie aus ihnen lernte. Sie hoffte nur, dass sie keinen Fehler damit beging, Teris erneut kämpfen zu lassen.

Endlich war es vorbei. Philon lag am Boden und stand nicht wieder auf. Er gab von selber auf. Lutz hob die Hand und der Richter beendete den Kampf. Der Werwolf blutete am Kopf und war schweißüberströmt. Er war eindeutig fertig, körperlich wie nervlich. Lutz schüttelte nur mit dem Kopf und deutete Aiden an, Philon schleunigst aus dem Käfig zu holen. Das Publikum pfiff den am Boden liegenden Kämpfer erbarmungslos aus. Er hatte versagt und das ließen sie ihn deutlich spüren.

„Aira, ich begleite die beiden zum Bulli und werde Philon verarzten. Sieh zu, dass du Teris vorbereitest!"

Aira nickte und blickte ihrem Vater seufzend hinterher. Das Geschäft mit den Werwölfen war manchmal alles andere als einfach und sie war froh, dass sie nicht die Wunden versorgen musste. Das war etwas, was sie nicht gerne tat.

Teris saß auf dem Boden und wirkte erschöpft. Sein gesenkter Kopf ruhte auf den angewinkelten Knien. Nur gut, dass es noch fünf weitere Kämpfe dauern würde, bis er wieder antreten musste. So war noch etwas Zeit für ihn, sich zu erholen.

„Teris, steh auf!", befahl sie nicht streng, aber doch fordernd.

Teris blickte überrascht zu ihr auf, er schien nicht bemerkt zu haben, dass sie sich genähert hatte. Er erhob sich ohne Weiteres. Immerhin war er nicht mehr so aufsässig wie zu Anfang. Fragend hielt er ihrem Blick stand, seine Augen waren klar, wenn auch etwas müde. Sein braunes Haar war dunkler als sonst, es war nassgeschwitzt und wirr und das stand ihm außerordentlich gut. Aira war immer wieder überrascht davon, wie sinnlich diese Bestien manchmal wirken konnten.

Sie sah ihm streng in die Augen. „Du hast heute noch einen Kampf."

Sie rechnete mit Protest und wartete auf eine Reaktion, doch sein Blick blieb absolut klar. Er zeigte keinen Zorn oder Frustration, er wirkte nur etwas überrascht und nickte lediglich.

Aira kniff die Augen zusammen und er senkte sofort den Blick. War er tatsächlich so schnell unterwürfig geworden? Oder war es die Angst vor weiteren Bestrafungen mit dem Stock? Sie zweifelte ehrlich an seiner Unterwürfigkeit, aber es gab keinen Grund, ihn jetzt zu disziplinieren.

„Es ist der letzte Kampf, du hast also noch etwas Zeit, dich zu erholen!"

Er blickte wieder auf. Seine Augen waren warm und nicht so hart, wie sie es von ihm gewohnt war. „Ja, Miss Santos!" Seine Stimme war ebenso weich wie seine Augen. „Darf ich Sie etwas fragen?" Er sprach es vorsichtig aus. Er wollte sie ganz offensichtlich nicht verärgern, denn er blickte wieder zu Boden.

„Sprich!" Nun seufzte Aira, was wollte er denn noch? Sie wollte über seinen Gegner sprechen und keinen Smalltalk mit ihm halten.

Teris sah besorgt an. „Wie geht es Philon? Ich nehme an, er hat den Kampf verloren, so wie das Publikum ihn ausgebuht hat."

Aira war überrascht, damit hatte sie nicht gerechnet. Wieso interessierte ihn das überhaupt? Die anderen drei kümmerten sich auch nicht darum, wer verlor oder gewann. Sie alle waren Rivalen im Käfig.

Wie sagte ihr Vater immer? Zuckerbrot und Peitsche! Teris hatte heute Abend gut gekämpft und sollte noch einen weiteren Kampf bestreiten, da konnte sie ihm wohl ein wenig entgegenkommen.

„Er hat verloren, das ist richtig. Ich weiß nicht genau, wie es ihm geht, aber mein Vater verarztet ihn gerade!", antwortete sie ehrlich, sie würde nichts beschönigen.

Teris holte tief Luft. Er schien sich zu überlegen, ob er es wagen konnte, weiterzusprechen. Sein Blick wurde nun wieder fest und er sah ihr direkt ins Gesicht.

„Philon sollte nicht in den Käfig müssen. Er ist nicht fürs Kämpfen geschaffen!"

Aira hob ihr Kinn an. Was erlaubte sich dieser elendige kleine Bastard! Sie wurde es langsam wirklich leid. Eben noch war sie ihm entgegengekommen und sofort versuchte er, die Situation auszunutzen. Nicht mit ihr!

„Das entscheidest nicht du, Teris! Und ich rate dir, dich auf deinen nächsten Gegner zu konzentrieren! Denn der ist keine leichte Nummer. Dagegen war das gerade noch ein Zuckerschlecken für dich! Bereite dich also lieber auf den nächsten Kampf vor, anstatt dir um Dinge Gedanken zu machen, die dich nichts angehen!" Böse funkelte sie ihn an.

Er begriff einfach nicht, wo sein Platz in diesem Geschäft war. Er würde es mit der Zeit lernen, so wie sie es alle bisher getan hatten. Auch wenn dieser Wolf es ihr besonders schwer machte, sie würde ihn schon noch brechen!

Teris schnaubte kurz. Ihm gefiel ihre Antwort natürlich nicht. Aber er riss sich zusammen und nickte stoisch. Er wollte hier keinen Ärger anfangen, das stand ihm regelrecht ins Gesicht geschrieben.

Er seufzte leise. „Das werde ich, Miss Santos! Darf ich Sie trotzdem darum bitten, mit Philon trainieren zu können? Ich…"

Sie unterbrach ihn barsch. „Wie bitte? Bist du von allen guten Geistern verlassen?"

Teris zuckte erschrocken zusammen. Sie hatte ihn fast schon angeschrien.

Die anderen drei beobachteten die beiden mittlerweile argwöhnisch. Teris senkte seinen Blick. Er war sichtlich unzufrieden über den Verlauf des Gesprächs, doch er sagte nichts mehr.

Aira schnaubte nun ihrerseits. „Es reicht langsam, du wirst noch begreifen, wo dein Platz ist. Und wenn ich es dir jeden Tag mit dem Stock beibringen muss, aber du wirst keine unverschämten Fragen mehr stellen! Das verspreche ich dir!"

Die Drohung saß! Teris wendete den Kopf von ihr ab.

Aira schüttelte verärgert ihren Kopf und trat einen Schritt zurück. Sie erfasste die anderen drei Werwölfe mit einem bösen Blick. Keiner wagte es, sie direkt anzusehen. Lediglich verstohlene Blicke erntete sie.

„Ihr werdet morgen zu sehen bekommen, was es heißt, so unverschämt mit seiner Meisterin zu sprechen! Sollte es noch einer wagen wollen, dies zu versuchen, kann er sich jetzt melden! Ich nehme mir auch für denjenigen gerne etwas Zeit!"

Alle wichen vor ihr zurück und senkten ihre Köpfe. Niemand schien ihr Angebot in Anspruch nehmen zu wollen.

Der Blick, den sie Teris zuwarf, war vernichtend. „Gewinne den Kampf! Ansonsten lasse ich die Niederlage in die Strafe morgen mit einfließen!"

Wutentbrannt machte sie sich auf den Weg zum Käfig. Er war vielleicht ein interessanter Kämpfer, aber er war auch ein verdammter Hund. Er musste dringend bessere Manieren lernen.

Und das würde er.

Teris

Der nächste Schlag traf ihn so hart am Kopf, dass Teris für einen Moment schwarz vor Augen wurde. Er musste sich dringend etwas einfallen lassen. Dieser Tyron war wirklich ein Tier. Riesig und so durchtrainiert, dass er bis jetzt noch keine Lücke finden konnte, um auch nur irgendwie an ihn heran zu kommen. Teris schlüpfte trotz des Schmerzes, der ununterbrochen an seiner Schläfe pochte, unter dem langen Arm des Hünen durch und sorgte gleichzeitig für etwas Abstand. Doch Tyron gönnte ihm keine Pause und setzte so flink hinterher, dass er Teris mit einem gewaltigen Hieb gegen den Käfig schleuderte.

Das Publikum schrie laut angesichts der Härte, die ihnen geboten wurde. Sie wollten Blut sehen. Teris konnte es regelrecht fühlen.

Er hasste sie alle!

Das Publikum, welches wankelmütig den anfeuerte, der gerade die Oberhand im Kampf gewinnen konnte!

Aira, die ihm für morgen eine Bestrafung androhte und ihm einfach nicht zuhören wollte! Er würde Philon zu gerne helfen, doch das war anscheinend nicht gewünscht.

Lutz Santos, der seiner Tochter freie Hand über ihn ließ, so dass er jetzt diesem brutalen Lupus gegenüberstand! Er wusste von Andras, dass Santos seine Lupi für gewöhnlich nicht zweimal an einem Abend kämpfen ließ. Dieser Befehl konnte also nur von Aira ausgegangen sein.

Aiden, für seine Art wie er mit ihnen umging!

Ja, er hasste sogar Tyron, der eine Brutalität in diesen Kampf legte, die absolut überflüssig war. Sie mussten sich nicht bis aufs Blut bekämpfen. Doch Tyron schien dies anders zu sehen.

Er packte Teris am Hals und drückte ihn am Käfig hoch, so dass dieser den Boden unter den Füßen verlor. Dabei grinste Tyron so überlegen, dass Teris angewidert das Gesicht verzog. Es reichte langsam. Immer wieder war er getroffen worden. Blut lief ihm die Schläfe hinunter und er nahm den Geschmack des eisenhaltigen Blutes auch im Mund wahr. Sein Oberkörper war übersät von Prellungen und es schmerzte ihn überall. Tyron dominierte diesen Kampf eindeutig. Teris spürte, wie ihm langsam die Luft ausging. Entweder würde Santos diesen Kampf bald abbrechen, oder es ging hier wirklich um Leben und Tod.

Diese Erkenntnis ließ den Wolf in ihm hervortreten. Es reichte ihm eindeutig. Er hielt sich schon viel zu lange raus. Und auch, wenn er sich durch das Silberhalsband nicht verwandeln konnte, so schlummerte ein Tier in ihm, der auch einen Tyron erzittern lassen würde.

Teris´ Wolf grollte so dunkel und wütend auf, dass sein Gegner ihn schockiert ansah. Der Wolf holte eine Macht hervor, die selbst Teris nicht in Worte fassen konnte. Eine schier unbeschreibliche Energie ergriff von Teris Besitz und er packte den Arm, der ihn immer noch an der Käfigwand festhielt. Fast mühelos krallte er seine Nägel hinein und drückte zu. Tyron jaulte schmerzerfüllt auf, Blut wurde sichtbar und er ließ Teris auf der Stelle los.

Der große Lupus blickte ihn eingeschüchtert an. Er spürte die starke Macht in Teris sofort. Und die machte ihm Angst. Ohne weiter darüber nachzudenken schlug Teris nun auf ihn ein. Seine Schläge waren so hart und präzise, dass Tyron unter ihnen zurücktaumelte.

Das Publikum tobte wieder, diesmal feuerten sie aber Teris an. Er hasste sie trotzdem! Am liebsten würde er sie alle töten, diese elendigen Feiglinge.

Teris setzte zum finalen Tritt an. Obwohl er wusste, wie falsch es war und obwohl er sich tief im Inneren dagegen wehrte, schleuderte er seinen rechten Fuß in einem Kreistritt so heftig an Tyrons Schläfe, dass dieser auf der Stelle bewusstlos zusammensackte. Das Publikum verstummte für den Bruchteil einer Sekunde, bevor es in einem ohrenbetäubenden Jubel ausbrach.

Schwer atmend stand Teris über seiner Beute und hielt den Blick auf sie gerichtet. Langsam schloss der Lupus die Augen. Er war hier nicht im Krieg, aber es fühlte sich so an. Er musste ganz dringend wieder runterkommen. Er war so naiv gewesen, den Schalter umzulegen. Er war so dumm gewesen, sich gehen zu lassen und der Macht in ihm die Kontrolle zu überlassen. Er musste sie schleunigst zurückdrängen. Es ging hier nicht um Leben und Tod, auch wenn er für einen Moment diesem Irrtum unterlegen war.

Er atmete tief ein und aus. Komm runter, du Idiot, auf der Stelle!

Er vernahm, wie sich sein Wolf über die Schnauze leckte und anschließend kurz die Zähne bleckte. Ja, er war bereit, sich zurückzuziehen. Aber nicht, ohne ihm eine Warnung zukommen zu lassen. Teris durfte es nicht auf die Spitze treiben. Die Sache wurde langsam zu einer Zerreißprobe zwischen ihm und seinen Wolf.

Aiden rannte auf ihn zu und packte ihn so schnell im Nacken, dass Teris kaum Zeit blieb, zu reagieren. Er hatte ihn nicht kommen sehen. Gott sei Dank war sein Wolf schon zurückgetreten. Sonst hätte das für Aiden übel enden können.

Ohne sich zur Wehr zu setzen, ließ Teris sich von Aiden auf die Knie runter drücken und die Handschellen anlegen. Es senkte den Kopf und wartete ab, was passieren würde. Er hoffte inständig, dass ihm sein unterwürfiges Verhalten helfen würde, Schlimmeres abzuwenden.

Teris beobachte aus dem Augenwinkel, wie ein Mann bei Tyron kniete und den Puls suchte. Verdammt, er hatte ihn doch nicht getötet? Das würde er sich nie verzeihen können. Auch wenn Tyron ihn viel zu hart angegriffen hatte, keiner von ihnen war freiwillig hier. Der Mann nickte nur und Erleichterung machte sich im Publikum breit. Teris atmete ebenfalls erleichtert aus. Nun jubelten sie wieder laut auf. Teris hätte sich am liebsten die Ohren zugehalten, doch seine Hände waren auf dem Rücken gefesselt.

Aiden zog ihn grob auf die Beine und schob ihn aus dem Käfig. Diesmal brachte er ihn durch die Menge direkt zum Bulli. Teris nahm nur am Rande wahr, dass Santos und Aira ihnen den Weg bahnten.

Santos warf seiner Tochter nur einen kurzen Blick zu und

wandte sich dann seinem Angestellten zu. „Aiden, hol die anderen Werwölfe und bring sie nach Hause. Aira und ich kommen nach!"

Er klang angespannt, als sein Blick auf Teris fiel. „Das war knapp, Freundchen! Pass das nächste Mal auf, dass du niemanden im Käfig tötest!"

Teris schluckte schwer. „Das war nicht meine Absicht, Sir!"

Wenn Santos wüsste, dass nicht er es war, der so reagiert hatte. Dann hätte Teris jetzt erst recht ein Problem. Aber sein Wolf hatte ihn doch nur beschützen wollen. Was hätte er auch sonst tun sollen? Wusste Santos denn nicht, dass Aira ihm drohte, er solle ja nicht verlieren?

Sein Meister schüttelte den Kopf. „Es ist ja nicht so weit gekommen. Es war allerdings knapp. Das nächste Mal verlierst du lieber!" Santos Blick war stechend, er meinte das absolut ernst.

Teris nickte nur und wünschte sich in diesem Moment nichts sehnlicher, als an einem anderen Ort zu sein.

Aira hielt ihr Versprechen am nächsten Tag ein und verpasste ihm mit einer Peitsche eine Bestrafung, die sich tief in seine Seele brannte. Trotz seiner Verletzungen ließ sie keine Milde walten. Sie schlug hart und präzise zu. Geschickt setzte sie ihre Hiebe an empfindlichen Stellen an und nahm sich auch nicht zurück, als die ersten Striemen aufplatzten. Das Blut floss ihm nach kurzer Zeit aus dutzenden kleinen Wunden und er musste aufpassen, nicht zusammenzubrechen.

Besonders demütigend war die Tatsache, dass die Bestrafung vor den Augen der anderen Lupi geschah. Teris verkroch sich währenddessen so tief in sein Inneres, dass er Angst hatte, nicht wieder hinauszufinden. Sein Wolf wich nicht von seiner Seite. Teris spürte, dass dieser liebend gern auf Aira losgegangen wäre, doch auch er war an sein Versprechen gebunden. Was angesichts der Brutalität, die von ihr ausging, ein Wunder war.

Teris war seinem Wolf noch nie so dankbar gewesen, wie in diesem Moment. Er ging schützend vor ihm auf und ab und würde niemanden an ihn heranlassen. So machte er es möglich, dass Teris während der Bestrafung nicht einen Laut von sich gab. Sein Körper reagierte und zeigte die Spuren der Misshandlung. Aber sein Wolf schaffte es, ihn so lange abzuschirmen, bis das Schlimmste vorüber war.

Erst als es endlich vorbei war und er in seiner Zelle auf dem Stroh lag, ließ sein Wolf ihn wieder aus seinem Versteck hervorkommen.

Kapitel 8

Lutz

Lutz nahm einen Schluck vom Kaffee und blickte zu seiner Tochter hinüber, die die Zeitung studierte. Es war Sonntagmorgen, sie saßen am Küchentisch zusammen und waren mit dem Frühstück fertig. Seine Frau Gabrielle schenkte Aira noch einen Kaffee ein. Plötzlich musste Aira grinsen.

Lutz wusste, worum es ging. Der Zeitungsartikel war ihm heute Morgen sofort ins Auge gesprungen. Die Presse berichtete ausführlich über Airas persönlichen Kämpfer. Nicht alles, was dort stand, war unbedingt schmeichelhaft, aber er war ein heißbegehrtes Titelbild. Und da ihn niemand mehr als Tötungsmaschine bezeichnete, war es nur noch halb so wild. Die Presse übertrieb eben gerne.

Aira war endlich fertig und legte die Zeitung beiseite, um ihren Kaffee zu trinken. „Sie schreiben über ihn, als würde er tatsächlich eigene Entscheidungen treffen." Kopfschüttelnd nahm sie einen Schluck von dem schwarzen Getränk.

Lutz blickte sie neutral an. „Hat er das am Freitag denn nicht getan?"

Aira blickte überrascht auf. „Wie bitte?"

Lutz tat, als müsste er kurz überlegen.

„Er hat Tyron bewusstlos getreten. Ich kann mich nicht erinnern, dass wir ihm jemals erlaubt haben, einen anderen Werwolf bewusstlos zu treten!" Aira blickte von ihrem Kaffee auf und Lutz sah sie fest an. „Ich meine, immerhin ist der Grat zwischen bewusstlos und tot sehr schmal!"

Gabrielle schnaubte sofort hörbar auf. Sie mochte es nicht, wenn dieses Thema am Frühstückstisch aufkam. Lutz wusste das, doch seine Frau äußerte sich nicht. Noch nicht! Lutz war sich sicher, dass sie sich früher oder später einmischen würde.

Aira war nun sichtlich irritiert. „Was hätte er denn tun sollen? Tyron war kurz davor ihn zu erwürgen!"

Lutz überlegte, bevor er einen erneuten Schluck von seinem Kaffee nahm. Er stellte die Tasse auf dem Unterteller ab. „Soweit war Tyron noch nicht, er hatte ihn lediglich in der

Mangel!" Lutz schüttelte seinen Kopf, so leicht würde er seine Tochter nicht davonkommen lassen. „Teris hätte einfach aufgeben können! So wie seine vorherigen Gegner es auch getan haben!"

Airas Gesichtsausdruck zeigte deutlichen Verdruss, sie sagte aber kein Wort.

Lutz setzte nach. „Oder ist es eventuell möglich, dass ihm befohlen wurde, auf keinen Fall zu verlieren?"

Er beobachtete ihre Reaktion genau. Sie schnaubte leicht und wirkte verärgert. Er wusste es doch. Seine Tochter war auf dem besten Weg, einen großen Fehler zu begehen.

Aira hob ihr Kinn leicht an, sie war offensichtlich nicht bereit, klein bei zu geben. „Teris war am Freitagabend frech zu mir, das ist der Grund für die Bestrafung gestern. Es war gerechtfertigt!" Sie nahm noch einen Schluck von ihrem Kaffee. „Ja, ich habe ihm befohlen, den Kampf nicht zu verlieren! Als Ansporn, sich anzustrengen und um zu unterstreichen, dass er meinen Befehlen zu gehorchen hat. Und das hat ja auch funktioniert!"

Ihre Augen waren voller Trotz. So sah sie als kleines Kind auch immer aus und Lutz musste sich zusammennehmen, nicht zu lächeln. Er straffte seine Haltung, holte tief Luft und sah seine Tochter eindringlich an.

„Aira, ich habe dir freie Hand bei Teris gelassen, weil du mir versichert hast, ihn kontrollieren zu können. Und weil ich dich für erwachsen und reif genug halte, keine schwerwiegenden Fehler zu begehen!" Er machte eine kurze Pause, ehe er streng fortfuhr. „Du scheinst ihn tatsächlich gut unter Kontrolle gebracht zu haben. Immerhin ist er Freitag so weit gegangen, weil er deinem Befehl Folge geleistet hat. Gratuliere! Er hätte Tyron das Leben kosten können!" Sein letzter Satz triefte vor Sarkasmus.

Aira schüttelte heftig den Kopf. Sie sah das anscheinend anders. Bevor sie allerdings etwas sagen konnte, mischte sich ihre Mutter in das Gespräch ein. „Aira, sag mir, dass das nicht wahr ist! Ihr habt mir immer versichert, dass ihr dieses Geschäft mit so wenig Gewalt wie möglich führen werdet!"

Sie blickte entsetzt zwischen ihm und Aira hin und her. Lutz konnte spüren, wie aufgebracht sie deshalb war. „Und plötzlich diszipliniert meine Tochter einen Werwolf, zum widerholten Male, und befiehlt ihm, notfalls zu töten?" Gabrielle wurde kreidebleich.

Lutz konnte seine Frau verstehen, sie war sehr christlich aufgewachsen. Gewalt verabscheute sie zutiefst. Zum Geschäft mit den Werwölfen gehörte das allerdings bis zu einem gewissen Grad dazu.

Aira holte tief Luft und schüttelte den Kopf. „Er hätte Tyron niemals getötet, er hat lediglich den Kampf gewonnen."

Sie war wirklich davon überzeugt. Lutz hatte genug. Er stand wütend vom Tisch auf.

„Nein, Aira, das siehst du falsch! Und das ist nicht unser Weg! Ich bin schon nicht damit einverstanden, ihn so oft kämpfen zu lassen, aber ich lasse dir in diesem Punkt freie Hand. Ich stehe zu meinem Wort! Aber du wirst ihn nie wieder dazu nötigen, einen Kampf um jeden Preis zu gewinnen! Tötet er einmal im Käfig unter deiner Anleitung, bist du raus aus dem Geschäft! Und zwar endgültig!"

Lutz verengte nun seine Augen und bedachte seine Tochter mit einem strengen Blick. „Und Teris werde ich dann eigenhändig umbringen! Das verspreche ich dir!"

Lutz wusste, dass Teris unter solchen Umständen keine Schuld an dem Tod eines anderen Werwolfes trug. Doch er würde keinen Kämpfer leben lassen, der unter dem Namen Santos getötet hatte. Niemals.

Lutz verließ, immer noch wütend, die Küche. Er brauchte dringend frische Luft und begab sich in den Fahrstuhl, der ihn direkt ins Erdgeschoß brachte. Im Hinterhof angekommen atmete er ein paar Mal tief durch.

Aiden ließ die Werwölfe ihr Fitnessprogramm absolvieren und Lutz beobachtete sie nachdenklich dabei. Es waren nur sieben von acht Wölfen anwesend. Kreon hatte vom Doc noch Schonfrist bekommen, bis er sein Bein wieder voll belasten konnte. Doch auch Philon und Teris hatten sichtlich Mühe, dem heutigen Pensum zu folgen. Sie machten beide einen wirklich erbärmlichen Eindruck, wie sie sich in den Kniebeugen rauf und runter quälten.

Philon war immer noch verletzt. Sein Gesicht sah allerdings längst nicht mehr so schlimm aus, wie noch am Freitagabend. Lutz hatte mehr als nur einen Cut nähen müssen.

Er war sich unsicher, wie er mit diesem Werwolf weiter verfahren sollte. Er war grundsätzlich gut anzusehen, sein Körperbau war vielversprechend. Das war es aber leider auch schon. Seine Augen verrieten seine schwache Art. Er taugte nicht als Kämpfer, er war zu weich für dieses harte Geschäft. Aber Lutz hat 7000 Dollar für ihn bei Darrell auf den Tisch gelegt. Er würde sich etwas überlegen müssen, wie er die wieder rein bekommen konnte.

Teris hingegen war einfach nur körperlich angeschlagen. Auch er war Freitagabend nach seinem zweiten Kampf mit ordentlichen Blessuren aus dem Käfig gekommen. Tyron war wirklich ein harter Gegner gewesen und Teris hatte einiges einstecken müssen. Lutz war immer noch überrascht, wie gut Teris das gelungen war. Er hielt länger durch als jeder andere Werwolf, den Lutz bis dahin unter seine Fittiche genommen hatte.

Seine Wunden waren allerdings noch nicht vollständig verheilt, außerdem waren ihm von Aira neue hinzugefügt worden.

Lutz war erschrocken, mit welcher Härte seine Tochter diesen Werwolf bestrafte. Es war gerade erst zwei Wochen her, dass Aira über Lutz´ Bestrafungsmaßnahmen geschimpft hatte. Und nun war sie weit strenger und härter mit Teris, als Lutz es je für möglich gehalten hätte. Was war mit seiner Tochter passiert? War es ihr immenser Ehrgeiz, der sie so unerbittlich werden ließ?

Auf jeden Fall konnte sie nicht dauerhaft so mit dem Wolf umgehen. Er war erst seit zwei Wochen hier und schon zu häufig brutal bestraft worden. Man konnte einen Werwolf auch bis zur vollständigen Aufgabe brechen. Dann war er allerdings wertlos für jeden Kampf. Aira sollte das eigentlich wissen.

Oder noch schlimmer: Sie drehten irgendwann durch!

Wurden unkontrollierbar und extrem gefährlich! So einen Werwolf konnte man nur noch töten.

Und Lutz fürchtete, dass Teris eher zur zweiten Kategorie gehörte.

Lutz hatte gestern mit eigenen Augen gesehen, wie sich Teris in sein Inneres verzog, um die Disziplinierung klaglos über sich ergehen lassen zu können. Heute machte er allerdings nicht den Eindruck, als würde ihn das alles noch belasten. Er kämpfte sich durch alle Anforderungen, die Aiden ihnen stellte. Ging an seine Grenzen heran und teilweise sogar darüber hinaus. Sein Blick war wieder klar und absolut nüchtern. Lutz wusste instinktiv, dass er mit diesem Werwolf sehr vorsichtig umgehen musste. Er war definitiv nicht wie die anderen. Aber was genau, war ihm noch nicht klar.

Aiden ließ die Wölfe nun im Dauerlauf in dem kleinen Innenhof hin und her laufen. Dies fiel den beiden angeschlagenen Werwölfen deutlicher leichter. Lutz sog die frische Luft nochmals tief ein. Die Tür zum Gebäude ging auf. Es war Aira, die offensichtlich überrascht war, ihn hier zu sehen. Sie fasste sich jedoch recht schnell und trat an ihn heran.

„Machst du eine Bestandsaufnahme?", fragte sie leicht verunsichert.

Das Gespräch von vorhin ging also nicht spurlos an ihr vorbei. Lutz war erleichtert.

„Was meinst du damit? Ob ich überlege, meinen Bestand wieder zu verkleinern?"

Lutz blickte nun wieder zu den Wölfen hinüber, die immer noch über den Hof joggten. Sie waren schon ziemlich ins Schwitzen geraten, doch Aiden gönnte ihnen keine Pause. Aira war seinem Blick gefolgt. Sie wirkte nervös. Interessant.

Lutz blieb ruhig. „Acht Werwölfe sind in der Tat etwas viel. Und ja, ich werden mich von dem ein oder anderen in absehbarer Zeit trennen. Allerdings werde ich warten, bis gute Angebote reinkommen! Falls es das ist, was dich beunruhigt."

Aira nickte. „Teris und Kreon stehen aber nicht auf der Abschussliste, oder?"

Lutz konnte sehen, wie nervös Aira bei dieser Frage war. Er musste unwillkürlich grinsen. „Kreon habe ich mit Sicherheit nicht für einen so überzogenen Preis gekauft, um ihn direkt weiter zu verkaufen. Das zahlt mir ja niemand für ihn!" Er wartete ab, ob sie nachhaken würde und er wurde direkt belohnt.

„Was ist mit Teris?" Aira holte tief Luft.

Er konnte spüren, wie nervös sie war. Seine letzten Worte im Streit waren ihr an die Nieren gegangen. Lutz blickte sie streng an. „Ich habe nicht vor, ihn so schnell zu verkaufen. Allerdings nur, wenn du dich wieder in den Griff bekommst!" Airas Blick war fragend, doch sie wartete weitere Erklärungen ab.

„Von mir aus lass ihn jeden Dienstag kämpfen. Auch jeden Freitag und ebenfalls jeden Samstag, wenn du es für das Richtige hältst. Aber überlege dir gut, ob es zweimal hintereinander sein muss. Und wenn ja, dann bereite ihn in Zukunft besser vor und lass dich nicht von ihm derart aus der Reserve locken!"

Sein Blick wurde nun etwas weicher. „Sei schlauer als er!"

Aira nickte. Begriff sie endlich, dass er immer noch am längeren Hebel saß? Teris gehörte ihr nicht und es war immer noch sein Unternehmen, auch wenn er ihr Freiraum gab. Das letzte Wort lag bei ihm.

Aiden ließ die Werwölfe nun in Liegestützposition gehen und gab das Kommando vor. Alle gehorchten auf der Stelle. Lutz nahm dies zufrieden zur Kenntnis.

„Womit hat Teris dich am Freitagabend eigentlich so verärgert?" Es war noch nicht zur Sprache gekommen und er brannte darauf, zu erfahren, was vorgefallen war.

Aira holte tief Luft und blickte zu Philon und Teris hinüber, die beide nebeneinander ihre Übungen absolvierten. „Er hat sich erlaubt, mich darauf hinzuweisen, dass Philon nicht für Kämpfe geeignet sei und nicht in den Käfig gehöre!"

Lutz wurde stutzig, das war kein Grund, ihn so hart zu bestrafen.

Aira sprach weiter. „Außerdem wollte er eine Erlaubnis von

mir, mit Philon trainieren zu können!" Nun funkelten ihre Augen wütend, alleine die Erinnerung daran ließ sie aufbrausend werden.

Lutz holte tief Luft. Sie hatte überreagiert, ganz eindeutig. Es war nicht richtig von diesem Bastard, so mit ihr zu sprechen, keine Frage. Aber ein paar hinter die Löffel, direkt vor Ort, hätten das Thema sauber und ohne viel Aufhebens erledigt. Eine öffentliche Bestrafung als Mahnmal für die anderen Werwölfe war das nicht wert.

Er atmete hörbar aus. „Aira, du musst lernen, ruhiger zu werden! Er war unverschämt, keine Frage. Es gibt Vergehen, die so bestraft werden, wie du es gestern getan hast. Vergehen, die weitaus schlimmer sind! Aber das, was Teris getan hat, war kein Grund dafür. Solche Kleinigkeiten solltest du in Zukunft besser direkt vor Ort regeln!"

Er wurde milder. „So, wie du es schon einmal im Käfig gemacht hast. Das war absolut angemessen!"

Ihr Blick wurde skeptisch, sie schien ihr Handeln endlich zu überdenken.

Lutz sah sie freundlich an. „Das, was du gestern mit ihm gemacht hast, war zu hart. Bedenke, dass du solche Strafen in petto behalten solltest, für weitaus schlimmere Dinge, die diese Bastarde anstellen können. Teris wird gehorchen, wenn du ihn richtig anpackst. Aber denke immer an meine Worte: Zuckerbrot und Peitsche!"

„Vermutlich hast du Recht!" Aira seufzte.

Lutz nahm sie in den Arm. „Du lernst noch Aira, Fehler sind dafür da. Nimm es dir nicht zu sehr zu Herzen, nur ändere etwas. Dann gehst du schon deinen Weg!"

Aira lächelte ihn dankbar an. Er liebte seine Tochter und so schwer es ihm auch fiel, sie auf ihre Fehler aufmerksam zu machen, er musste sie vor einer Katastrophe bewahren.

Sie gab ihm einen Kuss auf die Wange und zog sich ins Gebäude zurück.

Lutz nahm die Werwölfe wieder ins Visier. Sie quälten sich immer noch in den Liegestützen und es war deutlich zu erkennen, dass ausnahmslos allen die Kraft ausging. Aidens

Training war hart und erbarmungslos, doch es war an der Zeit, ein Ende zu finden. Er sollte sie nicht bis ans Ende ihrer Kräfte schinden. Lutz würde mit seinem Angestellten darüber sprechen müssen. Aber nicht hier, vor den Wölfen. Und bis jetzt war noch nie ein Wolf zusammengebrochen.

„Aiden!" Der Russe blickte sofort zu ihm rüber und Lutz gab ihm ein Zeichen, dass die Werwölfe aufhören sollten.

„Aufstehen und in einer Reihe aufstellen!" Der Militärton war hart und fordernd.

Die klare Ansage eines Kommandanten. Dies war der Grund, warum Lutz ihn für diesen Part seines Geschäftes ausgesucht hatte. Er konnte Befehle erteilen, aber auch empfangen.

Die Werwölfe gehorchten unverzüglich. Sie waren erschöpft und dieser Befehl war eine Erleichterung für die Sieben. Lutz ging an den Werwölfen entlang und nahm ihre Konstitution in Augenschein. Andras, Telmos, Tyler, Valon, Xanthus, Philon und Teris standen schwer atmend nebeneinander. Alle hielten den Blick leicht gesenkt, keiner wagte es, ihn anzusehen. Nicht einmal Teris unternahm auch nur den Versuch. Lutz war vor zwei Wochen nicht davon ausgegangen, dass er sich so schnell fügen würde. Aber er tat es.

Der Geschäftsmann war zufrieden mit seinen Kämpfern, sie waren alle gut trainiert. Aidens Training war also doch nicht so verkehrt. Er trat an den Russen heran und nickte ihm anerkennend zu.

„Sie sehen top trainiert aus, sehr gut.", lobte er seinen Angestellten. „Ich möchte Teris sprechen! Bring ihn nach dem Duschen in den Zwinger!"

Aiden nickte und Lutz ging zufrieden ins Gebäude zurück.

Teris

Teris atmete tief ein, als er hörte, dass Santos ihn sprechen wollte. Auch wenn er etwas weiter weg stand, so konnte Teris die Anweisung durchaus noch verstehen. Sein Gehör war um Längen besser als das der Menschen. Nur das Gespräch zwischen Lutz und Aira hatte er kaum verstehen können. Einzelne Gesprächsfetzen waren bei ihm angekommen, mehr aber eben nicht.

Es ging um ihn und auch Philons Name war gefallen. Aber die Geräusche der Stadt vermischten sich mit Aidens Befehlen. Und die Konzentration auf die einzelnen Übungen erschwerte es ihm zusätzlich, mehr herauszufiltern.

Dass Santos ihn sprechen wollte, verunsicherte ihn mehr, als er erwartet hätte. Teris wusste, dass die Unsicherheit keine Angst vor dem Mann oder dem Russen war, oder vor dem, was sie vorhaben könnten. Er war beunruhigt wegen der Macht, die sich langsam in ihm ausbreitete.

Es war dumm gewesen, sie zu benutzen. Noch dümmer war es, ihr für einen kurzen Moment die Oberhand zu gewähren. Er war sich nicht mehr sicher, ob er sie noch vollends kontrollieren konnte. Oder ob sie ihn kontrollierte.

Teris wollte sich nicht von Aiden erschießen lassen, weil er sich nicht unter Kontrolle hatte.

Das Duschen dauerte nie lange und Aiden brachte ihn wieder nach draußen. Er wies ihn an, in den Stahlzwinger zu gehen. Teris gehorchte, er konnte sich aber keinen Reim darauf machen. Sollte er wieder draußen bleiben? Was hatte er verbrochen, dass er alleine in der Kälte verweilen sollte? Zu seiner Überraschung nahm Aiden ihm die Ketten ab, die er stets um seine Handgelenke trug.

„Mister Santos kommt gleich!" Aiden blickte ihm nun streng in die Augen. „Du darfst dich ein wenig frei bewegen, lass dir aber keinen Blödsinn einfallen. Es ist Sonntag und ich mag es nicht, wenn ihr mir dann extra Arbeit beschert. Also lass es nicht darauf ankommen, herauszufinden, wie sauer ich wirklich werden kann!"

Teris war fast schon belustigt. Aiden wirkte deutlich genervt. Sein Job war auch nicht einfach. Trotzdem bedachte Teris ihn nur mit einem ausdruckslosen Blick. Aiden ging und der Lupus genoss es, für einen Moment nicht gefesselt zu sein und dazu auch noch allein. So sehr er auch die Gesellschaft der anderen Lupi bevorzugte, etwas Zeit für sich war zwischendurch ganz nett.

Santos ließ nicht lange auf sich warten und kam direkt an den Zwinger heran. Teris war gespannt, was dieser von ihm wollte. Nach einem Verhör sah dies nicht wirklich aus. Aiden war nicht dabei und Santos war ohne Stock oder Waffe gekommen. Zumindest konnte Teris nichts dergleichen entdecken. Teris ging rüber zu seinem Herrn, auch wenn es ihm immer noch widerstrebte, ihn als solchen zu sehen.

Santos Augen waren ruhig auf ihn gerichtet. Sie waren weder angespannt noch irgendwie verärgert. Der Lupus konnte auch keinen aufgeregten Geruch wahrnehmen. Er beschloss abzuwarten, was Santos von ihm wollte und trat an das Gitter heran.

Santos steckte seine Hände in die Hosentaschen und hob das Kinn. „Wie geht es dir?"

Teris war zwar von der Frage irritiert, antwortete aber direkt. „Ganz gut soweit, Sir!"

Sein Herr nickte nur. „Teris, ich muss mit dir über letzten Freitag sprechen!"

Der Lupus wurde sofort misstrauisch. Er war nicht schuld an dem, was passiert war. Doch er fühlte sich immer noch schlecht, wenn er an Tyron dachte. Teris war zu weit gegangen und das machte ihm Angst. Wenn er die Kontrolle über sich verlor, mochte er sich nicht ausmalen, was passieren konnte.

Teris versuchte, ruhig zu bleiben und setzte sein Pokerface auf.

„Du bist an dem Abend in mehrfacher Hinsicht zu weit gegangen!" Lutz machte eine kurze Pause. „Allerdings hat meine Tochter auch einige Fehler gemacht, die ich so nicht stehen lassen möchte!"

Das war ja interessant! Teris war überrascht. Sein Misstrauen legt er trotzdem nicht beiseite. Er wartete ab, wie es weitergehen würde.

„Es ist nicht meine Philosophie, dass ihr euch im Käfig fast umbringt! Ich möchte saubere Kämpfe sehen!" Santos blickte ihn immer noch bestimmend an.

Teris holte etwas tiefer Luft, lehnte sich mit einer Schulter ans Gitter und blickte Santos mit leicht zusammengekniffenen Augen an. Der Lupus konnte sein Misstrauen nicht ablegen. Dafür war dieser Mann vor ihm viel zu gefährlich. Aber er versuchte es möglichst unvoreingenommen anzugehen. Santos war hier, um mit ihm zu sprechen, nicht um ihn zu disziplinieren. Teris fiel ein, dass er ihn genau darum gebeten hatte.

„Verstehe."

Er musste sich gut überlegen, wieviel er sagen konnte. Santos gab ihm offenbar einen Vertrauensvorschuss. Das war nützlich.

„Sie wissen, was ich von den Kämpfen halte! Das muss ich Ihnen nicht erklären. Aber ich kann Ihnen versichern, dass mir nicht daran gelegen ist, einen anderen Lupus ernsthaft zu verletzen oder gar zu töten!"

Teris seufzte. „Aber ich gerate hier langsam in eine schwierige Situation: Ich darf unter keinen Umständen verlieren, soll mich aber auch nicht wirklich verteidigen, wenn ich kurz davor bin. Das passt nicht ganz zusammen!" Teris kratzte sich demonstrativ am Kopf und setzte ein ratloses Gesicht auf.

Santos nickte, er wusste also darüber Bescheid. „Ich weiß, Teris. Darum bin ich hier. Ich werde dir erklären, wie das Ganze hier, in meinem Heim, abläuft!"

Sein Tonfall war nun beherrschend. „Ihr alle gehört mir, das habe ich dir schon einmal erklärt. Ich bin derjenige, der das letzte Wort hat und ich treffe die Entscheidungen, auch unangenehme!" Er machte bewusst eine Pause, um seine Worte zu unterstreichen. „Aira steigt gerade erst in das Geschäft ein und sie lernt noch die richtige Herangehensweise.

Sie macht ihre Sache schon außerordentlich gut, aber diesen Freitag hat sie die ein oder andere Fehlentscheidung getroffen. Auch das gehört zum Lernen dazu. So hart das nun mal ist!"

Teris grinste abfällig. Ja genau, so hart das auch ist. Sie ließ ihre Launen an den Lupi aus und das waren Lebewesen mit Gefühlen. Am liebsten hätte er Lutz das direkt ins Gesicht geschleudert. Doch er wusste, dass es wenig Sinn machte, einem Menschen, der dieses grausame Geschäft betrieb, eine Predigt über Moral zu halten.

Lutz nahm seine Reaktion sehr wohl wahr. „Das mag dir nicht gefallen, Teris, aber das sind nun mal die Fakten!"

Teris schüttelte ungläubig den Kopf, sagte aber kein Wort.

Lutz war noch nicht fertig. „Es war nicht richtig von ihr, dir zu befehlen, den Kampf auf jeden Fall zu gewinnen. Du hast gehorcht und das rechne ich dir an! Allerdings möchte ich an dieser Stelle klarstellen, dass es das erste und letzte Mal war, dass du auf diese Art gekämpft hast! Muss ich noch einmal sehen, dass ein Werwolf im Käfig unter dir bewusstlos zusammenbricht, wird das Konsequenzen haben!"

Lutz Augen wurden noch strenger. „Das nächste Mal gibst du auf, wenn dein Gegner dir überlegen ist! Zu verlieren ist keine Schande. Töten schon! Und der Grat zwischen Bewusstlosigkeit und Tod ist zu schmal, um dieses Risiko einzugehen!"

Teris nickte. „Okay, Sir! Ich verstehe!"

Trotzdem hakte er nach. Denn die entscheidende Frage war immer noch nicht geklärt. „Wie passt Aira da rein? Was soll ich tun, wenn sie mir etwas anderes befiehlt?"

Wie sollte er je irgendetwas richtig machen? Teris war zutiefst verwirrt.

Lutz

Teris´ ratloses Gesicht amüsierte Lutz und er lächelte kurz. Normalerweise vermied er diese Geste, wenn er mit einem Werwolf agierte. Aber so ein Gespräch war auch für ihn Neuland. Er blickte Teris offen, aber streng, an. Lutz hatte immer noch das Sagen hier, auch wenn er ungewohnte Wege betrat.

„Sie wird dir diesen Befehl nicht wieder erteilen. Sie weiß, dass es nicht richtig war und lernt aus ihren Fehlern!"

Teris nickte lediglich. Er schien nicht zu wissen, was er von dieser Aussage halten sollte. „Okay."

In den Augen des Werwolfes funkelte es trotzig. Er traute der Sache offenbar immer noch nicht. Aber so schnell würde Lutz ihn auch noch nicht vom Haken lassen, denn da gab es noch eine weitere Sache zu klären.

„Ich bin allerdings auch im Bilde darüber, was noch vorgefallen ist und ich denke darüber müssen wir uns ebenso dringend unterhalten!"

In Teris erwachte sofort größeres Misstrauen. Sein Blick sprach Bände, außerdem trat er etwas vom Gitter zurück. „Hm, okay."

Cleverer Bursche. Er wartete grundsätzlich ab und hatte so die Chance, zu überlegen, wie er am besten reagieren konnte. Sehr guter Schachzug. Lutz grinste amüsiert, er war beileibe nicht so dumm, wie Teris offenbar annahm.

„Was hast du mir dazu zu sagen?" Wie würde der Werwolf reagieren, wenn man ihn aus seiner Komfortzone holte? Lutz war sichtlich gespannt.

Der kleine Wolf holte tief Luft und setzte sein Pokerface auf. „Was genau meinen Sie, Sir?"

Lutz grinste immer noch. So nicht, mein Freundchen! So nicht!

„Du weißt, worum es geht! Verkaufe mich nicht für dumm!" Er sprach es bewusst scharf aus und Teris reagierte sofort auf den drohenden Stimmungswechsel.

Er sah Lutz nun vorsichtig an. „Ich verstehe Ihre Regeln

nicht immer, Sir! Mir war nicht bewusst, dass es unverschämt ist, Ihrer Tochter zu erklären, dass Philon für die Kämpfe nicht geschaffen ist. Auch nicht, dass es nicht erwünscht ist, Hilfe anzubieten."

Teris hielt einen Moment inne. „Es war nicht meine Absicht, Sie oder Ihre Tochter zu verärgern!" Abschätzend blickte er zu dem Geschäftsmann rüber.

Lutz erkannte in diesem Moment, wie schlau Teris wirklich war. Der kleine Bastard war echt gerissen! Er wusste, wie man geschickt Gespräche führte und dabei aufpasste, selbst gut dazustehen.

„Wie auch immer, es war unverschämt und ich gehe davon aus, dass du dir in Zukunft gut überlegst, was du zu sagen hast! Teris, ich will ehrlich mit dir sein: Deine Meinung ist für Aira, Aiden und mich absolut irrelevant. Wir entscheiden über euch! Wir befehligen euch! Ganz einfach!"

Lutz Blick wurde stechend und Teris senkte wütend seine Augen.

Ja, das gefiel dem kleinen Köter nicht, aber er würde noch lernen, wo sein Platz war. Teris widersprach nicht, obwohl ihm Lutz´ klare Ansage deutlich missfiel. Das war immerhin ein positives Zeichen.

Lutz wechselte nun das Thema, ihm brannte noch etwas anderes auf der Seele. „Wenn ihr in eurer Wolfsgestalt seid, heilt ihr dann besser?" Er beobachtete Teris´ Reaktion genau.

Der wirkte mehr als überrascht, angesichts des abrupten Themenwechsels. Sein Misstrauen schien allerdings ins Unermessliche zu wachsen. Teris hielt den Kopf schief und verengte seine Augen zu kleinen Schlitzen. „Wenn Sie annehmen, dass ich Ihnen etwas über die Heilkräfte der Lupi verrate, muss ich sie enttäuschen!" Sein Blick wurde fast schon bedrohlich. „Ich werde niemandem etwas über uns verraten!"

Lutz verdrehte kurz die Augen. „Komm wieder runter! Du sollst mir keine euer kleinen Geheimnisse verraten! Es geht um Kreon!"

Teris beruhigte sich ein wenig. Er schien sich ehrlich für die Werwölfe in seiner Umgebung verantwortlich zu fühlen. Und das könnte für Lutz von großem Nutzen sein.

„Was ist mit ihm?", fragte Teris mit Misstrauen in der Stimme.

„Sein Bein sollte längst verheilt sein, es ist nicht einmal gebrochen. Aber es wird nicht wirklich besser und das erscheint mir nicht normal. Woran könnte das deiner Meinung nach liegen?" Lutz schlug einen sachlichen Ton an.

Der Werwolf wusste offenbar etwas darüber, doch er schien zu überlegen, ob er es preisgeben durfte. Dann atmete er tief aus und sah Lutz müde an.

„Ja, es sollte schon lange verheilt sein. Aber Kreon hat sich zu lange nicht mehr verwandelt. Das ist nicht gut für einen Lupus!" Teris biss sich auf die Lippen.

Es quälte ihn offensichtlich, dass er so ein wichtiges Detail verraten hatte. Doch er wollte Kreon helfen, das stand Teris buchstäblich ins Gesicht geschrieben. Sein Verantwortungsgefühl hatte die Oberhand gewonnen. Genau, wie Lutz gehofft hatte.

„Lassen dann die Heilungskräfte irgendwann nach?", bohrte der Geschäftsmann weiter.

Teris zog scharf die Luft ein. „Mehr verrate ich Ihnen nicht, Sir! Lassen Sie Kreon sich hier im Zwinger verwandeln und geben Sie ihm ein paar Stunden als Wolf. Wieviel Zeit er braucht, kann ich Ihnen nicht sagen, aber es wird ihm helfen!" Der Werwolf wandte seinen Kopf ab. Er würde nicht noch mehr verraten, das war offensichtlich.

Lutz nickte, er brauchte für den Moment keine weiteren Informationen. Diese reichte. „In Ordnung, dann lasse ich ihn gleich zu dir bringen. Du kannst ihn betreuen und darfst dich ebenfalls verwandeln!"

Teris blickte entsetzt auf. „Was? Nein, auf keinen Fall!"

Lutz war ehrlich überrascht. „Was ist das Problem?" Bevor Teris überhaupt antworten konnte, wies Lutz ihn in die Schranken. „Du sorgst dich doch so um die anderen Werwölfe, dann kannst du Kreon auch helfen!"

Teris schüttelte trotzdem heftig seinen Kopf. „Sir, Sie verstehen nicht! Kreon und ich sind nicht aus einem Rudel, wir entstammen unterschiedlichen Clans. Ich befürchte, dass sich unsere Wölfe auf so engem Raum bekämpfen!"

Lutz blickte ihn verwundert an. „Ist das dein Ernst? Ihr zerfleischt euch in Wolfsgestalt, wenn ihr nicht aus einem Rudel stammt?"

Teris war angespannt. Er wollte ihm nichts weiter erklären, dass war deutlich zu erkennen. Doch die Vorstellung, mit Kreon in Wolfsgestalt in einem Zwinger zu sein, lockerte anscheinend seine Zunge.

„Kreon ist verletzt! Haben Sie schon mal einen verwundeten Wolf gesehen? Ich bin kein vertrauter Geruch. Es wird ihn nicht beruhigen, es wird ihn in Alarmbereitschaft versetzen!"

Lutz schnaubte verärgert, sie waren wirklich Tiere. Anders konnte man sie nicht bezeichnen. „Was schlägst du dann vor? Soll er lieber alleine im Zwinger sein?"

Teris senkte den Blick. „Ja, ich könnte ihn im Auge behalten. Es wäre aber besser, ihn weitestgehend in Ruhe zu lassen!"

Lutz nickte. „Was ist mit Xanthus? Er ist doch Kreons Bruder?"

Herrlich, wie sich für einen Augenblick die Panik in Teris Gesicht ausbreitete. Er hatte wohl nicht damit gerechnet, dass Lutz darüber Bescheid wusste. Der Wolf reagierte allerdings nicht weiter und blickte ihn abwartend an.

„Teris, gewöhn dich lieber daran, dass ich euch immer einen Schritt voraus bin! Also, was ist nun mit Xanthus, sollte er in der Nähe sein?"

Der Werwolf zuckte resigniert mit den Schultern. „Ich weiß es nicht. Sie waren lange getrennt. Kreons Wolf muss ihn nicht unbedingt sofort erkennen!"

Lutz war etwas aufgefallen. „Wieso redest du immer von dem Wolf? Ich dachte ihr seid eins?"

Teris kniff die Lippen zusammen und Lutz wusste, dass er nichts mehr aus dem kleinen Wolf herausbekommen würde.

„Nun gut, wir werden das sofort angehen. Kreons Verletzung ist schon viel zu alt. Ich möchte nicht unnötig Zeit verschwenden!"

Außerdem war heute Zeit dafür, morgen gab es wieder genug Arbeit im Büro zu erledigen. Und Kreon sollte so schnell wie möglich wieder kämpfen können.

Teris

Kreon war sichtlich verwirrt, als ihm die Ketten und das Silberhalsband abgenommen wurden. Er stand hilflos im Zwinger und sein Blick verriet seine Ratlosigkeit.

Teris wusste, dass dieser Lupus die letzten Jahre nicht besonders gut behandelt worden war. Hanson war wirklich ein Arsch! Er versorgte seine Lupi nicht nur schlecht, er behandelte sie wirklich grob und ließ sie bis zu Erschöpfung kämpfen. Kämpften sie nicht, schufteten sie von morgens bis abends auf dem Schrotthandel ihres Herrn. Er kannte keine „Philosophie", wie Lutz es nannte. Hanson wollte nur Geld verdienen, egal zu welchem Preis. Teris fand die letzten zwei Tage immer wieder die Gelegenheit, mit Kreon zu sprechen und die beiden verstanden sich gut. Darum wusste Teris auch, dass Xanthus sein Bruder war.

Teris stand nun neben Santos außerhalb des Zwingers und sein Herr blickte ihn verärgert an. „Warum verwandelt er sich nicht sofort?" Lutz war ungeduldig. Er hatte wohl angenommen, dass Kreon es kaum abwarten konnte, sich zu verwandeln.

Teris holte tief Luft. Die Menschen waren so dumm. So erhaben über die Lupi und doch so dumm. „Das geht nicht einfach so. Schon gar nicht, wenn es so lange her ist. Und vielleicht sollte ihm jemand erlauben, sich zu verwandeln, Sir!"

Er versuchte, es mit neutraler Stimme aussprechen. Er wollte nicht schon wieder in den Fokus geraten. Er wollte eigentlich nicht einmal hier sein.

Aira war ebenfalls anwesend und er hätte diese Begegnung gerne noch eine Zeitlang vermieden. Sein Wolf duldete ihre Nähe nicht wirklich, denn er vergaß nicht und er verzieh auch nicht. Er sah in ihr nur eine Bedrohung, die er schleunigst beseitigen sollte. Teris strich seinem Wolf in Gedanken beruhigend über den Kopf.

Kreon beobachtete ihn argwöhnisch. Er wusste, wie es um Teris und seinen Wolf stand, das konnte Teris seinem Blick entnehmen. Kreon war sehr sensibel für die Gefühle anderer.

Dies wurde in ihren Gesprächen deutlich, als Teris sich in den letzten zwei Tagen mit ihm angefreundet hatte.

Doch Teris konnte auch etwas erkennen und das entsetzte ihn zutiefst. Kreons Wolf hatte sich fast vollständig zurückgezogen. Er wollte nicht mehr hervorkommen. Er war schon zu lange in dem Mann gefangen und vollkommen verängstigt. Teris musste sich zusammennehmen, um nicht die Kontrolle zu verlieren. Diese Menschen wussten gar nicht, was sie den Lupi antaten. Den Wolf eines Lupus derart zu verunsichern, sollte eigentlich nicht möglich sein.

Teris zuckte zusammen, als Lutz das Wort ergriff. „Kreon, du darfst dich verwandeln. Ist es dir unangenehm, dies vor uns zu tun?"

Kreon warf Teris einen hilflosen Blick zu und seufzte. Dann sah er zu Boden und antwortete zögerlich. „Ja, Sir."

„Wir können dich allein lassen, wenn es dir lieber ist. Wir werden aber zwischendurch nach dir schauen, ob du wieder ins Warme möchtest. Das hier soll keine Bestrafung sein!"

Kreon holte tief Luft und blickte Teris bittend an. „Kann Teris hierbleiben, Sir?"

Sein Herr blickte sofort irritiert zu Teris rüber. Er war sichtlich verärgert. „Sagtest du nicht, dass das ein Risiko wäre?"

Teris senkte leicht den Kopf. Das war es auch! Wollte Kreon ihn in Schwierigkeiten bringen? „Ja, Sir! Das ist es!"

Teris blickte Kreon nun streng an. „Du weißt, dass das zu Problemen zwischen uns führen kann!"

Lutz sah ihn und Kreon abwechselnd fragend an. Aira war sichtlich genervt von der Situation. Sie verstand offensichtlich nicht, warum ihr Vater sich auf diese Nummer überhaupt eingelassen hatte.

Kreons Augen wurden etwas unterwürfig. „Wird es nicht, das verspreche ich!"

Lutz hatte eindeutig genug. Er wurde wütend und packte Teris grob an den Haaren. „Ich bin nicht hier, um mir eine Komödie anzusehen. Du gehst da jetzt rein und wirst ihm Gesellschaft leisten! Ich gehe davon aus, dass keiner den anderen verletzt. Verarsch mich nicht Teris, du bewegst dich wirklich auf dünnem Eis!"

Teris verzog das Gesicht. Wenn Kreon nur wüsste, was er ihm hier gerade antat.

Teris ließ sich aber anstandslos in den Zwinger bugsieren und ebenfalls von den Ketten und dem Halsband befreien. Lutz und Aira bedachten ihn mit vernichtenden Blicken. Sie waren alles andere als gut auf ihn zu sprechen, begaben sich allerdings wortlos ins Gebäude zurück und ließen die beiden somit allein.

Teris drehte sich heftig zu Kreon um und knurrte. „Bist du von allen guten Geistern verlassen?" Der senkte sofort seinen Blick.

Teris war wütend. „Ich musste ihm erzählen, dass unsere Wölfe sich nicht vertragen würden und du bettelst regelrecht darum, dass sie mich zu dir reinschieben!" Teris schnaubte verärgert aus. „Willst du, dass wir uns bis aufs Blut bekämpfen, oder was stimmt nicht mit dir?" Teris war unbeschreiblich sauer. Wie konnte Kreon so eine Dummheit begehen! Es stand ihm nicht zu, sie beide so einem Risiko auszusetzen.

Kreon hielt seinen Blick gesenkt, er sagte aber nichts. Teris wurde stutzig. Roch er wirklich Unterwürfigkeit bei Kreon? Ordnete sich der Lupus ihm gerade unter? Senkte er nicht einfach nur seinen Kopf, bot er ihm gerade seinen Nacken dar?

„Kreon, ich erwarte eine Antwort!"

Jetzt reagierte der Lupus und blickte auf. „Es war nicht meine Absicht, dich in Schwierigkeiten zu bringen!"

Teris schnaubte immer noch wütend. „Vielleicht solltest du erst nachdenken, bevor du etwas tust!"

Er sollte nicht so streng mit Kreon ins Gericht gehen, doch er war zutiefst verwirrt. Der ältere und erfahrenere Lupus ordnete sich ihm unter? Teris verstand es immer noch nicht richtig. Als aber sein Wolf hervortrat und Teris realisierte, wie dieser Kreons Wolf ansah, fiel bei Teris endlich der Groschen.

Kreons Wolf brauchte einen neuen Anführer. Er war zu verunsichert, um sich ohne den Schutz eines Leitwolfes hervor zu wagen. Ohne den Schutz eines Alphas.

Teris strich sich angespannt über das Gesicht, als er Kreons fragenden Blick bemerkte. Er wartete ganz offensichtlich darauf, ob Teris ihn annehmen, oder ablehnen würde. Verdammt, das war nicht das, was Teris anstrebte. Er wollte niemandes Leitwolf sein. Er war noch nicht einmal ein richtiger Alpha.

Sein Wolf richtete sich selbstbewusst auf. Er wollte jetzt sofort seinen Platz einnehmen. Teris wusste, dass er ihn nicht länger zurückhalten konnte. Sein Wolf würde sich nehmen, was ihm zustand, auch ohne Teris´ Einverständnis.

In diesem Moment war es besser, die eigene Natur nicht länger zu unterdrücken.

Teris nickte Kreon endlich zu und der blickte sofort dankbar zu ihm auf. Teris ließ seinen Wolf heraus und der süße Schmerz der Verwandlung breitete sich immer stärker in ihm aus. Die Verwandlung dauerte nicht lange, obwohl seine Knochen sich neu ordnen mussten. Teris war geübt und bildete eine starke Symbiose mit seinem Wolf. Er hoffte nur, dass diese Verbindung nicht durch die Anzahl der Demütigungen der letzten Wochen zu sehr erschüttert worden war. Es könnte sonst schwierig werden, ihn zu bitten, sich wieder zurückzuziehen. Ihn weiterhin unter Kontrolle zu behalten.

Teris stand nun als Wolf vor Kreon. Sein Fell war rostbraun, seine Augen goldgelb. Er sah Kreon ruhig an. Er bot dem verunsicherten Wolf Schutz, Schutz vor den Gefahren, die auf sie beide lauerten. Er würde ihn nicht vor allem beschützen können, dass wusste auch Kreons Wolf. Doch es war alles leichter, wenn man nicht alleine dastand.

Kreons Wolf lugte vorsichtig aus seinem Versteck. Er zögerte und wich immer wieder winselnd zurück. Teris konnte den Anblick kaum ertragen, doch sein Wolf lockte den anderen Wolf schließlich hervor. Er war lange nicht mehr rausgekommen und es fiel ihm sichtlich schwer. Er wagte sich Schritt für Schritt vor und kroch fast schon auf dem Bauch. Kreon knurrte schmerzerfüllt auf, als die Verwandlung endlich einsetze. Teris wusste, dass es daran lag, dass der Lupus einfach zu lange die Verantwortung für ihrer beider Körper hatte. Kreon jaulte und winselte obgleich der Schmerzen, die er empfand. Doch schaffte es nach einiger Zeit, ebenfalls auf seinen vier Pfoten zu stehen. Auch in Wolfsgestalt war er größer als Teris.

Erleichtert blickte sich der graue Wolf kurz um, bevor er sich leise winselnd vor Teris auf seinen Brustkorb herabsenkte. Teris zog seine Lefzen bedrohlich hoch und knurrte dunkel. Er musste sicherstellen, dass der andere Wolf sich ihm unterwarf. Kreon leckte ihm unterwürfig die Schnauze, eine Geste, die absolute Untergebenheit signalisierte. Kreons Wolf akzeptierte den kleineren Wolf augenblicklich als Ranghöheren.

Kapitel 9

Lutz

Die Verwandlungen halfen Kreon tatsächlich bei dem Heilungsprozess.
Lutz war sich nicht sicher gewesen, ob Teris ihm nicht einen Bären aufbinden wollte. Doch schon drei Tage später humpelte Kreon nicht mehr so stark und machte einen deutlich besseren Eindruck. Der Geschäftsmann hatte Aiden angewiesen, die beiden jeden Tag für zwei Stunden in den Zwinger zu bringen.

Heute hatte Lutz dies allerdings selbst übernommen. Gegen Mittag beobachtete er die beiden Wölfe aus seinem Bürofenster heraus in ihrem Zwinger. Lutz war aktuell nicht besonders gut auf Teris zu sprechen. Der Bastard erlaubte sich immer noch zu viel. Anstatt sich endgültig unterzuordnen, stellte er seine und Airas Entscheidungen immer wieder in Frage. Und das ärgerte ihn enorm.

Auch in Wolfsgestalt war Teris immer noch kleiner als der andere und es war nicht schwer, sie auseinander zu halten. Teris hatte braunes Fell, Kreon war ein grauer und stattlicher Wolf. Interessanterweise folgte der Größere dem Kleineren. Immer wieder leckte Kreon nach der Verwandlung die Schnauze von Teris und drückte sich auf dem Brustkorb herunter. Lutz wusste, dass es eine Geste der Unterordnung war. Teris schien unter seinesgleichen einen hohen Rang einzunehmen. Weigerte er sich deshalb, sich zu unterwerfen? Fiel es ihm deshalb so schwer, Befehle ohne Murren zu empfangen?

Kreon forderte Teris nun zu einem wilden Gerangel auf. Der Zwinger bot nicht viel Platz, aber es reichte den beiden anscheinend. Lutz holte tief Luft. Die beiden wirkten auf ihn wie verspielte Hunde. Nur, dass es sich bei den beiden um überdimensional große Wölfe handelte, die dem Menschen sehr schnell sehr gefährlich werden konnten.

Teris bewies in seiner Wolfsgestalt eine unendliche Geduld mit Kreon. Dieser knuffte ihn immer wieder in die Seite, aber

Teris wehrte seinen Kontrahenten nur sanft ab, ohne ihn zu verletzen.

Aira betrat den Raum und gesellte sich zu ihm. Ihr Blick war schnell ebenfalls auf das Geschehen unten im Hof gerichtet.

„Warum erlaubst du Teris das? Ich glaube, Kreon kann sich mittlerweile auch alleine verwandeln!"

Lutz blickte sie überrascht an. „Es scheint Kreon zu helfen. Warum sollte ich das nicht nutzen?"

Aira schnaubte verärgert. „Weil Teris keine Belohnung verdient hat. Er sollte nicht in den Genuss kommen, sich verwandeln zu dürfen!" Seine Tochter war immer noch schlecht auf den kleinen Werwolf zu sprechen. Das war nur zu offensichtlich.

Lutz beobachtete wieder das Treiben im Zwinger. „Er hat seine Kämpfe gestern Abend beide gewonnen. Sei nicht zu streng mit ihm. Vergiss nicht, was ich dir vor ein paar Tagen geraten habe. Auch Teris ist nicht unverwundbar. Übertreibe es nicht mit ihm!"

Aira verzog ihren Mund, nickte aber zustimmend.

„Wie auch immer. Ich habe eine Idee für eine ganz andere Art des Kampfes. Ich würde sie gerne mit dir besprechen und deine Meinung dazu hören!" Sie machte eine kurze Pause. „Die beiden da unten haben mich dazu inspiriert!" Aira lächelte schelmisch.

Lutz hob interessiert die Augenbrauen. „Acht tatsächlich? Da bin ich aber gespannt!"

„Lass mich aber bitte ausreden. Es ist wirklich eine ungewöhnliche Idee!"

Lutz nickte nur kurz. Er war gespannt.

Aira hob ihr Kinn und blickte erneut auf die Wölfe im Zwinger. „Diese beiden Werwölfe da unten bewegen sich in ihrer vierbeinigen Gestalt ganz anders. Sie sind leichtfüßig, aber wirken auch unglaublich wild. Ihre Augen und ihr überdimensionales Gebiss lässt sie noch viel gefährlicher erscheinen. Sehr faszinierend!"

Lutz ahnte bereits, worauf seine Tochter hinauswollte. Und

er war sich nicht sicher, ob er das hören wollte.

Aira fuhr fort: „Ich würde gerne einen Kampf veranstalten, in dem zwei Werwölfe von uns in Wolfsgestalt gegeneinander kämpfen!" Sie blickte ihn jetzt mit feurigen Augen an.

Lutz holte tief Luft und verschränkte die Arme vor der Brust. Er ahnte, dass er Aira nicht mehr von ihrer Idee abbringen konnte. „Das ist ein großes Risiko! Wie stellst du dir das vor?"

„Sie sollten sich natürlich erst im Käfig verwandeln dürfen. Zudem müssen sie dort extra gesichert werden. Mit Halsbändern und einer Kette, ähnlich wie wir es im Zwinger handhaben. So könnte man sie im Notfall auch wieder trennen. Ich dachte dabei an Halsbänder, die auf Knopfdruck unter Strom gesetzt werden können. Um eben auch die Möglichkeit zu haben, sie zu zwingen, sich zurück zu verwandeln!"

Lutz blickte seine Tochter überrascht an. Sie schien ihre Hausaufgaben gemacht zu haben. Starker Strom ließ einen Werwolf tatsächlich seine Wolfsgestalt aufgeben.

„Du hast dir anscheinend einige Gedanke dazu gemacht!", stellte er fest.

Ihre Idee klang nicht so übel, wie er erwartet hatte. Dennoch war er sich nicht sicher, ob die Society of Lupi das auch so sehen würde.

„Es ist auf jeden Fall eine unkonventionelle Idee. Die Frage ist allerdings, ob die Offiziellen dem zustimmen werden."

Lutz sah wieder aus dem Fenster auf die beiden Wölfe hinunter. Kreon hatte es mittlerweile aufgegeben, Teris zu necken. Er lag ruhig auf dem Boden und ruhte sich aus, während Teris an den Gitterwänden auf und ab wanderte.

„An welche Wölfe hast du dabei gedacht?"

Aira lächelte nun, sie ahnte offenbar, dass Lutz nicht grundsätzlich abgeneigt war.

„An Philon und Tyler. Philon ist ein schlechter Kämpfer, aber vielleicht gelingt es ihm zumindest, in der Wolfsgestalt eine gute Show zu bieten. Und mit etwas Glück will ihn uns jemand zu einem akzeptablen Preis abkaufen. Tyler ist sehr gehorsam und unterwürfig, von daher bietet er sich einfach an!"

Lutz horchte interessiert auf. Seine Tochter hatte eine gute Spürnase dafür, wie man selbst mit nutzlosen Werwölfen noch Geld verdienen konnte. Eines war ihm aber noch wichtig. „Solange du nicht auf die Idee kommst, Teris dafür einzusetzen, lasse ich es mir durch den Kopf gehen!"

Er sah sie nun lächelnd an. „Wir können heute nach dem Abendessen einen Versuch mit den beiden unternehmen. Schauen wir uns erst einmal an, ob sie sich überhaupt verwandeln, wenn wir es ihnen befehlen. Alles weitere wird sich dann ergeben!"

Aira grinste ihren Vater schelmisch an. „Das klingt gut!"

Lutz nickte zustimmend. „In Ordnung. Kreon und Teris müssen wieder in den Keller. Ich möchte Teris noch kurz sprechen. Könntest du mit Kreon anfangen? Ich muss vorher noch ein Telefonat führen und komme nach."

Aira nickte. „Natürlich!"

Teris

Aira hatte Kreon schon abgeholt. Teris wartete immer noch darauf, dass ihn jemand aus diesem viel zu kleinen Zwinger holen würde.

Er war nicht wirklich glücklich darüber, dass er sich jeden Tag mit Kreon verwandeln musste. Sein Wolf war nicht einverstanden mit dem, was hier passierte. Und je öfter Teris ihn herausließ, umso unruhiger wurde der Wolf. Er wollte endlich die Macht des Alphas einsetzen, um sich seine Freiheit zu nehmen und es fiel Teris immer schwerer, ihn zu kontrollieren. Dass Kreon sich ihm angeschlossen hatte, vereinfachte die Situation nicht unbedingt.

Es stand Teris im Grunde nicht zu, einfach ein neues Rudelmitglied aufzunehmen. Es gab eine klare Rangordnung in jedem Rudel und an der gab es nichts zu rütteln. Auch wenn er als Sohn des Ranghöchsten einen nicht unerheblichen Stellenwert im Rudel genoss, so musste auch er sich an die Regeln halten.

Doch die Umstände hatten ihm keine Wahl gelassen. Kreon wäre ohne ihn verloren gewesen. Dieser Lupus war kurz davor gewesen, sich selbst aufzugeben, seine Unterdrückung dauerte schon viel zu lange. Teris war sich nur nicht sicher, ob sein Alpha dies auch so sehen würde, selbst wenn er ihm die Umstände erklärte. Und das würde er müssen, sobald er einen Ausweg aus dieser Hölle gefunden hatte.

Endlich öffnete sich die Tür zum Gebäude und Lutz Santos trat heraus. Teris spürte sofort, dass sein Herr nicht gut auf ihn zu sprechen war. Die letzten Tage hatte Teris ihn kaum gesehen, doch bei jeder Begegnung konnte er die Abneigung ihm gegenüber deutlicher wahrnehmen.

Santos blieb an der Zwingertür stehen und musterte ihn eindringlich. Die Ketten und das Silberhalsband waren ihm schon von Aira angelegt worden und Teris war gespannt, was Santos von ihm wollte. Sein Herr war nicht nur gekommen, um ihn aus dem Zwinger zu holen. Aira war durchaus in der Lage, zwei Lupi zu kontrollieren, doch sie hatte ihn zurückgelassen. Dafür gab es sicher einen Grund.

„Kreon scheint es deutlich besser zu gehen. Sieht ganz so aus, als hättest du die Wahrheit gesagt!" Santos´ Stimme war hart.

Er machte einen angespannten Eindruck auf Teris, dieser hielt es daher für klüger, sich unterwürfig zu zeigen. Mit Santos war nicht zu spaßen, wenn er erst einmal sauer war. Teris hielt seinen Kopf also leicht gesenkt und wartete auf die Erlaubnis, zu sprechen.

Santos sah ihn streng an. „Ich will von dir wissen, wie ihr eure Verwandlung kontrolliert! Sprich!"

Teris blickte erschrocken auf und sein Wolf ging in ein böses Knurren über. Der Lupus war total verwirrt. Wieso wollte Santos das wissen?

„Wie meinen Sie das, Sir?"

Santos reagierte sofort genervt auf die Frage und wurde deutlicher. „Könnt ihr euch jederzeit in einen Wolf verwandeln? Wann immer es euch beliebt? Kreon hatte am Sonntag noch sichtlich Schwierigkeiten damit!" Er duldete keine Ausflüchte und erwartete offensichtlich eine zügige Antwort.

Teris´ Augen funkelten seinen Herrn nun wütend an. Wie kam er nur auf die Idee, er würde einem Menschen solch pikantes Wissen verraten? Lupi hüteten sorgsam ihre Geheimnisse. Aus gutem Grund, wie Teris in den letzten zwei Wochen immer wieder feststellen musste. Teris hatte genug davon, sich zu verstellen. Er wollte nicht noch mehr verraten, als er es ohnehin schon getan hatte.

Lutz grinste hämisch, als Teris stumm blieb. Er verschränkte die Arme vor der Brust und seine Stimme wurde bedrohlich. „Du bist nicht bereit, mir eine Antwort zu geben?"

Teris presste wütend seine Lippen aufeinander. Er musste sich enorm zusammennehmen, Santos nicht anzuknurren. Er schluckte kurz. „Warum fragen Sie mich das? Ich habe Ihnen am Sonntag schon zu viel verraten, das hatte allerdings einen guten Grund. Jetzt kann ich keinen erkennen!"

Teris funkelte seinen Herrn böse an. Dieser Mann

überschritt deutlich eine Grenze. Das würden weder er noch sein Wolf hinnehmen.

Lutz lächelte ihn nur spöttisch an. „In Ordnung. Du scheinst es darauf anzulegen, es dir mit mir richtig zu verscherzen. Das kannst du haben! Deine Essensrationen sind für heute gestrichen! Du wirst bis zum Abend hier im Zwinger bleiben! Vielleicht auch länger, bis ich erkennen kann, dass du dich unterordnen kannst!"

Teris konnte ein Knurren nun doch nicht mehr unterdrücken. Seine Wut steigerte sich ins Unermessliche.

Santos grinste abfällig. „Ich bin gespannt, wie du den Tag bei dieser Kälte überstehst. Bis dahin kannst du dir überlegen, wie du dich in Zukunft verhalten möchtest!"

Teris knurrte ihm dunkel hinterher, als Santos sich auf den Weg ins Gebäude machte. Wütend ließ der Lupus seine Faust gegen das Stahlgitter fliegen. Er spürte den Schmerz kaum, als die Haut dabei aufplatze.

Die Sonne ging unter und es wurde lausig kalt im Zwinger. Teris stand im hinteren Teil seines Gefängnisses und blickte besorgt zum Himmel. Dunkle Wolken füllten ihn immer mehr aus, es war nur eine Frage der Zeit, bis es anfangen würde zu regnen. Er hatte den Regen schon vor Stunden gerochen, als Kreon und er in den Zwinger gebracht wurden. Normalerweise liebte er es, bei Regen durch die Weiten des Waldes zu rennen und auf die Jagd zu gehen. In der Gestalt des Wolfes konnten ihm die Wettereinflüsse allerdings auch wenig anhaben.

Verärgert schnaubte Teris laut. Santos war nicht besser als Frank Hanson. Er unterdrückte seine Art genauso grausam, wie Kreons ehemaliger Herr. Nur die Methoden waren andere. Er ging psychologisch vor, während Hanson seine Lupi körperlich schindete.

Die ersten Tropfen gingen auf Teris nieder und er schüttelte verärgert den Kopf. Sein Wolf knurrte ihn böse an, als würde er ihm die Schuld an ihrer Misere geben. „Schon gut, ich weiß doch selber nicht, wie ich unsere Situation ändern kann!", murmelte er leise in sich hinein. Sein Wolf wurde mit jedem weiteren Tag in Gefangenschaft unleidlicher. Er verstand nicht, warum Teris sich nicht einfach seine Freiheit nahm.

Teris holte tief Luft und versuchte seinem Wolf zu signalisieren, dass dieser Tag kommen würde, es aber zum jetzigen Zeitpunkt noch zu gefährlich war. Zumal er seit Sonntag die Verantwortung für einen weiteren Wolf übernommen hatte. Als hätte er nicht schon genug Sorgen. Dennoch bereute er diese Entscheidung nicht.

Die Tür zum Haus öffnete sich plötzlich und Santos kam auf den Zwinger zu. Er hatte Philon bei sich und Teris entdeckte sofort, dass sein Zellengenosse das Halsband aus Stahl trug. Das verfluchte Teil, welches er selbst tragen musste, als er die ersten Tage hier in diesem Zwinger ausharren musste. Verdammt, was hatte Philon angestellt? Der junge Lupus war nie auffällig gewesen. Er war keine Kämpfernatur und zeigte sich von Anfang an den Menschen gegenüber unterwürfig.

Teris vernahm eine weitere Bewegung an der Tür und erkannte Aira, die ihn sofort böse musterte. Teris schnaubte zornig. Was wollten diese Menschen nur von ihnen? War es nicht genug, dass sie die Lupi in fürchterliche Kämpfe zwangen? Dass sie es schafften, die Lupi zu unterwerfen?

Aira trat ebenfalls an den Zwinger heran und öffnete die Tür. „Komm her!", fuhr sie Teris barsch an.

Der gehorchte nur widerwillig. Er vernahm sofort die gefährliche Aura, die von dieser jungen Frau ausging. Er konnte riechen, dass sie schlecht gelaunt war.

Aira griff sich seine Kette und zerrte ihn grob aus dem Zwinger, damit Santos Philon dort hineinbringen konnte. Doch anstatt Teris ins Gebäude zu bringen, drehte die junge Frau ihn nur herum und zwang ihn wortlos mit einem Griff ins Genick auf die Knie. Der Regen nahm stetig zu und Teris bemerkte, dass sie ihn absichtlich in eine Pfütze gedrückt hatte. Miststück.

Aus dieser Position hatte er einen guten Blick auf den Zwinger und er hatte den Eindruck, dass dies genau ihre Absicht war. Was hatten sie nur vor?

Santos löste die Ketten von Philons Handgelenken und nahm ihm das Silberhalsband ab. Genau wie bei Teris damals wurde eine lange Kette an dem Stahlhalsband eingehängt, die außerhalb des Zwingers befestigt war.

Aira hielt Teris an Ort und Stelle fest, während sein Herr den Stahlzwinger verließ und die Tür sorgfältig verschloss. Philon war sichtlich verunsichert. Teris konnte es ihm gut nachempfinden, auch er wusste damals nicht, was das alles zu bedeuten hatte. Nur Philon war nicht aufsässig. Was hatte Teris verpasst, dass ausgerechnet dieser Lupus bestraft wurde? War es, weil Philon seinen Kampf verloren hatte?

Santos ergriff das Wort. „Philon, du hast dich am Freitag als unwürdig erwiesen, für mein Haus kämpfen zu dürfen!"

Der schwarzhaarige Lupus war einen entsetzten Blick zu Teris hinüber, ehe er sich wieder auf Santos konzentrierte.

„Du hast Schande über meinen Namen gebracht, indem du nicht einmal versucht hast, den Kampf zu gewinnen!"

Teris wollte sich rühren. Das war nicht fair! Philon war kein Kämpfer, er war nicht in der Lage, die Brutalität im Käfig zu erwidern. Doch Aira drückte ihn schnell wieder auf die Knie.

„Bleib unten! Du darfst zusehen und lernen!"

Teris knurrte leise auf. Sie war ein Miststück, doch er konnte sich nicht gegen sie wehren. Wieder einmal bereute er sein Versprechen Gabrielle Santos gegenüber zutiefst.

Santos ignorierte Teris´ Versuch, dazwischenzugehen. „Normalerweise habe ich keine Verwendung für nutzlose Werwölfe und verkaufe sie oder ich eliminiere sie! Du warst zu teuer, um dich einfach zu erschießen..."

Santos tat so, als würde er andere Möglichkeiten abwägen, was er mit Philon sonst noch anfangen könnte. Der blickte nun verzweifelt zu Teris hinüber. Die Angst stand ihm deutlich ins Gesicht geschrieben.

Teris schüttelte leicht den Kopf, um ihn zu beruhigen. Santos würde sein Geld nicht einfach abschreiben, da war Teris sich sicher.

„...verkaufen ist auch keine Option. Nach dem Desaster von letzter Woche wird dich niemand nicht einmal geschenkt haben wollen." Santos legte den Kopf leicht schräg und blickte Philon streng an. „Vielleicht habe ich ja doch noch eine Verwendung für dich!"

Der schwarzhaarige Lupus hielt die Luft an. Er war kurz davor, die Nerven zu verlieren und Teris konnte die Angst riechen, die sich immer mehr in Philon ausbreitete.

Santos grinste. Er wollte ihn genau dort haben. Er wollte, dass Philon seine Nerven verlor. „Verwandle dich in einen Wolf! Und zwar sofort!"

Pure Panik ergriff Philon. Er war völlig überfordert von dem Befehl und trat erschrocken ein paar Schritte zurück. Plötzlich richtete Santos eine Waffe auf ihn und der Lupus stand kurz davor, zu hyperventilieren.

Teris atmete tief ein. „Warum tut ihr das?", fragte er Aira und wendete den Blick von Philon ab.

Er konnte den Anblick kaum ertragen und senkte den Kopf. „Er hat euch nie etwas getan und sich nicht ausgesucht, für euch zu kämpfen!", flüsterte der Lupus verzweifelt.

Aira packte ihn bei den Haaren und riss seinen Kopf zurück. „Sieh hin, Teris! Sieh dir genau an, was passiert, wenn man nicht gehorcht!"

Sie zwang ihn, sich das grausame Spiel von Santos weiter anzuschauen. Philons Augen waren starr vor Angst und er blickte panisch in den Lauf der Waffe. Santos widerholte seinen Befehl unmissverständlich. „Verwandle dich in einen Wolf!"

Endlich rührte sich Philon und zog langsam seine Kleidung aus. Würde Santos ihn töten, sobald er in Wolfgestalt war? Teris konnte die Frage in den Augen des schwarzhaarigen Lupus lesen.

Die Wandlung erfolgte für Teris Geschmack unspektakulär und schnell. Philon war noch nicht so lange in Gefangenschaft wie Kreon. Seine letzte Verwandlung dürfte bei weitem noch nicht so lange her sein, dass diese ihm Schwierigkeiten bereiten würde.

Doch für Santos und Aira war es wesentlich beeindruckender. Fasziniert beobachteten sie, wie sich feiner

Nebel von Magie um den Körper des Lupus bildete und sich die Proportionen änderten. Knochen und Organe mussten sich binnen weniger Sekunden neu sortieren. Die Fänge verlängerten sich, um spitz und gefährlich für ein mächtiges Gebiss zu sorgen. Fell, welches tief unter der menschlichen Haut verborgen lag, schob sich zeitgleich an die Oberfläche und ließ den Wolf auf seinen vier Beinen vollkommen erscheinen.

Philon war ein sehr schöner Wolf. Sein Fell war schwarz, so tiefschwarz wie sein Haar in menschlicher Gestalt. Er war groß und grazil. Seine Bewegungen anmutig und leicht. Er ging vorsichtig im Käfig auf und ab und beobachtete Santos, der die Waffe nun sinken ließ.

Teris konnte spüren, wie sehr Philon das Rasseln der Kette an seinem Halsband störte. Er empfand es als erniedrigend, wie ein Hund angeleint zu sein. Teris konnte ihm das gut nachfühlen.

Santos schien zufrieden zu sein. „Na also, geht doch!"

Er wandte sich nun Teris zu, der immer noch von Aira in Position gehalten wurde. „Was war daran jetzt so ein großes Geheimnis?", spottete er grinsend.

Teris knurrte leise auf. Er hasste diesen Mann so sehr.

Aira stieß ihm grob ihr Knie in den Rücken. „Hör auf zu knurren! Philon hat gehorcht, sei froh, dass du keiner Exekution zusehen musstest!"

Teris holte tief Luft. Wie lange würde er sich diese Demütigungen noch gefallen lassen müssen?

Santos kam auf ihn zu und grinste hämisch. Aira hielt Teris immer noch an den Haaren fest, so dass er nicht einmal seinen Blick abwenden konnte.

„Beantwortest du mir nun eine Frage, oder möchtest du inklusive deinem Silberhalsband zu Philon in den Zwinger?"

Teris schluckte schwer. „Kommt auf die Frage an!"

Santos schlug ihm sofort hart ins Gesicht. Aira ließ endlich seine Haare los und Teris schüttelte den Kopf. Der Schlag war kräftig und gut platziert gewesen, seine linke Gesichtshälfte brannte wie Feuer. Abwartend blickte er wieder zu seinem

Herrn auf.

„Du hast mir jede Frage zu beantworten! Merk dir das endlich!" Santos hob wieder die Hand und setzte den nächsten Schlag ebenso präzise und hart, wie den ersten.

Teris Kopf flog zur Seite und er schmeckte Blut im Mund. Verdammt, der hatte gesessen, Teris spürte einen dumpfen Schmerz an seinem Kiefer.

Lutz hob seine Waffe langsam an. „Die Kugel, die eigentlich für Philon bestimmt war, kann ich auch bei dir verwenden!"

Santos hielt ihm die Waffe an die Schläfe und Teris schloss sofort die Augen. Ja, verdammt. Er hatte Angst vor Waffen, vor allem wenn sie auf ihn gerichtet waren. Doch er würde vor Santos nicht einknicken. Er würde nicht vor ihm auf dem Boden kriechen. Er war zwar noch ein Beta, aber er war nicht dazu bestimmt, sich einem Menschen zu unterwerfen.

Teris hörte Philon leise im Hintergrund knurren. Der Wolf war nicht sonderlich angetan von dem Schauspiel, welches sich ihm aus dem Zwinger bot.

Teris öffnete langsam seine Augen und blickte seinen Herrn ruhig an. „Sie stellen gar keine Frage!"

Santos Blick wurde eiskalt und er packte Teris an der Kehle. Bedrohlich senkte er sein Haupt über den braunhaarigen Lupus, der vor ihm kniete.

„Versuchst du gerade, mich zu verspotten?"

Diesmal flog der Griff der Waffe an Teris Schläfe und ein greller Blitz durchfuhr sein Gehirn. Sofort sah er Sterne vor sich und taumelte etwas unter Airas Griff. Ihr war es zu verdanken, dass er nicht vornüberkippte. Verdammt! Das hier entwickelte sich gerade gar nicht gut.

Santos richtete sich wieder auf. „Bist du nun bereit, meine Frage zu beantworten?"

Teris holte tief Luft. „Ja, Sir!"

Sein Herr nickte zufrieden. „Wie lange dauert es bis ihr euch das nächste Mal in einen Wolf verwandeln könnt, nachdem ihr euch gerade erst in einen Mann zurückverwandelt habt?"

Teris senkte sofort seinen Kopf. Wieso konnte er nicht einen anderen Lupus befragen? Warum quälte er ausgerechnet ihn mit seinen neugierigen Fragen? Und vor allem, was wollte er mit dem Wissen anfangen?

Und plötzlich erkannte Teris seinen eigenen Fehler. Nach seiner ersten „Unterredung" mit Aira hatte er Santos selbst darum gebeten, mit ihm zu sprechen. Er wäre nicht blöd und man könne sich den ganzen sadistischen Kram sparen. Ein schwerwiegender Fehler, wie der braunhaarige Lupus nun begriff. Er selbst hatte sich in den Fokus von Aira und Santos katapultiert.

Teris seufzte. „Das ist unterschiedlich. Einige können es schneller, andere brauchen etwas Zeit! Es gehört einiges an Übung dazu, sich sehr schnell wieder verwandeln zu können!"

Santos nickte. „Na also! War doch gar nicht so schwer!"

Teris verabscheute sich zutiefst. Das war ein gut gehütetes Geheimnis und er hatte es gleich vor zwei besonders grausamen Menschen ausgesprochen. Er war es nicht wert, überhaupt jemals ein Alpha zu werden.

Sein Wolf jaulte schmerzerfüllt auf, als ihn diese Gedanken durchzogen. Er war definitiv anderer Meinung als Teris. Sein Wolf leckte sich verlegen über die Nase. Das Tier in einem Lupus lebte nicht mit Selbstzweifeln und Schuldgefühlen. Es traf rationale Entscheidungen, Gefühle dieser Art waren hinderlich. In diesem Fall sogar gefährlich.

Der Wolf wirkte nun auf den Mann ein, mit dem er eine Symbiose bildete und übermannte das Gefühl der Schuld. Er übernahm die Führung, ohne sie dem Mann komplett abzunehmen. Er brauchte den Mann ebenso, wie er ihn brauchte. Er schob die Schuld und Selbstzweifel beiseite. Ohne dass Teris sich wehren konnte, überlagerte der Wolf ihn mit Rationalität und Selbstbeherrschung.

Endlich fühlte Teris wieder eine tiefe Verbundenheit zu seinem Wolf. Der Lupus glaubte diese schon verloren, nach all den Demütigungen, die er und sein Wolf zu ertragen hatten.

Aira holte Teris auf einen Wink von Santos auf die Beine. Es regnete immer noch und alle Beteiligten waren mittlerweile völlig durchnässt.

„Bring ihn rein! Ich kümmere mich um Philon!", wies Santos seine Tochter kurz an, ehe er sich zum Zwinger umwandte.

Aira zog Teris so schnell in das trockene Gebäude, dass der Lupus nicht mehr sehen konnte, was sein Herr mit dem schwarzen Wolf veranstaltete. Er hörte nur ein lautes Jaulen und Teris zuckte sofort erschrocken zusammen. Hatte Santos seine Waffe doch noch benutzt? Entsetzt blickte er Aira in die Augen, die ihn kühl musterte. Sie schüttelte ihren Kopf und zog ihn grob hinter sich her bis in seine Zelle.

Ohne ein Wort kettete sie ihn letztendlich fest und kümmerte sich nicht im Geringsten darum, dass seine Kleidung nass bis auf die Haut war. Xanthus und Kreon blickten ihn verwundert an, sagten aber nichts. Teris atmete tief ein und strich sich angespannt durch sein nasses Haar. Ihm wurde sofort kalt, in der Zelle war es nicht besonders warm. Nasse Kleidung war da nicht gerade von Vorteil.

Kreon musterte ihn nun eindringlich, Teris spürte seinen Blick auf ihm ruhen. „Später! Nicht jetzt!", wiegelte er sein neues Rudelmitglied ab.

Das war auch für ihn zu viel. Ohne seinen Wolf wäre er vermutlich zusammengebrochen. Einmal mehr war er ihm dankbar für die tiefe Verbundenheit.

Aira

Ihre Gefühle fuhren Achterbahn, als sie Teris´ Zelle verließ. Einerseits verachtete Aira diesen Werwolf für seine sture Art und seinem fehlenden Sinn zur Unterwerfung. Er machte ihr Leben unnötig kompliziert und brauchte eine harte Hand, viel härter als alle anderen. Und doch kam sie nicht umhin, fasziniert von Teris zu sein. Er war zwar körperlich klein, doch ihn umgab eine starke Aura.

Ihr Vater war eindeutig im Recht. Dieser Bastard war anders als alle anderen Werwölfe, die bisher für ihren Vater kämpften. Er war intelligenter, drückte sich unglaublich sprachgewandt aus und hatte einen enormen Gerechtigkeitssinn. Teris interessierte sich nicht nur für sich selbst, sondern sorgte sich um die anderen Wölfe. Die anderen waren längst nicht so selbstlos.

Aira war nicht wirklich glücklich darüber, wie sie ihn behandeln musste. Aber sie würde alles tun, was nötig war, um Teris zu unterwerfen. Er war ihr Ticket ins Geschäft und sie konnte seinen Ungehorsam nicht dulden. Sie würde nicht zulassen, dass er Schande über sie oder ihren Vater brachte.

Die junge Frau holte tief Luft, als sie ihren Vater entdeckte, der direkt auf sie zukam. Er zog Philon hinter sich her und Aira musste sich zusammennehmen, nicht die Hände vor Schreck vor den Mund zu schlagen. Philon sah fürchterlich aus. Er war nackt und obwohl er sich extrem geduckt hielt, konnte Aira seine blutunterlaufenen Augen nicht ignorieren. Er war körperlich am Ende und stolperte regelrecht hinter ihrem Vater her. Er konnte sich kaum auf den Beinen halten.

„Was ist mit ihm?", fragte Aira und musterte den schwarzhaarigen Werwolf angespannt, der wie Espenlaub zitterte.

Santos würdigte Philon keines Blickes, als er ihr antwortete.

„Er reagiert wohl etwas empfindlich auf Strom. Ich denke, er wird sich das nächste Mal freiwillig zurückverwandeln!"

Ihr Vater lächelte nicht bei seinen Worten, aber schien dennoch zufrieden mit seiner „Erziehungsmaßnahme" zu sein.

Er war nicht mehr so angespannt wie noch vor einer Stunde.

Aira nickte. „Okay, ich hole für beide trockene Kleidung. Danach würde ich mich gerne selber umziehen."

„Ja, das Wetter hätte besser sein können. Wir treffen uns gleich oben in der Küche. Ich setz uns einen Kaffee auf."

Teris blickte nur kurz zu ihr auf, als sie ihm trockene Kleidung reichte. Er versuchte offensichtlich unnötigen Kontakt mit ihr zu vermeiden. Auch wenn es nur Augenkontakt war. Aira konnte trotz des kurzen Moments die Erschöpfung und das Misstrauen in seinem Blick erkennen. Er schien sie zu beobachten, als sie Philon die Kleidung reichte, der immer noch stark zitterte.

Für einen Moment bekam sie Zweifel, ob es richtig war, mit Philon so zu verfahren. Er wirkte aktuell gebrochener denn je. Er war weder körperlich noch seelisch in einer besonders guten Verfassung. Aira hoffte, dass sich dieser Umstand schnell wieder legen würde. Zumindest sein Zittern nahm ein wenig ab, nachdem der Werwolf trockene Kleidung am Leib trug.

Sie überlegte, für alle vier Wolldecken zu holen. Es wurde kälter und der Keller war nicht besonders gut isoliert. Aira konnte durch ihre nasse Kleidung die Kälte deutlich spüren. In den anderen Zellen sah es sicher nicht besser aus. Vielleicht war es an der Zeit, für etwas mehr Komfort zu sorgen. Zum Winter hin bekamen die Werwölfe immer zusätzliche Decken und Matratzen, um sie vor der zunehmenden Kälte zu schützen. Eigentlich war es dafür aber noch zu früh.

Sie beobachtete, wie Teris den Versuch startete, sich umzuziehen. Es war sichtlich mühselig für ihn, aus den nassen Klamotten zu kommen. Die Kleidung klebte regelrecht an seinem muskulösen Körper und Aira wusste, ihr würde es gleich nicht viel besser ergehen. Sie trug allerdings keine Kette an den Handgelenken, die nur wenig Spielraum ließ. Sie würde seine Fesseln öffnen müssen, damit er das T-Shirt ausziehen konnte.

Als er endlich die nasse Hose von seinen Füßen streifte,

hatte er sichtlich Mühe das Gleichgewicht zu halten. Doch er gab keinen Ton von sich, obwohl es der kurzen Kette geschuldet war.

„Warte…", Aira öffnete die Kette. „so geht es besser!"

„Danke!"

Seine Stimme war neutral und den Kopf hielt er gesenkt. Aira war sich nicht sicher, ob sie und ihr Vater nicht zu weit gegangen waren. Teris machte einen erschöpften Eindruck auf sie, obwohl er heute nicht einmal das alltägliche Training absolvieren musste.

Endlich konnte sie ihn wieder festketten. Ihr war nicht wirklich wohl, so allein mit vier Werwölfen in einer Zelle. Diese Arbeiten verrichtete sie normalerweise lieber mit Aiden zusammen. Außerdem war ihr kalt, sie trug immer noch die nassen Klamotten. Sie entschied sich dafür, lediglich Philon eine Decke zu besorgen, da dieser immer noch etwas zitterte. Und dann würde sie sich schleunigst um sich selbst kümmern.

Philon legte sich die Decke sofort um seine eingefallenen Schultern, doch sein Zittern hielt weiter an. Leicht besorgt blickte sie auf den Werwolf nieder. So langsam sollte ihm doch wärmer werden.

Teris beobachtete den schwarzhaarigen Wolf ebenfalls. „Gut gemacht! Ich denke er hat seine Lektion ausreichend verstanden!" Diesmal blickte Teris sie direkt an, als er die Worte regelrecht herausspuckte.

Kreon und Xanthus hatten sich bisher ruhig verhalten, um nicht ihre Aufmerksamkeit zu erregen, doch nun blickten beide entsetzt zu Teris. Xanthus knurrte leise, es war nicht zu übersehen, dass er von Teris´ Worten nicht besonders angetan war. Ein warnender Blick von Teris ließ ihn allerdings sofort verstummen. Beide wandten sich sofort unterwürfig von dem kleineren Werwolf ab. Beklommen beobachteten sie nun Airas Reaktion auf Teris unverschämtes Verhalten. Der sah die junge Frau verächtlich an.

Aira erwiderte seinen Blick wütend. „Wage es nicht, frech zu werden, Teris!"

Was glaubte dieser Bastard eigentlich, was er sich noch alles rausnehmen konnte? Sie schritt auf ihn zu und beugte sich leicht über den am Boden sitzenden Werwolf.

„Niemand hat dir erlaubt, zu sprechen!" Ihre Hand flog ohne Vorwarnung in sein Gesicht und er kniff sofort die Lippen zusammen. Doch weder versuchte er sich vor dem Schlag zu schützen, noch duckte er sich. Aira wurde richtig wütend.

„Noch ein Wort von dir und Aiden wird dir morgen eine Abreibung verpassen. Du kannst froh sein, dass ich nur noch aus diesen Klamotten raus möchte!"

Aira schürzte verächtlich ihre Lippen und funkelte den vorlauten Werwolf böse an. Teris blickte sie nur abwartend an, hielt aber tatsächlich den Mund.

Aira richtete sich wieder auf. Es war doch richtig, ihn an die kurze Leine zu nehmen. Er verdiente alles, was er bisher an Erziehungsmaßnahmen erfahren hatte. Daran zu zweifeln war dumm gewesen, denn er würde vermutlich nie richtig klein beigeben. Nur gut, dass er ihr dies immer wieder deutlich zeigte. Sie musste dringend härter werden und ihre Gefühle im Umgang mit den Werwölfen außen vor lassen. Rationalität war gefragt, ihr Vater predigte es ihr immer wieder. Und er hatte Recht!

„Die Essensration ist für euch alle gestrichen!" Aira schnaubte böse. „Bedankt euch bei eurem kleinen Freund!"

Keiner wagte es, sich zu rühren, nicht einmal Teris. Die anderen senkten alle sofort ihren Blick, doch Teris sah ihr weiterhin verächtlich in die Augen.

Er verdiente keine Belohnungen und sie würde mit ihrem Vater sprechen müssen, dass er sich nicht mehr mit Kreon verwandeln sollte. Dieser Werwolf musste dringend lernen, wie er sich richtig zu verhalten hatte.

Kapitel 10

Lutz

Lutz saß mit seiner Frau Gabrielle und Aira am großzügigen Küchentisch der geräumigen Küche. Seine Tochter war frisch geduscht und nippte an einer heißen Tasse Kaffee. Lutz saß ihr gegenüber und lächelte seine Tochter freundlich an. Sie wirkte unzufrieden auf ihn. War etwas im Keller vorgefallen? Gabrielle warf ihm einen fragenden Blick zu und Lutz zog unwissend die Augenbrauen hoch. Er wusste auch nicht, was mit Aira los war.

„Schmeckt dir der Kaffee nicht?" fragte er Aira neutral.

Die schüttelte etwas ihren Kopf und holte tief Luft.

„Nein, das ist es nicht!"

„Was ist los? War Teris wieder frech?"

Bingo. Ihr Blick veränderte sich sofort ins Gereizte. Doch sie nahm nur ruhig einen Schluck von ihrem heißen Kaffee.

„Er ist ein Bastard."

„Das ist nichts Neues für mich. Aber er muss dich mit irgendetwas verärgert haben. Du bist sauer!"

Aira nickte. „Ja, aber nicht mehr als sonst auch. Er wird wohl noch eine ganze Weile brauchen, bis er gelernt hat, sich zu unterwerfen!" Sie seufzte kurz und schüttelte den Kopf. „Ich bin allerdings der Meinung, dass er sich nicht mehr mit Kreon verwandeln sollte. Das ist viel zu großzügig von uns, dafür, dass er immer noch so unverschämt ist!"

Lutz sah sie nachdenklich an und nahm ebenfalls einen Schluck von seinem Kaffee. „Verstehe. Er war also wieder vorlaut?"

Gabrielle schaltete sich unerwartet ein. „Ich halte es sowieso für einen Fehler, dass die Wölfe sich verwandeln dürfen!"

Lutz war überrascht, normalerweise hielt sich seine Frau aus solchen Gesprächen raus. Sie war nicht einverstanden mit dem, was mit den Werwölfen in ihrem Keller passierte. Sie duldete es zähneknirschend, wechselte aber eigentlich meistens den Raum, wenn ihr das Thema zu unangenehm wurde.

Lutz zog die Brauen hoch. „Sie sind gut gesichert im Zwinger. Ich sehe da keine Gefahr für uns."

Aira nickte zustimmend, doch seine Frau hatte offensichtlich Zweifel. „Davon gehe ich aus. Aber ihr vergesst dabei, dass ihr Werwölfe nur bedingt kontrollieren könnt."

Gabrielle blickte beide streng an. „Dass, was die Menschheit mit den Wölfen veranstaltet, ist abscheulich und barbarisch. Doch es scheint bislang zu funktionieren. Es kann nicht gut sein, das Ganze noch toppen zu wollen. Ihr überschreitet eine Grenze, die ihr nicht überschreiten solltet!"

Ihr Worte waren hart und bestimmt. Lutz war verwundert über die klaren Worte. Er wusste, dass sie mit diesem Teil seines Geschäfts nicht einverstanden war. Bisher war er allerdings davon ausgegangen, dass sie die Werwölfe schlicht verabscheute. Das war wohl ein Irrtum.

„Was für eine Grenze überschreiten wir deiner Meinung nach, wenn wir den Wölfen erlauben, sich zu verwandeln? Das hat doch erst dazu geführt, dass Kreon endlich beginnt, sich zu erholen."

Lutz war immer noch verwundert über seine Frau. Sie äußerte zwar immer mal wieder ihre Meinung, doch nun machte sie nicht den Eindruck, als würde sie hinnehmen, was er und Aira planten. Wusste sie von Airas Absichten, einen besonderen Kampf veranstalten zu wollen?

Gabrielle gab nicht nach.

„Das mag sein. Aber einen Werwolf in Gefangenschaft den inneren Wolf ausleben zu lassen, wird nicht gut enden. Ihr beide unterschätzt, dass dieser Wolf den Mann dominieren könnte, wenn er es wollte. Ihr spielt mit dem Feuer und haltet dabei Benzin in euren Händen."

Gabrielle wurde eindringlich. „Das wird nicht gut enden! Das kann nicht gut enden!"

Aira blickte ihren Vater irritiert an und auch Lutz war erstaunt. Gabrielles Worte waren nicht ganz von der Hand zu weisen. „Du bist also der Meinung, dass die Wölfe sich nicht mehr verwandeln sollten?"

Gabrielle nickte nur. Aira schüttelte leicht verärgert ihren

Kopf. „Ich bin da anderer Meinung. Ein Werwolf wie Teris, der sich nicht so schnell unterwirft, sollte sich tatsächlich nicht verwandeln dürfen. Aber Philon zum Beispiel ist längst nicht so kämpferisch veranlagt und könnte in der Gestalt des Wolfes viel besser aus sich herauskommen. Warum sollten wir diese Chance nicht nutzen?"

Lutz nickte zustimmend. „Richtig, das sehe ich auch so!"

Gabrielle schüttelte verärgert ihren Kopf. „Nein! Gerade bei schwächeren Werwölfen ist es ein Fehler, den Wolf nach vorne zu lassen. Denn gerade dann wird er die Oberhand übernehmen. Wenn Philon als Mann kein guter Kämpfer ist, wird der Wolf ihn beschützen wollen. Das kann er nur, wenn er die Führung übernimmt."

Aira nahm einen Schluck von ihrem Kaffee. „Das halte ich für eine gewagte These. Außerdem können wir sie mit Strom unter Kontrolle bringen. So können sie ihre Wolfsgestalt nicht aufrechterhalten!"

Gabrielle wurde wütend. „Ihr wollt die Werwölfe mit Strom foltern?", entfuhr es ihr so entsetzt, dass Aira sofort bleich im Gesicht wurde.

Lutz wollte etwas erwidern. „Liebling, du verstehst da etwas falsch..."

„Nein!", unterbrach Gabrielle ihn barsch. Sie blickte abwechselnd zwischen Aira und ihrem Mann hin und her. „Ich habe das Geschäft mit den Werwölfen geduldet, weil ihr mir versprochen habt, so wenig Gewalt wie möglich anzuwenden!"

Aira wollte ebenfalls etwas erwidern, doch Gabrielle bremste sie direkt aus. „Jetzt bin ich dran! Und ich bin noch nicht fertig!"

Gabrielle fuhr fort. „Seit geraumer Zeit beobachte ich eure zunehmende Verrohung im Umgang mit den Werwölfen."

Ihr Blick blieb kurz bei Aira hängen. „Gerade dich erkenne ich zurzeit kaum wieder!"

Heftig wandte sie sich Lutz zu. „Und du duldest dieses Verhalten, ohne wirklich einzuschreiten! Ich sehe pure Gewalt aus meinem Schlafzimmerfenster heraus. Plötzlich treten Werwölfe mehrfach in der Woche bei Kämpfen an. Was ist in dieser Familie passiert, dass ihr zu immer grausameren Mitteln greift?"

Gabrielle holte kurz tief Luft. „Was war das für ein Jaulen vor einer Stunde unten im Innenhof? Warum zuckte der schwarzhaarige Werwolf so panisch, als du ihn aus dem Zwinger geholt hast?"

Lutz sah sie beschwichtigend an. „Gabrielle, ich verstehe deine Aufregung. Aber ich kann dir versichern, dass wir die Wölfe da unten nicht unnötig schinden!"

„Verkaufe mich nicht für dumm, Lutz Santos! Dafür sind wir zu lange verheiratet!"

Seine Frau war so wütend wie schon lange nicht mehr. Und Lutz wusste, dass dies hier zu einem ausgewachsenen Streit führen konnte. Also seufzte er nur kurz, ehe er ihre Frage beantwortete. „Philon sollte sich zurückverwandeln und als er das nicht sofort getan hat, habe ich ihn dazu gezwungen! Darum hat er aufgejault!"

Gabrielle schnaubte laut aus. „Mit Strom?" Ihre Frage war barsch und als sie Lutz Nicken vernahm, blickte sie aufgebracht gen Himmel. „Das darf doch wohl alles nicht wahr sein!"

Angespannt fuhr sie sich durchs Haar. „Das muss ein Ende haben. Entweder, ihr findet zu eurer alten Philosophie zurück und geht vernünftig mit den Werwölfen um, oder ihr beendet das Geschäft. Ich werde nun in den Keller gehen und ihnen das Abendbrot servieren."

Aira holte tief Luft. „Kreon, Philon, Xanthus und Teris bekommen kein Abendbrot. Teris war…"

Der Blick ihrer Mutter war vernichtend. „Überlegt euch, wie ihr in Zukunft mit den Werwölfen umgehen werdet, solange ich unten bin. Ich werde alle versorgen gehen!"

Lutz blickte seiner Frau immer noch verwundert hinterher. Es war selten, dass sie so klare Worte bei diesem Thema fand. Normalerweise hielt sie sich, soweit es ging, raus. Aber er befürchtete, dass sie Recht hatte. Aira und er waren in den letzten Wochen von ihrer ursprünglichen Spur abgewichen. So konnte es tatsächlich nicht weitergehen.

Aira holte tief Luft und lächelte leicht. „Das war ja verrückt!" Sie schien nicht wirklich glauben zu können, was sich gerade ereignet hatte.

Lutz nickte. „Ja, aber du kennst deine Mutter. Wenn sie eine Entscheidung trifft, ist sie nicht mehr aufzuhalten!"

„Ja, das ist wohl wahr!"

Teris

Xanthus war stinksauer.
Der blonde Lupus funkelte Teris aus seiner Ecke unentwegt an, nachdem Aira die Zelle verlassen hatte. Teris konnte seinen Zorn spüren, doch der sagte kein Wort. Teris wusste, dass dies nur die Ruhe vor dem Sturm war. Xanthus scheute keine Konfrontation mit ihm. Auch wenn er ihn als Ranghöheren akzeptierte, er war ihm nicht unterworfen.

Kreon saß zwischen Teris und Xanthus und hielt den Kopf beklommen gesenkt. Er wirkte sichtlich verunsichert. Teris wusste, dass die Situation für Kreon nicht einfach war. Xanthus war sein Bruder, den er drei Jahre nicht gesehen hatte und Kreon liebte ihn. Doch Teris war sein neuer Rudelführer, er sollte ihm uneingeschränkt folgen. Aber Blutsbande ließen sich nicht einfach wegwischen. Teris hatte Verständnis für Kreon und er würde ihn nicht zwingen, sich zu entscheiden. Noch nicht!

Nun beobachtete Teris besorgt Philon, der immer noch leicht zitterte. Der schwarzhaarige Lupus saß ihm gegenüber und sah alles andere als gut aus. Seine Augen waren weiterhin blutunterlaufen und seine Atmung ging flach. Er wirkte eingefallen und verstört. Er starrte nur auf seine Füße, die Beine leicht angewinkelt. Philon schien stark in sich gekehrt und Teris konnte in dessen Aura seinen Wolf erkennen, der unentwegt versuchte, Philon zu heilen.

Das Tier machte einen ebenso verstörten Eindruck wie der Mann und sie taten sich gegenseitig nicht gut. Der Wolf hatte genauso gelitten, eigentlich hätten beide ihre eigenen Wunden lecken müssen. Doch der Wolf versuchte, den Mann zu heilen, ohne sich dabei um sich selbst zu kümmern. Auf Dauer würde ihn das vernichten.

Teris holte tief Luft. Seine Ketten waren nicht lang genug. Er kam einfach nicht weit genug an den schwarzhaarigen jungen Mann heran. Dabei wollte er ihm so gerne helfen. Und er könnte es, seine Macht war stark genug. Teris Wolf beobachtete den schwachen Lupus ebenfalls und war schon ganz unruhig, weil er nichts unternehmen konnte. Sie hingen beide an dieser verfluchten Mauer fest. Beinahe ohnmächtig vor Wut, riss Teris an seiner Kette. Die knallte laut auf, doch sie gab nicht nach. Philon zuckte erschrocken zusammen, blickte aber nicht auf.

Xanthus knurrte kurz. „Verdammt, Teris! Willst du uns noch mehr in Schwierigkeiten bringen?"

Der kräftige Lupus blickte den Kleineren herausfordernd an, hielt seine Stimme aber gesenkt. Laute Gespräche waren in diesem Keller eine schlechte Idee. Die Lupi waren sich alle einig, dass dies nicht ungehört bleiben würde. Kreon blickte seinen Rudelführer nur verunsichert an, sagte aber kein Wort.

Teris schnaubte laut aus. „Komm mir nicht blöd, Xanthus! Nicht heute!"

Xanthus nickte. „Das habe ich nicht vor und das weißt du! Aber du bringst uns mit deinen Aktionen in Gefahr. Zügel dich in Zukunft etwas!" Er warf einen kurzen Blick auf seinen älteren Bruder. „Du hast nicht nur die Verantwortung für dich selbst!"

Teris grinste ironisch auf „Du hast keine Ahnung, was da draußen los war. Also verurteile mich nicht!"

Teris blickte erneut zu Philon, der immer noch zitterte. Verdammt, er musste irgendetwas tun. In diesem Zustand würde der angeschlagene Lupus die Nacht nicht überstehen. Sein Zustand verschlimmerte sich zusehends.

Warum kümmerte sich keiner um Philon? Aira hatte doch bemerkt wie es ihm ging. Er konnte es ihr deutlich ansehen, ihr war der besorgniserregende Zustand aufgefallen. Warum also sah keiner nach ihm?

Xanthus hatte den Blick ebenfalls auf Philon gerichtet und zog besorgt die Augenbrauen zusammen. Er wandte sich wieder Teris zu. „Du sagst uns ja auch nicht, was passiert ist. Es muss schlimm gewesen sein, sonst würde Philon nicht so aussehen."

Teris nickte nur, äußerte sich aber nicht dazu.

Xanthus holte tief Luft. „Teris, ich bin dir wirklich dankbar für das, was du für meinen Bruder getan hast. Aber du kämpfst hier alleine gegen Mauern an, die du nicht einreißen kannst. Und ich meine damit nicht die verfluchte Mauer, an der unsere Ketten befestigt sind!"

Teris grinste ironisch. „Ja, genau das!"

Endlich blickte er Xanthus direkt an. „Diese niederträchtigen Menschen da draußen haben überhaupt keinen Respekt vor uns. Es kümmert sie nicht im Geringsten, dass wir ebenso Schmerzen empfinden wie andere Lebewesen." Teris lachte zynisch. „Xanthus, die Menschen da oben halten sich Hunde als Haustiere, welche sie liebevoll umsorgen und streicheln."

Teris Augen verrieten seine Qual. „Ich habe es gesehen. Als ich im Zwinger festsaß. Und wir werden hier gefesselt und gefoltert. Wir, die Lupi! Obwohl wir nicht nur Wolf sind, sondern auch menschlich. Und wir können nichts dagegen unternehmen!"

Fast schon ernüchternd schüttelte Teris seinen Kopf. Diese Abscheulichkeiten waren für ihn absolut nicht nachvollziehbar. Warum nur waren die Menschen so grausam?

Kreon holte tief Luft. Er blickte Teris vorsichtig in die Augen. „Teris, nicht alle Menschen sind so! Es gibt auch andere, die uns nicht so sehen und behandeln!" Verwundert blickte Teris nun zu Kreon rüber. Der sprach weiter. „Ich weiß wie es dir zurzeit geht. Die Folter und die Kämpfe zermürben einen schnell. Für jemanden wie dich muss es noch viel schlimmer sein! Aber vergiss nicht, dass nicht alle Menschen so sind!"

Teris sah ihn erstaunt an. „Für jemanden wie mich? Wieso sollte es für mich schlimmer sein als für euch?"

Abwartend blickte er sein Rudelmitglied an. Er wusste, worauf Kreon hinauswollte. Teris war anders, er war ein geborener Alpha. Er war nicht dazu bestimmt, sich zu unterwerfen. Es entsprach einfach nicht seinem Naturell.

Doch Teris wusste, dass es seinen Leidensgenossen hier ähnlich erging. Sie alle waren stolze Formwandler, die sich einer so niedrigen Art unterwerfen mussten. Man hatte sie ihrer Freiheit beraubt. Das war für einen Lupus die höchste

Form der Erniedrigung.

Kreon blickte kurz seinen Bruder an. Der zuckte nur leicht mit den Schultern und bedachte Teris mit einem freundlichen Blick. Beide wussten, dass Teris sich nicht für was Besseres hielt. Er achtete Xanthus ebenso, wie er Kreon und auch Philon wertschätzte. Selbst Andras, der ihm nicht wirklich freundlich gesonnen war, gestand er dieselbe Achtung zu. Auch, wenn dieser die anderen gegen ihn aufwiegelte. Teris war es nicht anders von seinem Vater gelehrt worden. Ein guter Führer achtete andere für das, was sie waren und half ihnen über ihre Schwächen hinweg.

Kreon senkte seinen Kopf. „Du weißt, wie ich das meine!" Es beunruhigte ihn offensichtlich, seinen Rudelführer so angespannt zu sehen.

Teris seufzte und nickte ihm wohlwollend zu. „Schon gut. Ich bin etwas dünnhäutig. Es war einfach zu viel heute!"

Es war nicht richtig gewesen, sein Rudelmitglied so zu verunsichern. Gerade weil dieser aktuell eine starke Führung benötigte, nach all den Torturen, die er erlitten hatte. Kreon mochte immer noch ein starker Kämpfer sein, seine Seele war aber arg in Mitleidenschaft gezogen worden. Vor allem sein Wolf brauchte die Sicherheit eines guten Führers.

Inmitten seiner Gedanken öffnete sich plötzlich die Tür und Gabrielle Santos trat ein.

Teris blickte überrascht auf. Gabrielle betrat die Kellerräume eher selten. Er hatte sie das letzte Mal gesehen, als sie ihm das verhängnisvolle Versprechen abgenommen hatte.

Gabrielle blickte alle vier Lupi kurz an, wandte sich dann aber Philon zu, der immer noch zitterte. Sie kniete sich neben das schwarzhaarige Häufchen Elend. „Philon, hörst du mich?", fragte sie sanft.

Der junge Lupus antwortete nicht. Besorgt sah sie zu Teris rüber. „Wie lange geht das schon so?"

Teris holte tief Luft. „Schon viel zu lange!" Er konnte sich einfach nicht zurückhalten. „Wir müssen ihm helfen! Er kann das nicht selbst in Ordnung bringen!"

Xanthus zog sofort scharf die Luft ein und Teris bedachte

ihn mit einem bösen Blick. Es war besser, wenn der kräftige Blonde sich nun zurückhielt. Teris wusste, dass Xanthus nicht verstehen konnte, was hier vor sich ging. Er wusste nichts über das Versprechen, welches sich Gabrielle und Teris gegenseitig gegeben hatten. Er wusste nichts über Airas Mutter und dass diese Frau über Wissen um die Geheimnisse der Lupi verfügte, welches ein Mensch nicht besitzen sollte.

Teris vertraute ihr. Er war sich allerdings nicht sicher, warum. Er kannte sie nicht wirklich. Seine Erfahrungen mit den Menschen waren bisher alles andere als gut gewesen. Er hatte keinen Grund, dieser Frau zu vertrauen. Und dennoch tat er es. Er spürte, dass sie den Lupi nichts Böses wollte und sie es war, die dafür sorgte, dass es den Lupi hier nicht noch viel schlechter erging.

Xanthus hielt tatsächlich den Mund, aber sein Blick verriet sein Unbehagen. Kreon versuchte, sich mehr oder weniger unsichtbar zu machen und Teris spürte sofort einen Stich im Herzen. Wieder versetzte er sein Rudelmitglied in eine unangenehme Situation. Aber das Leben von Philon stand auf dem Spiel, Kreon würde dies wegstecken müssen.

Gabrielle nickte zustimmend. „Ja, das sehe ich!" Sie blickte kurz zu Kreon und Xanthus rüber, ehe sie Teris wieder mit festem Blick fixierte. „Können wir das hier machen, oder sollten wir lieber den Raum wechseln?"

Teris hob energisch den Kopf. „Sie sind vertrauenswürdig!"

„Kreon sicherlich, er ist dir loyal zugewandt! Was ist mit ihm?" Gabrielle bedachte Xanthus mit einem misstrauischen Blick.

Der sah Teris nun verwirrt an. Ihm war die Unsicherheit regelrecht ins Gesicht geschrieben.

Woher wusste Gabrielle von Kreons Loyalität? Diese Frau war Teris immer mehr ein Rätsel. Sie wusste anscheinend mehr, als ihm lieb war.

Er blickte Gabrielle fest in die Augen. „Xanthus ist neutral und vertrauenswürdig. Er würde niemanden von uns je schaden!"

Gabrielle nickte skeptisch, ließ das Thema aber damit auf

sich beruhen.

„Okay, ich werde dich nun von der Mauer losketten und verlasse mich darauf, dass du keinen Blödsinn anstellen wirst!" Ihr Blick verriet Unwohlsein.

Teris nickte und wartete geduldig, bis sie seine Ketten gelöst hatte. Vorsichtig schob er sich zu Philon rüber und berührte ihn am Arm. Philon blickte kurz zu ihm auf und Teris musste sich zusammennehmen, nicht laut zu knurren. Der Blick des Lupus war gebrochen. Er stand nicht mehr nur neben sich, er war fast tot. Sein Wolf hatte sich so verausgabt, dass auch er nur noch ein Wrack war.

Entsetzt sah er Gabrielle an, die nun neben ihm kniete. Ihr Blick war sorgenvoll, sie schien zu wissen, wie es um Philon stand.

„Ich werde etwas holen, um ihm zu helfen. Du musst allerdings schon anfangen! Uns läuft die Zeit davon!" Gabrielle durchbohrte Teris fast mit ihrem Blick und es blieb ihm kaum Zeit, über ihre Worte nachzudenken. Philon brauchte sofort Hilfe. Gabrielle verließ den Raum und schloss die Tür sorgfältig hinter sich ab.

Teris nahm seine zweite Hand dazu und ließ langsam seine Macht an die Oberfläche treten. Sein Wolf fiepste vor Verzückung kurz auf. Er mochte es, wenn Teris ihn die Macht nutzen ließ. Er brauchte sie ebenso wie Teris. Die Macht war mit dem Mann genauso fest verbunden wie mit dem Wolf. Teris wusste, dass dieser Umstand ihm Schwierigkeiten machen würde, sollte er jemals wieder aus diesem Kellerloch herauskommen.

Philon blickte Teris ausdruckslos an, seine Augen waren immer noch blutunterlaufen. Teris setzte seine Macht mit Bedacht ein, zu viel davon konnte dem jungen Lupus schaden. Kreon und Xanthus verhielten sich absolut ruhig und beobachteten die Situation fasziniert.

Gabrielle brauchte nicht lange und trat leise wieder ein. Sie hatte eine kleine Tüte mit Pulver bei sich und kniete sich neben Teris.

Sie blickte Teris tief in seine braunen Augen. „Hör nicht

damit auf, auf ihn einzuwirken! Ich werde die Sache hier etwas unterstützen!"

Teris nickte und konzentrierte sich wieder auf Philon. Gabrielle öffnete die Tüte und streute den Inhalt als Kreis um Philon herum. Anschließend legte sie ihre Hände mit der offenen Handfläche nach oben auf ihren Knien ab und schloss die Augen.

Teris vernahm die leise Stimme der Frau neben sich. Sie murmelte unverständliche Worte, die fast schon einem Singsang gleichkamen. Der braunhaarige Lupus konnte spüren, wie sich die Atmosphäre um ihn herum langsam veränderte. Überrascht blickte er kurz zu Gabrielle rüber, konzentrierte sich aber sofort wieder auf sein Tun. Seine wölfische Macht begann, eine Einheit mit der unbekannten, neuen Macht zu bilden. Die verbundene Magie legte sich wie ein leuchtender Nebel sanft über den angeschlagenen Lupus vor ihnen.

Die Zeremonie dauerte nicht lange. Philon sackte erschöpft in sich zusammen und fiel in einen tiefen, heilenden Schlaf.

Teris ließ seine Macht langsam wieder abklingen und auch Gabrielle öffnete ihre Augen. Teris beobachtete zufrieden, wie Philons Brust sich gleichmäßig hob und senkte. Dessen Wolf schlief ebenso fest wie der Mann.

Teris bedachte Gabrielle nun mit einem strengen Blick. „Das war ja mal interessant, Frau Santos!"

Teris wusste nun, warum sie über so viel Wissen verfügte und warum ihr die Geheimnisse der Lupi geläufig waren.

Diese zierliche Frau war eine Zauberin.

Ihr Vater war ein Lupus. Die Nachkommen der Lupi verfügten alle über magische Kräfte. Söhne wurden als Formwandler geboren, Töchter verfügten über die Magie des Zauberns. Während die Jungen keine Wahl hatten, konnten die Mädchen frei entscheiden, inwieweit sie diese Magie nutzten. Nicht alle entschieden sich für ein Leben als Zauberin. Gabrielle offenbar schon.

Warum nur war diese Frau mit solch einem grausamen Mann verheiratet?

Gabrielle erhob sich zeitgleich mit Teris. Sie musste zwar

zu ihm aufblicken, da sie gut einen Kopf kleiner war, doch sie wirkte nicht einen Moment eingeschüchtert von dem Lupus. „Wir beide haben wohl so unsere Geheimnisse!"

Gabrielle blickte nun auf Xanthus nieder. „Er tauscht mit dir den Platz, damit du weiterhin auf Philon einwirken kannst."

Xanthus blickte zwischen Teris und Gabrielle hin und her. Er war sichtlich verwundert, äußerte sich allerdings nicht.

Teris nickte ihr zu und sie fixierte ihn mit einem eindringlichen Blick. „Die Nacht wird nicht einfach für dich werden! Du wirst noch oft auf ihn einwirken müssen! Es ist noch lange nicht vorbei!" Ihre Augen verengten sich. „Es wird dich auslaugen und du wirst dich morgen fühlen, als hätte dich ein Güterzug überrollt! Tust du es allerdings nicht, wird Philon die Nacht nicht überstehen!"

Sie sah kurz zu Philon. „Du solltest es dir allerdings morgen von niemanden anmerken lassen. Weder Aira noch mein Mann wissen, was du bist und glaube mir…," sie machte eine kurze Pause „es ist besser, wenn sie es nicht erfahren! Wenn es niemand erfährt!"

Teris nickte sofort. Er brauchte nicht erst zu überlegen.

Xanthus nahm Teris´ Platz an der Mauer ein und Teris ließ sich ohne Widerstand von Gabrielle an Xanthus Platz festketten. Von dieser Position aus konnte er jederzeit an Philon heranreichen, der immer noch fest schlief.

Gabrielle blickte sich kurz im Raum um. „Ich werde mich nun um euer Essen kümmern. Ich gehe davon aus, dass alles, was sich hier heute abgespielt hat, diesen Raum nicht verlässt!"

Ihre Worte waren streng und bestimmend, aber nicht hart. Alle Lupi nickten einvernehmlich und Teris wusste instinktiv, dass er sich auf jeden Einzelnen hier verlassen konnte. Xanthus bedachte ihn mit einem verwirrten Blick, nachdem Gabrielle die Tür hinter sich geschlossen hatte, doch er schwieg.

Teris holte tief Luft und wendete sich Philon zu, der immer noch ruhig schlief. Der angeschlagene Lupus würde seine ganze Aufmerksamkeit in Anspruch nehmen.

Lutz

Es war schon spät als seine Frau endlich zu ihm ins Bett kam. Lutz war sich nicht sicher gewesen, ob sie es überhaupt tun würde. Sie war böse auf ihn und Aira. Sie war böse und zutiefst enttäuscht. Und er wusste, dass sie im Recht war.

Sein Verhalten hatte sich verändert. Er war bisher immer einer eigenen Philosophie gefolgt. Das funktionierte und Gabrielle konnte damit umgehen. Sie tolerierte sein Geschäft mit den Werwölfen, aber sie war nie wirklich damit einverstanden gewesen. Er hatte den Werwölfen bislang neutral gegenübergestanden. Frei von Vorurteilen und Gefühlen. Welche Veränderung war eingetreten, dass er seinen Weg verlassen hatte?

Gabrielle zog sich langsam um und würdigte ihn keines Blickes. Lutz kniff bedauernd seine Lippen zusammen. „Liebling…", setzte er an, doch ihr Blick ließ ihn sofort verstummen. Sie war wirklich wütend.

„Nicht!" Mahnend hob sie ihren Zeigefinger. Ihre blauen Augen bohrten sich tief in seine. Sofort erkannte er seine Tochter in diesen Zügen. Aira hatte diesen Blick auch drauf, besonders wenn sie unerbittlich war.

Gabrielle schüttelte ihren zierlichen Kopf und ihre Haare bewegten sich dabei leicht. Lutz liebte das schwarze Haar seiner Frau, welches erste graue Strähnen aufwies, und dass sie es selbstbewusst trug.

„Lutz Santos, du und Aira habt heute eine Abscheulichkeit begangen! Eine Abscheulichkeit, die kaum zu übertreffen ist und für die es keine Entschuldigung gibt!" Sie holte tief Luft.

„Ihr habt einen Werwolf, der nicht für Kämpfe geeignet ist, aufs Ärgste gequält! Ich verstehe nicht, was ihr damit bezwecken wolltet. Aber es kann keinen guten Grund dafür geben!"

Ihre Worte waren unmissverständlich und Lutz seufzte. Es stimmte was seine Frau sagte. Er war von Airas Idee, Werwölfe in der Wolfsgestalt gegeneinander kämpfen zu lassen, angetan gewesen. Obwohl er es hätte besser wissen müssen. Er war so versessen darauf gewesen, seine Tochter nicht zu bevormunden, dass er seine eigenen Prioritäten verschoben hatte. Das war falsch.

Er nickte und blickte reumütig auf. „Ich weiß, Liebling!" Er versuchte sie am Arm zu berühren, doch sie entzog sich ihm.

„Nein!"

Ihr Blick war kalt und Lutz erschrak bei diesem Anblick. Gabrielle verengte die Augen. „Du hast mich sehr enttäuscht! Als Ehemann und als Vater! Ich erkenne dich kaum wieder!"

Lutz fuhr ein Stich durchs Herz, als habe ihm jemand ein Messer hineingerammt. Unerbittlich schob es sich tiefer in seine Brust. Seine Stimme wurde leidend. „Gabrielle, bitte! Du weißt, dass ich weder dir noch Aira je schaden würde!" Er blickte ihr intensiv in die Augen. „Ich liebe dich!"

Gabrielle wandte den Blick von ihm ab. Das Messer in seiner Brust drehte sich.

„Ich weiß. Trotzdem hast du unmenschliches Verhalten an den Tag gelegt! Und Aira tut es dir gleich. Noch vor drei Wochen war alles anders. Da habt ihr das Geschäft abgewickelt, ohne unnötige Gewalt und ohne euch so sehr darauf zu fokussieren!"

Sie blickte ihn wieder kalt an. Das Messer dreht sich weiter. Es fühlte sich an, als würde man in seinem Herzen damit rühren.

„Es gibt kaum noch ein anderes Thema für euch. Ich höre nur noch Werwölfe hier und Werwölfe da. Zu allem Übel geht es nur noch um Unterdrückung und den Gewinn. Aira droht und diszipliniert Teris wieder und wieder. Sie greift zu roher Gewalt und du hältst sie nicht auf, du unterstützt sie auch noch darin!"

Lutz holte tief Luft. „Gabrielle, das ist so nicht richtig! Ich habe ihr ins Gewissen geredet, dass sie es nicht übertreiben darf."

Gabrielle nickte. „Ja, das mag sein. Aber nur, um kurz darauf selbst schlimmer vorzugehen, als je zuvor!"

Lutz schüttelte den Kopf. „Es gibt dort unten nur einen Werwolf, der den ganzen Ärger verursacht. Ich wollte ihn von

Anfang an loswerden, weil ich wusste, dass er Unglück bringen würde! Und ich habe Recht behalten!"

Lutz wurde nun wütend. Teris war schuld an dem ganzen Übel! Seit dieser Werwolf in seinem Besitz war ging es drunter und drüber. Seine Tochter war fasziniert von diesem Wildfang, weil er außergewöhnlich kämpfte. Weil er tatsächlich etwas Besonderes war. Das Besondere hatte ihn allerdings noch nie fasziniert. Weder in seinem Onlinehandel noch bei den Werwölfen. Denn es kostete zu viel Energie und Zeit und stand in keinem Verhältnis zum Nutzen. Das Besondere wurde dann zu einer Belastung.

Für Teris war dieser Moment gekommen, Lutz würde ihn abstoßen müssen.

Lutz blickte seine Frau fest an. „Ich weiß, dass Aira und ich in letzter Zeit einige falsche Entscheidungen getroffen haben. Und ich weiß, was ich zu tun habe, auch wenn es Aira nicht gefallen wird!"

Gabrielle sah ihn skeptisch an. „Ach ja? Und was soll das sein? Glaubst du ernsthaft, dass Teris loszuwerden alle Probleme löst?"

Ihr Blick war ernst. So ernst, dass Lutz innerlich davor erschrak. Dies bedeutete selten etwas Gutes bei seiner temperamentvollen Frau.

„Teris hat nur die dunkle Seite in dir und Aira geweckt. Er hat durch seine starke Persönlichkeit etwas in euch hervorgeholt, was tief in euch schlummerte." Sie machte eine kurze Pause und holte tief Luft.

„Du solltest nicht Teris für etwas verantwortlich machen, wofür ihr beide eigenständig die Entscheidung getroffen habt. Du und Aira seid in der Verantwortung, etwas zu ändern und euren bisherigen Weg wieder aufzunehmen."

Endlich lächelte Gabrielle ihn vorsichtig an. „Wenn es nach mir ginge, würdet ihr das Geschäft beenden. Das weißt du! Ich habe mich zurückgenommen, unter der Vorrausetzung, dass ihr beide dabei das Herz am rechten Fleck behaltet. Das war bisher der Fall. Sprich mit Aira darüber."

Lutz atmete tief ein und nickte seiner geliebten Frau zu.

„Das werde ich. Ich bin selbst davon überrascht, wie sehr wir uns von meiner bisherigen Philosophie entfernt haben."

Gabrielle sah ihn erneut ernst an. „Teris sollte allerdings wirklich nicht zu lange unter unserem Dach bleiben. Er ist eine zu starke Persönlichkeit, die sich nicht einfach so unterdrücken lässt. Ich möchte nicht, dass seine persönliche Bestie hier bei uns zum Vorschein kommt. Ein Werwolf wie er sollte nicht in Gefangenschaft sein. Das endet nicht gut!"

Lutz holte erneut tief Luft. „Vermutlich hast du Recht. Aber er ist als Kämpfer registriert! Ich kann ihn nicht einfach laufen lassen. Die Society würde unangenehme Fragen stellen und eine Ausfallgebühr erheben. Die Summe für solche Ausfälle ist enorm hoch, Kreon war schon viel zu teuer. Ich kann es mir nicht erlauben, so viel Geld zu verlieren."

Seine Frau nickte nur. Sie war mit seiner Aussage nicht zufrieden, das wusste Lutz. Aber der finanzielle Verlust wäre zu hoch, würde er Teris einfach die Freiheit schenken. Alle Werwölfe wurden nach ihrem Fang registriert und eingetragen. Kein Werwolf verschwand einfach so, die Society wusste über jeden Einzelnen, bis ins kleinste Detail, Bescheid.

„Ich werde ihn in absehbarer Zeit verkaufen. Ich bin mir sicher, dass die ersten Angebote bald eingehen werden. Und ich werde darauf achten, dass er nur in erfahrene Hände kommt. Zu jemandem, der mit seiner Persönlichkeit umzugehen weiß." Mehr konnte er nicht anbieten.

Gabrielle nickte erneut kurz. Es war offensichtlich, dass sie das Thema nicht weiter vertiefen wollte. Beide legten sich schlafen, doch Lutz war sich nicht sicher, ob die Nacht für beide erholsam sein würde. Dieser Konflikt war noch nicht beigelegt.

Teris

Die Nacht war anstrengend gewesen. Teris wusste nicht, wie oft er auf Philon eingewirkt hatte, bis der junge Lupus endlich etwas besser aussah. Seine Augen waren nicht mehr blutunterlaufen, dunkle Ringe lagen aber immer noch darunter. Philon schlief weiterhin tief und fest. Sein Wolf hatte sich ebenfalls zusammengerollt und genoss einen erholsamen Schlaf. Teris wusste, dass beide sich nur aufgrund seiner Nähe entspannen konnten. Ohne ihn und die Hilfe von Frau Santos hätte Philon die Nacht nicht überstanden. Dessen war sich der braunhaarige Lupus sicher.

„Wie geht es ihm?", fragte Kreon leise. Er war gerade erst aufgewacht, sorgte sich aber sofort um Philon.

Teris sah kurz zu ihm rüber. „Besser. Ich denke, er hat eine reelle Chance!"

Sein Rudelmitglied nickte leicht und blickte kurz auf Xanthus, der noch fest schlief. Danach sah er Teris besorgt an. „Und dir? Du siehst aus wie eine wandelnde Leiche!"

Teris grinste kurz. „Danke für die Blumen." Kurz darauf schüttelte er kurz seinen Kopf. „Mir geht es gut. Ich bin nur ausgelaugt und hundemüde."

Sofort musste er nochmal grinsen aufgrund seines Wortspiels. Hundemüde. Ja, das passte irgendwie und doch wieder nicht. Ein Lupus war kein Hund, niemals würde er sich als solchen betrachten. Und doch passte diese Redewendung gerade.

Kreon lächelte ebenfalls kurz über den Witz, bevor er wieder ernst dreinblickte. „Deine Kräfte schwinden. Das ist nicht zu übersehen!"

Teris seufzte kurz. „Es zehrt an meinen Kräften, keine Frage. Aber ich stecke das weg. Es geht Philon schon deutlich besser und er wird sich bald wieder selbst helfen können. Mach dir keine Sorgen!" Überzeugend nickte er Kreon zu. Der hob nur leicht sein Kinn und schien wenig überzeugt. Doch er blieb stumm. Er schien Teris nicht hundertprozentig zu glauben.

Teris fühlte sich längst nicht so gut, wie er Kreon vorgab. Er war nicht nur todmüde. Er war ausgelaugt und mit den Nerven herunter. Seine Macht über einen so langen Zeitraum einzusetzen, war kräftezehrend gewesen. Viel schlimmer aber war, das Geschehene zu verarbeiten.

Teris musste gestern Abend viel zu tief in einen Abgrund schauen, den er lieber nicht gesehen hätte. Die Menschen konnten unendlich grausam sein. Er war entsetzt darüber, wie wenig Mitgefühl Aira und Lutz besaßen. Wie konnten sie ein Lebewesen so sehr quälen? Philon war immer unterwürfig gewesen, hatte sich von Anfang an gefügt und keinen Versuch unternommen, sich zu wehren. Zu keinem Zeitpunkt, seit er bei Santos im Keller gelandet war. Er war schlicht zu weich für die harten Kämpfe. Verdammt, Philon hatte sich seine Situation nicht ausgesucht!

Viel schlimmer noch wog das Verhalten von Lutz, nachdem er den armen Lupus so übel zugerichtet hatte. Es war ihm schlicht egal gewesen, wie es um Philon stand. War er so sehr von den Heilkräften der Lupi überzeugt, dass er einfach annahm, Philon würde das selbst regeln können? Aira war doch auch sichtlich verunsichert gewesen. Ihr war der Zustand des schwarzhaarigen Lupus aufgefallen. Und sie ignorierte es einfach? War das möglich? Oder hatte sie ihre Mutter geschickt, um zu helfen?

Teris holte tief Luft. Ihm knurrte der Magen. Die Macht einzusetzen erforderte einiges an Energie. Und er hatte davon viel verbraucht in der letzten Nacht.

Eine Stunde später gab es endlich Frühstück. Gabrielle selbst war es, die die vier Lupi versorgte. Philon war immer noch schläfrig, aber er war in der Lage, seine Portion selbstständig zu essen. Gabrielle war großzügig mit den Rationen für Philon und Teris gewesen, doch auch Kreon und Xanthus waren satt geworden. Die ältere Frau wirkte zufrieden mit dem schwarzhaarigen Lupus und nickte Teris lächelnd zu.

„Gut gemacht!"

Mehr brachte Frau Santos heute nicht über die Lippen. Teris konnte spüren, dass sie angespannt war. Er wusste nicht, warum, aber er vermutete einen Streit mit ihrem Mann. Es war offensichtlich, dass sie nicht einverstanden war, mit dem, was gestern Abend passiert war. Sie tauschte die Plätze von Xanthus und Teris wieder und verabschiedete sich recht zügig.

Als die vier endlich alleine waren, blickte Xanthus ihn auffordernd an. „Was ist das für ein Ding zwischen dir und der alten Santos?" Seinem angespannten Blick konnte Teris entnehmen, dass der blonde Lupus verwirrt war. Und auf der Hut. Er traute ihm anscheinend nicht mehr richtig.

„Nichts. Ich wusste bis gestern Abend auch nicht, dass sie eine Zauberin ist."

Teris rieb sich angespannt über sein Gesicht. Es war besser, ehrlich mit Xanthus zu sein. Er hatte die Wahrheit verdient. „Sie war am Anfang unserer Gefangenschaft bei mir am Zwinger draußen. Sie nahm mir das Versprechen ab, Aira nichts zu tun."

Xanthus` Blick verriet Zweifel und Entsetzen. Teris seufzte. „Ich wusste auch nicht, warum sie über das umfangreiche Wissen verfügt. Bis gestern! Aber sie wirkte an dem Tag nicht gefährlich auf mich, sie wollte nur ihre Tochter schützen! Als ahne sie, dass es nicht gut für sie war, ausgerechnet an mich zu geraten! Als wüsste sie da schon über mich Bescheid!"

Teris schüttelte etwas angespannt seinen Kopf. Die Situation damals war mehr als verrückt gewesen.

Xanthus schnaubte böse aus. Er wurde wütend. „Ach. Und was denkst du, wohin wird das mit ihr führen? Sie weiß über dich Bescheid! Sie weiß, dass ein Alpha in dir schlummert. Das ist gefährlich für dich!" Xanthus blickte auf seinen Bruder. „Und für Kreon!"

Teris holte tief Luft. Er war so fürchterlich erschöpft. Ein Streitgespräch war das Letzte, was er jetzt gebrauchen konnte, doch er wusste, dass Xanthus ihm jetzt keine Pause gönnen würde.

Xanthus gehörte zu den ranghöheren Lupi in dessen Rudel. Er stellte hohe Anforderungen an einen Alpha, das war für Teris nichts Neues. Er kannte Persönlichkeiten wie ihn. Sie standen ausnahmslos hinter ihrem Führer, aber sie stellten ihn auch immer wieder infrage. Xanthus fühlte sich zudem immer noch für Kreon verantwortlich, obwohl es inzwischen Teris´ Aufgabe war, auf ihn aufzupassen.

Teris würde den blonden Lupus in die Schranken verweisen müssen.

Sein Blick verfinsterte sich leicht. „Ich habe mit dieser Frau einen Deal! Sie schuldet mir einen Gefallen, dafür habe ich ihr das Versprechen gegeben, Aira nichts anzutun! Du weißt ebenfalls, wie alle anderen hier im Raum, dass wir einer Frau nichts zuleide tun würden, solange es nicht um unser Leben geht. Sie sind nun einmal unerlässlich für uns!"

Teris ließ seine Worte kurz wirken und Xanthus war schlau genug, vorerst den Mund zu halten. Teris Macht schwebte um ihn herum, sie zeigte damit deutlich welche Position Teris eingenommen hatte. Er würde sich nicht von Xanthus maßregeln lassen.

Teris sprach weiter. „Ich weiß, dass es für Außenstehende merkwürdig erscheinen mag, aber dieser Frau können wir trauen. Ich gehe davon aus, dass ihre Familie nicht weiß, was sie ist. Ich spüre sehr deutlich, dass sie die Kämpfe verabscheut, aber sie duldet das Geschäft ihres Mannes. Warum auch immer!"

Xanthus wollte sich nun äußern, doch Teris Blick war vernichtend. „Xanthus, hör mir gut zu, denn ich werde es nur einmal sagen: Ich habe dich nicht um deine Meinung gebeten und ich habe nicht nach deinem Rat gefragt! Ich werde mir von dir nicht sagen lassen, was ich zu tun und zu lassen habe! Das steht dir nicht zu!"

Xanthus schluckte kurz aufgrund der harten Worte. Er blieb aber erstaunlicherweise stumm.

„Mein Hauptaugenmerk liegt darauf, herauszufinden, wie wir aus diesem Kellerloch rauskommen. Entweder stehst du mir dabei zur Seite, oder du stellst dich gegen mich!" Teris Stimme wurde nun bedrohlich. „Solltest du die zweite Variante wählen, weißt du, wie es enden wird!" Dabei ließ er seinen Blick kurz über Kreon schweifen.

Der hatte seinen Bruder nur abschätzend angeblickt, stellte sich aber nicht zwischen Teris und Xanthus. Teris wusste, dass Kreon ihm folgen würde, er hatte keine Wahl. Er gehörte nun zu ihm.

Auch Xanthus schien den Wink mit dem Zaunpfahl verstanden zu haben. Er senkte den Blick unterwürfig und holte tief Luft, ehe er Teris wieder ansah. „Okay!"

Teris nickte kaum merklich. Er wusste, dass er solche Situationen in Zukunft noch oft erleben würde. Ein Alpha musste immer und überall Stärke beweisen. Und er stand kurz davor, einer zu werden. Seine Macht wartete nur noch auf die passende Gelegenheit. Es konnte nicht mehr lange dauern, bis sie ihren rechtmäßigen Platz einnehmen würde. Teris wollte nur unter allen Umständen vermeiden, dass dies in Gefangenschaft passierte.

Der restliche Vormittag verlief eher ruhig. Kein Mensch ließ sich bei den Lupi blicken, Aiden hatte frei und Aira und Lutz mussten sicher arbeiten. Teris nutzte die Gelegenheit, um sich zu erholen. Er brauchte dringend Ruhe. Philon schlief seit geraumer Zeit wieder und Xanthus und Kreon ließen Teris endlich in Frieden. Eine Wohltat für den angeschlagenen Lupus.

Seine Auszeit wurde allerdings gegen Mittag von Lutz gestört, der ihn unsanft weckte.

„Teris, hoch mit dir! Es wird Zeit für den Zwinger"

Den Mittag verbrachten Kreon und Teris in ihrer Wolfsgestalt im Zwinger. Es regnete immer noch, allerdings nicht mehr so stark. Als Wolf war es für Teris kein Problem, mit dieser Witterung umzugehen, sein Fell schützte ihn vor dem Auskühlen. Doch es war nicht das Wetter, welches ihm zusetzte. Seine Macht wollte sich endlich vollends entfalten. Sich nicht mehr zurückhalten lassen. Ihn endlich an die Spitze der Führung katapultieren.

Unruhig lief er am Käfig auf und ab. Nicht einmal Kreon konnte ihn zu einem kleinen Spiel veranlassen. Der graue Wolf schloss sich seinem Tun recht bald an, sein Rudelmitglied sicherte dabei die Gegend mit seinem stechenden Blick systematisch ab. Teris schnupperte ebenfalls angespannt, als er die Menschentraube hinter dem Maschendrahtzaun bemerkte, die die beiden Wölfe ungeniert anstarrte.

Plötzlich knurrte Kreon leise auf. Seine Körperhaltung veränderte sich direkt und er baute sich zu seiner vollen Größe auf. Er schien eine Witterung aufgenommen zu haben, von der er Gefahr erwartete. Teris schnupperte ebenfalls intensiv in die Richtung, in die Kreon immer noch starrte. Und tatsächlich, dort war ein vertrauter Geruch. Mitten unter den Menschen konnten Teris einen Geruch aus seinem Rudel wahrnehmen. War tatsächlich ein Mitglied von seinem Vater gesandt worden, um ihn zu finden?

Teris konnte sich kaum vorstellen, dass sein Vater dieses Risiko eingehen würde. Er lebte aus gutem Grund mit dem Rudel in den tiefen Bergen. Selten bewegte er sich unter den Menschen, er kannte ihre Grausamkeiten durchaus. Er erlaubte seinen männlichen Rudelmitgliedern nur gelegentliche Besuche, um sich eine Partnerin zu suchen. Das war immer ein riskantes Unterfangen und es war Vorsicht geboten.

Sein Vater sollte mittlerweile mitbekommen haben, dass die Menschen wieder Jagd auf die Lupi machten. Warum also war eines seiner Mitglieder in dieser verfluchten Stadt unterwegs?

Kreon knurrte weiterhin böse, doch er wurde nicht lauter. Er war schlau genug, die Menschen nicht unnötig auf sich aufmerksam zu machen. Der fremde Lupus würde ihn trotzdem hören. Teris erkannte eine Wache seines Vaters. Ihm fiel sein Name nicht ein. Verdammt, was machte dieser Ort nur mit ihm? Er kannte normalerweise alle Mitglieder des Rudels.

Der schwarzhaarige Lupus verengte kurz seine Augen, ehe er sich abwandte und von der Menschentraube löste, die ihn und Kreon weiterhin unverhohlen anstarrte. Der Hauch von Abscheu wehte zu Teris herüber und der schüttelte sofort angewidert seinen Kopf. Die Wache schien einen Eindruck gewonnen zu haben und entfernte sich schnellen Schrittes. Teris schnaubte durch seine schwarze feuchte Nase. Das war nicht gut. Gar nicht gut. Was würde er seinem Vater erzählen?

Hatte die Wache seine Macht gespürt? War ihm aufgefallen, dass Kreon sich ihm angeschlossen hatte? Was würde sein Vater unternehmen? Würde er überhaupt etwas unternehmen?

Teris war alarmiert. Er wusste nicht, wie er das Auftauchen der Wache werten sollte. Was dieser unerwartete Besuch zu bedeuten hatte. Er hoffte aber, es früher oder später zu erfahren.

Kapitel 11

Aira

Das „Las Palmas" war gerappelt voll und die Luft stickig. Aira störte das wenig, sie stand gerade an der Theke und orderte einen neuen Long Island Ice Tea. Sie liebte das herbe Getränk und genoss die kühlenden Eiswürfel im Glas. Ihr Gesicht war erhitzt und sie glühte förmlich vor Energie.

Sie musste tanzen, solange ihre Füße sie trugen. Die Musik war genau nach ihrem Geschmack, der DJ fand die richtige Mischung aus Pop und Techno. Aira bewegte sich passend zur Musik auf der Tanzfläche und ihre verschwitzten Haare klebten in ihrem Gesicht. Doch sie brauchte die Bewegung, genoss es, sich auszutoben. Sie wünschte sich, unendlich tanzen zu können. Den Kopf abschalten und einfach nur tanzen. Bis in den Morgen und immer weiter. Ohne Unterlass, ohne Unterbrechung.

Plötzlich spürte sie zwei Hände auf ihren Hüften. Ein Blick nach hinten über ihre Schulter zeigte das grinsende Gesicht von Mason. Wunderbar. Er kam ihr gerade recht. Ein wenig Zerstreuung konnte sie gut gebrauchen. Mason wirbelte sie umher und sie sah ihm nun direkt ins Gesicht. Verdammt, war dieser Mann sexy. Er hatte ein maskulines Gesicht, markant, aber nicht zu hart. Seine grünen Augen strahlten sie verführerisch an und er grinste immer noch. Dabei zeigte er seine makellosen weißen Zähne.

Sie schlang die Arme um seinen Hals und er begann, sich mit ihr im selben Takt zu bewegen. Noch nutzte er seine Hände nicht, hielt sie artig bei sich und folgte ihr lediglich mit seinem restlichen Körper. Sie blickte ihm tief in die Augen. Ja, er war wirklich heiß. Braun gebrannt mit kurzem schwarzem Haar. Ein wahr gewordener Traum.

Sein Körper rieb sich immer deutlicher an ihrem eigenen und sie grinste verführerisch zurück. Endlich schob er sein Knie zwischen ihre Beine und schon im nächsten Moment spürte sie seine Hände auf ihrem Hintern. Nun würde der Spaß erst richtig anfangen. Die Nacht war noch jung und versprach gut zu werden. Aus dem Augenwinkel sah sie Mary mit Masons Freund Jaden tanzen. Sehr gut. Sie konnte sich also später ohne schlechtes Gewissen mit Mason zurückziehen, ohne sich Gedanken um ihre Freundin machen zu müssen.

Sie kannte beide Männer schon lange und wusste, dass sie harmlos waren. Jaden suchte nur den Spaß im Bett einer heißen Frau, die bereit für ein harmloses Abenteuer war. Und Mary war so eine Frau.

Aira wusste, dass Mason gerne mehr mit ihr anfangen wollte, aber er akzeptierte ihren Wunsch nach Freiheit. Nie bedrängte er sie, er wartete geduldig, bis sie soweit sein würde, ihn zu lieben. So hatte er es ihr schon mehrfach beteuert. Für einen kurzen Moment beschlich sie ein schlechtes Gewissen. Es war nicht unbedingt fair, Mason für den eigenen Spaß an sich heran zu lassen und ihn danach jedes Mal wegzujagen. Aber er wusste, worauf er sich bei ihr einließ. Und er war so sexy, er konnte jede Frau in dieser Disco haben. Doch er wollte nur sie.

Aira kam nicht umhin, diesen Umstand zu genießen, auch wenn sie wusste, dass es nur eine Frage der Zeit war, bis dies nachlassen würde.

Der nächste Morgen fühlte sich nicht mehr so gut an, wie die Nacht zuvor. Aira erwachte in ihrem Bett mit einem leichten Kater. Kein Wunder, bei der Menge an Alkohol, die sie zu sich genommen hatte. Mason schlief noch tief und fest und Aira schlug vorsichtig ihre Bettdecke zurück. Sie wollte ihn nicht wecken, er schlief immer länger als sie. Auch wenn sie ihn selten bei sich übernachten ließ, kannte sie seine Gewohnheiten.

Leise schlich sie in ihr Badezimmer und nahm eine heiße Dusche. Das tat gut. Langsam kehrten ihre Lebensgeister zurück und sie fühlte sich besser. Die Nacht war genau nach ihrem Geschmack gewesen: Laut und wild, dazu endete er mit atemberaubendem Sex. Mason war ein fantastischer Liebhaber. Er war fordernd und mochte wilden, anstrengenden Sex. Aber er tat nie etwas, was sie nicht auch wollte. Als könnte er ihre

Gedanken lesen.

Sie schäumte sich ihre Haare ein und seufzte leicht. Warum konnte sie nicht mehr für ihn empfinden? Eigentlich war er perfekt. Insofern man das von einem Menschen überhaupt sagen konnte. Er war rücksichtsvoll und doch ein richtiger Mann. Er nahm sich, was er wollte, überging sie aber nicht einfach. Und er besaß einen verdammt heißen Körper. Aber so sehr ihr Körper ihn auch mochte, ihr Verstand sah in ihm nur einer Zerstreuung. Jemanden, der ihr ab und zu guttat. Der da war, wenn sie sich ablenken wollte. Und das wollte sie letzte Nacht definitiv.

Teris hatte seine Kämpfe gestern Abend zwar gewonnen, sogar haushoch und eindrucksvoll. Aber ihr Vater war viele Schritte zurückgegangen. Bevor sie am Freitagabend zur Halle aufgebrochen waren, hatte er das Gespräch mit ihr gesucht. Und das war nicht besonders angenehm verlaufen. Er war nicht mehr daran interessiert, Kämpfe zu veranstalten, die außergewöhnlich und neu waren. Er wollte zu seinem alten Geschäftsmodell zurückkehren und verlangte dies auch von ihr.

Sie wusste, dass ihre Mutter der Grund für den Sinneswandel war. Gabrielle Santos konnte unerbittlich und knallhart sein, wenn sie etwas missbilligte. Und sie war Mittwochabend alles andere als begeistert gewesen, dass Aira und ihr Vater Werwölfe in der Wolfsgestalt gegeneinander kämpfen lassen wollten. Aira bedauerte den Rückschritt ihres Vaters ungemein. Erkannte er denn nicht, was für eine Chance sich für ihn und sie bot?

Als Aira sich gerade das Shampoo aus den Haaren spülte, öffnete sich langsam ihre Duschtür. Mason steckte vorsichtig seinen Kopf herein und lächelte sie frech an. „Guten Morgen, Sunshine. Ist da noch etwas Platz?"

Aira musste sofort zurückgrinsen. Dieser Mann war einfach nur unmöglich und gleichzeitig so charmant. „Na klar. Komm schon rein!"

Das ließ er sich nicht zweimal sagen und schlüpfte zu ihr unter das Wasser. Sofort holte er tief Luft. „Warum duschen

Frauen nur immer so heiß?" Er neckte sie etwas, indem er sie kurz kitzelte und gab ihr einen Kuss auf die Stirn.

Aira schlug ihm spielerisch gegen die Brust. „Weil ihr uns sonst niemals alleine duschen lassen würdet!" Nun sah sie ihn frech an. „Ihr würdet uns von unserer Schönheitspflege abhalten!"

Mason grinste und packte ihre Handgelenke. „Aira Santos, du bist eine kleine freche Ziege…", er blickte ihr verspielt in die Augen „und ich werde dir eines Tages noch Manieren beibringen müssen." Sie erkannte an seinem verschmitzten Lächeln, dass er es nicht böse meinte. Er wollte sie nur ärgern.

Sie grinste zurück und küsste ihn sanft auf den Mund. Er schmeckte so gut und fühlte sich fantastisch an. Sie hätte nichts gegen eine Runde ausgiebigen Sex einzuwenden, aber dazu fehlte ihr die Zeit. Sie war mit ihrem Vater verabredet.

Stevenson und ein weiteres Mitglied des Vorstandes der Society of Lupi, hatten sich gestern überraschend angekündigt. Die Organisation führte regelmäßige Kontrollen durch. Es war nichts Ungewöhnliches und etwas, worüber sie sich Sorgen machen musste, aber sie sollte besser nicht zu spät kommen.

Für einen kleinen Quickie war allerdings noch Zeit. Danach könnte sie vielleicht sogar noch ein kleines Frühstück mit Mason einnehmen.

Aira traf früh genug in ihrem Elternhaus ein, um noch einen leckeren Kaffee ihrer Mutter zu ergattern. Gabrielle Santos reichte ihr lächelnd eine Tasse ihres heißen Lieblingsgetränks und nickte ihr zu. „Hattest du noch einen schönen Abend?", fragte sie unverfänglich.

Aira wusste, dass ihre Mutter sich immer Sorgen um sie machte. Darum lächelte sie freundlich zurück und nickte nur.

Ihre Mutter wandte sich nun an ihren Ehemann. „Ich gehe gleich einkaufen. Wenn ihr noch etwas braucht, sagt es jetzt!"

Aira wusste, dass Gabrielle fast immer das Haus verließ, wenn sich Besuch der Society angekündigt hatte. Sie mochte das Geschäft mit den Werwölfen nicht und mied den Kontakt dazu, soweit es ihr möglich war. Außerdem war sie wenig davon angetan, wenn der Vorstand sich die Wölfe vorführen ließ. Sie verglich es mit einem Viehhandel, bei dem Tiere begutachtet wurden. Gabrielle Santos war schlicht gegen die Praktiken, die dieses Geschäft mit sich brachte.

Lutz schüttelte nur leicht mit dem Kopf und Gabrielle verließ endlich das Haus. Aira wollte die Werwölfe nicht unbedingt zur Sprache bringen, wenn ihre Mutter anwesend war. Sie setzte sich zu ihrem Vater an den Küchentisch und blickte ihn fragend an. „Denkst du, die Society wird etwas zu bemängeln haben?"

Ihr Vater blickte überrascht auf. Er schien nicht zu verstehen, worum sie sich Sorgen machte. Aira holte tief Luft. „Philon sah Mittwoch nicht besonders gut aus. Mittlerweile geht es zwar wieder einigermaßen, aber ich bin mir nicht sicher, ob die Society ihn ausmustern wird. Was, wenn sie zu dem Entschluss kommen, dass er untauglich ist?"

Lutz räusperte sich etwas und holte tief Luft. Es kam durchaus vor, dass die Organisation Werwölfe aus dem Geschäft nahm. Sie wollten keine schlechte Presse. Kämpfer, die nicht geeignet waren, wurden gerne beseitigt, bevor es zu einem Unglück kam. Das ging immer mit finanziellen Einbußen für den Eigentümer einher. Und Philon war ein Kandidat für diese unschöne Praktik.

„Aira, du musst dir keine Gedanken machen. Philon sieht schon deutlich besser aus."

„Ja, aber nur rein körperlich. Er ist immer noch ein schlechter Kämpfer, ohne den nötigen Biss im Käfig. Er eignet sich eigentlich nicht einmal als Kanonenfutter."

Sie wusste, dass sie Recht hatte. Er würde nicht einmal als Übungsobjekt für neue Kämpfer eingesetzt werden können. Er hatte Angst, in den Käfig zu gehen. Und das wusste auch die Society.

Lutz nickte. „Ich weiß. Aber ich werde Stevenson schon davon überzeugen, ihn vorerst bei uns zu lassen. Allerdings muss ich mir dringend Gedanken darum machen, was mit ihm passieren soll. Denn allzu lange möchte ihn nicht unnötig durchfüttern müssen!"

Aira war weniger zuversichtlich. Sie hatte Philon ausgesucht, weil sie nicht bei der Sache war. Weil sie ihn ohne ausreichende Besichtigung einfach ausgewählt hatte. Sie hätte sehen müssen, dass er nicht einmal die Mindestsumme von 5000 Dollar wert war, die Darrell angesetzt hatte. Es war ihre Schuld, dass ihr Vater mit diesem Werwolf finanziellen Verlust erleiden würde.

Ihr Vater konnte anscheinend ihre Gedanken lesen. „Es ist schon in Ordnung, Aira. Auch ich habe schon einen falschen Werwolf gekauft, das gehört dazu, um Erfahrung zu sammeln. Ich werde das finanziell verkraften."

Er lächelte sie nun liebevoll an. Sie nickte nur etwas. Auch wenn ihr Vater unglaublich verständnisvoll war, die Schuldgefühle ließen sich nicht so einfach vertreiben.

Lutz

Das war so typisch für Aira. Sie gab sich die Schuld an Philons Versagen, dabei war es nur natürlich, auch mal falsche Entscheidungen zu treffen. Es war nichts, worüber man sich lange Gedanken machen sollte.

Lutz ließ diese Art der Gefühle in seinen Geschäften außen vor. Er hatte schon vor langer Zeit gelernt, rational zu entscheiden und Fehler nach Möglichkeit einfach nicht zu wiederholen. Das war sein Rezept, mit dem er erfolgreich seinen Online-Handel aufgebaut hatte und mit dem er, ebenso erfolgreich, die Werwölfe in seinem Keller von einem Sieg zum nächsten führte.

Es war an der Zeit, nachzusehen, ob Aiden die Wölfe ausreichend vorbereitet hatte. Der Vorstand würde in einer halben Stunde da sein. Aira begleitete ihn in den Keller. Sie war mittlerweile in jeden Teil des Geschäftes involviert, da war es nur richtig, dass sie die Kämpfer mit ihm zusammen präsentieren würde. Lutz war unglaublich stolz auf seine Tochter und er kam nicht umhin, dabei auch stolz auf sich selbst zu sein. Er war sich sicher, Aira eine gute Erziehung und Ausbildung ermöglicht zu haben, mit der ihr ein tolles Leben in Aussicht stand.

Sie fanden Aiden in der Gemeinschaftsdusche, in der sich zwei Werwölfe gerade abtrockneten. Lutz ließ sich von seinem Angestellten Bericht erstatten. Andras und Valon waren die letzten, die in Vorbereitung waren und Lutz nickte zufrieden. Der Zeitplan konnte also gut eingehalten werden. Die restlichen Werwölfe warteten im Trainingsraum. Das Wetter war nicht besonders gut heute, darum würde die Kontrolle hauptsächlich dort stattfinden.

„Sind die Matratzen und Decken in den Zellen verteilt?"

Es wurde Zeit, für mehr Komfort in den doch recht feuchten Verschlägen zu sorgen. Es wurde nachts einfach schon zu kalt, die Kellerräume waren nicht so gut isoliert wie der Rest des Gebäudes. Und kranke Werwölfe verursachten unnötige Ausgaben.

Aiden nickte. „Das habe ich gestern Abend schon erledigt. Die Decken liegen ordentlich auf den Schlafstätten, die Werwölfe haben alle ein kleines Frühstück erhalten, ihr erstes Workout zum Aufwärmen hinter sich und sind frisch geduscht!" Aiden blickte nun streng zu Andras und Valon herüber, die sich gerade ihre Jeans anzogen. „Die beiden sind auch soweit!"

Lutz nickte zufrieden und auch Aira lächelte Aiden kurz freundlich an. Der Mann war pures Gold wert. Er erledigte seine Aufgaben stets zuverlässig und gewissenhaft. Außerdem war er ein guter Kommandeur, streng und hart, aber niemals unfair.

Die restlichen Werwölfe waren von Aiden im Trainingsraum an eine Mauer gekettet worden. Es war auf den ersten Blick zu erkennen, wer die Prozedur schon kannte und wer nicht: Teris, Xanthus und Philon waren sichtlich verwirrt, während der Rest den Blick unterwürfig gesenkt hielt. Kreon war vielleicht noch nicht lange unter seinem Dach zu Hause, aber er kannte die Kontrollen von Frank. Er wusste, was auf ihn zukam.

Aiden löste die Ketten und ließ die Werwölfe in einer Reihe Aufstellung nehmen. Lutz vernahm sofort die Konstellation, die sich bildete: Andras, Telmos, Tyler und Valon stellten sich direkt nebeneinander. Sie bildeten eine geschlossene Gruppe, während Xanthus neutral zwischen dieser und Teris` Gruppe stand. Kreon stand zwischen seinem Bruder und Teris, Philon bildete das Schlussglied der Reihe. Es war offensichtlich, dass Teris versuchte, den schwachen Wolf von den anderen abzuschirmen. Zumindest war es für Lutz offensichtlich. Aira und Aiden schienen das nicht wirklich wahrzunehmen.

Interessant!

Welche Stellung genoss Teris ursprünglich in seinem früheren Rudel? Hatte Lutz sich mit diesem Bastard ein faules Ei ins Nest geholt? War dieser Werwolf ein ranghohes Tier gewesen? Ließ er sich darum so schlecht unterwerfen? Seine Frau hatte angedeutet, dass etwas in Teris schlummern würde, welches besser nicht unter seinem Dach herauskommen sollte.

Was genau hatte sie damit gemeint? Er würde dem auf den Grund gehen müssen, aber jetzt stand erst einmal die Kontrolle durch die Society of Lupi an.

Lutz räusperte sich kurz. „Heute werden uns zwei ehrenwerte Herren besuchen, die für eurer Wohlergehen ebenso wichtig sind wie ich es bin!" Er ließ die Worte kurz sacken. „Die meisten von euch haben die ein oder andere Kontrolle schon hinter euch gebracht. Für euch drei...", er blickte Xanthus, Teris und Philon kurz in die Augen „ist das Neuland! Eine kurze Erklärung vorweg: Die Society of Lupi ist das offizielle Organ rund um die Organisation der Kämpfe. Ihr alle seid bei dieser Organisation registriert und als Kämpfer erfasst worden. Sie sorgt dafür, dass alles sauber und rund läuft!"

Lutz hob nun den Kopf etwas an, um seine nächsten Worte zu unterstreichen. „Diese Organisation schützt euch, kann allerdings auch euer Verderben sein. Ihr sollet euch also gleich von eurer absolut besten Seite zeigen und allem, egal was es auch ist, Folge leisten!"

Lutz blickte Teris für einen kurzen Moment an, ehe sein Blick auf Philon hängen blieb. „Die Society hat kein Problem damit, euch verschwinden zu lassen, wenn ihr euch in irgendeiner Weise widersetzt."

Philon zuckte merklich zusammen und Teris blickte sofort böse zu Lutz rüber. Er sagte allerdings kein Wort. Lutz trat an ihn heran. „Hast du etwas zu sagen?"

Nur zu gerne würde er ihm jetzt noch eine Abreibung verpassen. Er trug noch die Spuren von seinen Kämpfen am Abend zuvor am Körper. Die ein oder andere kleine Verletzung, die neu dazu kommen könnte, würde der Society kaum auffallen. Teris musste man immer wieder in seine Schranken verweisen und das störte Lutz enorm. Teris war der Grund, warum er Ärger mit seiner Frau hatte. Außerdem war der Wolf dafür verantwortlich, dass Aira sich zu Abgründen hinreißen ließ, die nicht ihrem Naturell entsprachen. Er mochte Teris einfach nicht.

Teris schüttelte den Kopf. „Nein, Sir."

„Ist auch besser so!" Er bedachte den Werwolf mit einem strengen Blick, ehe er Aiden zunickte. Der verstand sofort.

„Alle auf die Knie, die Hände hinter dem Kopf!"

Die Werwölfe gehorchten ausnahmslos. Ein fantastischer Anblick. Acht kräftige und gut durchtrainierte Männer knieten in einer Reihe auf dem Boden und präsentierten ihre Oberkörper. Aira genoss den Anblick augenscheinlich auch. Sie grinste leicht und wirkte hoch zufrieden.

Lutz holte tief Luft. „Stevenson und Mitchell sollten gleich eintreffen, ich werde sie in Empfang nehmen. Du kannst bei Aiden bleiben und den Anblick genießen!" Amüsiert grinste er seine Tochter an, die ihm entrüstet nachsah.

Der Vorstand traf in dem Moment ein, als Lutz im Erdgeschoß ankam. Perfektes Timing. Stevenson und Mitchell begrüßten Lutz freundlich per Handschlag. „Santos, wir sind schon sehr gespannt darauf, Ihre Kämpfer aus der Nähe betrachten zu dürfen. Eine beachtliche Aufstellung, die Sie da aktuell beherbergen!"

Stevenson war der offenere von den Beiden. Mitchell reichte ihm nur die Hand und brummte leise. Er war längst nicht so euphorisch veranlagt wie Stevenson.

Lutz nickte nüchtern. „Vielen Dank. Aber das wird nicht auf Dauer so bleiben!"

Stevenson blickte überrascht auf. „Sie wollen sich wieder verkleinern?"

„Allerdings. Acht Werwölfe sind auf Dauer einfach zu viel. Mein Hauptgeschäft liegt weiter oben im Gebäude und nicht im Keller."

Stevenson nickte, Mitchell brummte erneut nur etwas Unverständliches und machte sich sofort Notizen. Lutz war wenig angetan von diesem Vorstandsmitglied. Er traf oft die unangenehmen Entscheidungen und bestand auf strenge Einhaltung der Regeln.

Die dreiköpfige Gruppe machte sich auf den Weg ins Kellergeschoß. Stevenson fand als erster wieder Worte. „Wir waren überrascht, dass Sie Kreon eingekauft haben. Hansons Preis war unglaublich hoch."

Lutz holte tief Luft. „Mich hat es selbst überrascht. Schaffen Sie sich keine Kinder an, Mr. Stevenson. Das kostet nur Geld!"

Nun musste sogar Mitchell grinsen. Stevenson fragte direkt. „Aira wollte ihn also unbedingt haben?" Lutz nickte nur.

Mitchell meldete sich nun zu Wort. „Sie besitzen eine ganz Reihe von Ausnahme-Kämpfern, Mr. Santos. Werden denn auch einige von denen verkäuflich sein, oder ist in dieser Richtung nichts geplant?" Der Mann blickte Lutz herausfordernd an.

Lutz wusste, worauf Mitchell hinauswollte. Die Eigentümer ließen ihre eigenen Werwölfe ungern gegeneinander kämpfen. Jeder wollte nach Möglichkeit nur siegreiche Kämpfer in den Ring schicken. Es machte keinen Sinn, die positive Statistik seiner Kämpfer dadurch herab zu setzen, zwei ebenbürtige Kämpfer aufeinander zu hetzen. Denn einer verlor ganz bestimmt. Also war es für die Qualität der Kämpfe nicht unwichtig, wie die Ausnahme-Kämpfer unter den Eigentümern verteilt waren.

Lutz blickte Mitchell direkt an. „Meine Kämpfer sind alle verkäuflich, wenn der Preis stimmt! Und ich gehe davon aus, dass in den nächsten Wochen das ein oder andere interessante Angebot eintreffen wird."

Mitchell nickte zufrieden. „Gute Einstellung, Mr. Santos."

Stevenson nickte ebenfalls. „Allerdings. Manch einer lässt sich von Gefühlen leiten in diesem Geschäft. Die haben dabei allerdings nichts zu suchen."

Lutz nickte zustimmend. Er wusste, worauf Stevenson und Mitchell abzielten. Aira war eine Frau und die wurden oft von ihren Gefühlen geleitet. Sie entwickelten nur allzu oft Sympathien für einen Werwolf, den sie dann einfach nicht abgeben mochten. Es war ein knallhartes Geschäft. Nicht anders als im Viehhandel auch. Auch dort ging es um Geld. Und auch hier mussten nur allzu oft unschöne Entscheidungen getroffen werden.

Sie erreichten den Trainingsraum und der Anblick der Werwölfe hatte sich nicht verändert. Stevenson grinste sofort begeistert und auch Mitchell ließ sich zu einem kurzen zufriedenen Brummen hinreißen. „Sehr schön!"

Lutz wusste, dass nicht jeder Eigentümer von Werwölfen seine Ware so ansprechend präsentierte, wie er es tat. Das war eben einer der Vorteile, wenn man hauptberuflich mit dem Verkauf zu tun hatte. Wenn auch Online, aber eine ansprechende Präsentation konnte über Erfolg oder Niederlage entscheiden.

Lutz gesellte sich zu Aira, die sich nach der Begrüßung etwas abseits gestellt hatte. Der Vorstand würde die Werwölfe eigenständig inspizieren. Dafür reichte nur ihre Anwesenheit, um Fragen zu beantworten. Die Kontrolle selbst würde von Aiden unterstützt werden.

Stevenson und Mitchell schenkten den ersten vier Kämpfern nur wenig Aufmerksamkeit. Sie überprüften lediglich deren körperliche Verfassung. Das lag schlicht daran, dass sie ihnen bekannt waren. Mitchell machte sich nur wenige Notizen in seinem Buch.

Xanthus wurde mehr Aufmerksamkeit zuteil. Sie begutachteten ihn genau und ließen ihn einige Übungen absolvieren, die er mit Bravour absolvierte. Er zeigte sich unterwürfig und gehorsam, und besaß einen ausgesprochen durchtrainierten Körperbau. Aiden wusste einfach, wie man Wölfe richtig trainierte.

Kreon wurde ebenfalls genauestens unter die Lupe genommen. Stevenson war begeistert. „Mr. Santos. Er sieht besser aus als je zuvor. Sie haben ein gutes Händchen für diese Bastarde."

Kreon regte sich nicht bei diesen Worten. Er kniete wieder in der Reihe und hielt den Kopf gesenkt. Doch Lutz ahnte, dass Kreons Gefühle Achterbahn fuhren. Er war lange bei seinem Herrn gewesen. Vermutlich kam er nicht umhin, so etwas wie Sympathie für Hanson zu empfinden, trotz der schlechten Behandlung und Versorgung. Auch geprügelte Hunde liebten ihren Herrn. Warum sollte es bei Werwölfen anders sein?

Lutz nickte zustimmend, sagte aber nichts. Er war

gespannt, wie Teris sich verhalten würde. Der war als nächster an der Reihe. Bisher saß er gehorsam auf den Knien in der Reihe und fixierte einen Punkt vor sich auf dem Boden. Er schien sich zu konzentrieren.

Wehe, er würde sich nicht zusammenreißen. Dann würde Lutz ihn eigenhändig umbringen. Der kleine Wolf hatte schon zu viel Ärger verursacht.

Teris

Immer wenn er dachte den Gipfel der Demütigungen erlebt zu haben, setzten die Menschen noch einen drauf.

Das alles hier glich einer Fleischbeschau. Die beiden Männer begutachteten sie wie Tiere. Immer wieder mussten sie sich ihnen präsentieren und zeigen. Dabei konnten die Männer nicht einmal ihre Hände bei sich behalten. Sie berührten die Lupi ganz selbstverständlich. Überall. Auch an Stellen, die absolute Privatsphäre bedeuteten. Es war kaum zu beschreiben, wie Teris sich fühlte. Das alles hier war so falsch.

Sein innerer Konflikt tobte heftig. Selbst der Mittwochabend, der verhängnisvolle Abend, an dem Philon so leiden musste, war gefühlsmäßig nicht mit diesem hier zu vergleichen. Rohe Gewalt und psychische Unterdrückung waren mit Sicherheit nicht einfach zu verdauen. Aber das hier war einfach widerwärtig. Die Menschen sahen die Lupi wirklich nur als Tiere an und das wurde mit dieser Beschau offenbart. Schonungslos und ungefiltert.

Bisher hatte Teris gehofft, dass sie die menschliche Seite der Lupi anerkannten. Daher nutzten sie doch, neben all den körperlichen Züchtigungen, auch psychische Folter. Doch da schien er falsch zu liegen. Sie gestanden ihnen nur einen Platz unter den Tieren zu.

Einen Platz, den nicht einer der anwesenden Lupi hier einnehmen sollte!

Teris selbst würde am liebsten durchdrehen. Sein Wolf war es diesmal, der ihn mahnte, Ruhe zu bewahren. Er war sich nicht sicher, warum ausgerechnet das Tier in ihm diese Situation besser aushalten konnte als der Mann. Dies war so unnatürlich. So falsch. Wie konnten die Menschen es wagen, so etwas mit den stolzen Lupi zu veranstalten? Waren die grausamen Kämpfe und die damit einhergehende Unterdrückung einfach nicht genug?

Als dieser hagere, große Mann sich ihm zuwandte holte er vorsichtig Luft. Ganz ruhig bleiben! Keine Aufregung! Rationalität und Selbstbeherrschung waren gefragt! Er war in der Lage, sich zu kontrollieren. Er war ein geborener Anführer. Er war Zeit seines Lebens auf schwierige Situationen vorbereitet worden.

Aiden bedeutete ihm, aufzustehen und die Hände vor den Oberkörper zu nehmen. Diesem Befehl kam er gerne nach. Seine Knie fingen langsam an zu schmerzen und er hatte nicht vergessen, wie schlimm diese Schmerzen noch werden konnten.

Der dünnere Kerl grinste etwas. „Teris Damianos." Er sprach es fast schon ehrfurchtsvoll aus.

Teris hatte seinen Nachnamen schon eine Weile nicht mehr gehört und es fühlte sich merkwürdig an.

„Der kleine Ausnahme-Wolf, der alle in Aufruhr versetzt hat."

Unsicher blickte Teris kurz zu Santos und Aira hinüber. Wie sollte er sich jetzt verhalten? Was wurde von ihm erwartet? Er beschloss, abzuwarten, wie es weitergehen würde.

Der Mann sprach weiter. „Etwas klein für einen guten Kämpfer, hat sich aber bereits in einigen Kämpfen sehr gut bewiesen."

Der kleinere und deutlich beleibtere Mann machte sich wieder Notizen in einem Buch. Teris musste nun einige Übungen aus dem täglichen Trainingsprogramm zeigen. Sofort ging es ihm etwas besser. Die Bewegung hatte ihm in den letzten Wochen geholfen, in dieser Hölle nicht durchzudrehen. Die Anstrengung hatte es ihm ermöglicht, sich Luft zu verschaffen, wenn er das Gefühl bekam, fast platzen zu müssen.

Die Übungen waren einfach und nicht besonders anstrengend, im Gegensatz zum üblichen Trainingsablauf. Er kam nicht einmal richtig ins Schwitzen. Der kleinere Mann machte sich immer wieder Notizen, während der andere zufrieden nickte.

„Hervorragend in Form!", stellte dieser anerkennend fest.

Teris musste wieder Aufstellung nehmen und es folgte der unangenehmste Teil dieser „Begutachtung". Als er seine Jeans ausziehen musste, wusste er, was folgen würde. Er hatte es bei seinen Leidensgenossen zuvor gesehen und er hoffte einfach nur, dass es schnell vorbei sein würde.

Die Männer nahmen seine Maße und es war mehr als erniedrigend, dies ohne persönliche Zustimmung über sich ergehen lassen zu müssen. Zu guter Letzt überprüfte der hagere Mann seine Männlichkeit. Und obwohl Teris alles andere als prüde war, schloss er für einen kurzen Moment angewidert seine Augen.

Ohne seinen Wolf hätte er dies nicht ohne Gegenwehr über sich ergehen lassen können. Dessen war er sich sicher. Wieder einmal war Teris unendlich dankbar für die tiefe Symbiose, die beide miteinander verband. Am Anfang war er sich nicht sicher gewesen, ob diese Gefangenschaft sie beide nicht doch entzweien würde. Doch es hatte sich anders entwickelt. Sie funktionierten immer besser als Einheit. Zum Glück.

Endlich war es vorbei und Teris holte angespannt Luft. Lutz bedachte ihn mit einem strengen Blick, während Aira amüsiert aussah. Miststück. Wie konnte er sich nur so in ihr täuschen? Er hatte sie anfangs für die „Gute" in diesem Geschäft gehalten. Doch das war sie absolut nicht. Sie war eine treibende Kraft.

Der hagere Mann nickte zufrieden. „Sehr interessanter Kämpfer, Mr. Santos. Klein, aber perfekt gebaut. Und den richtigen Kämpferwillen im Auge."

Sein Herr nickte zustimmend. Teris hingegen wurde in diesem Moment bewusst, was als nächstes anstehen würde. Philon konnte diesen Test nicht bestehen. Er war zwar körperlich nicht mehr so zerbrochen wie am Mittwochabend, aber vollständig erholt hatte er sich noch nicht. Außerdem war er keine Kämpfernatur.

Sofort versetzte sein Wolf ihn in Alarmbereitschaft. Er wollte den Lupus unbedingt beschützen. Er hatte schon damit angefangen, wozu Teris eigentlich noch nicht bereit war. Er sah ihn als ein Rudelmitglied, welches es zu beschützen galt. Teris atmete vorsichtig ein und aus. Verdammt! Warum musste ausgerechnet er hier reingeraten? Es konnte niemals einfacher werden! Alles was sich hier abspielte, ging absolut gegen seine

Natur!

Die Prozedur dauerte nicht lange. Philon war recht schnell durch, das Interesse an ihm hielt sich wohl in Grenzen. Teris konnte sehen, dass Lutz etwas besorgt aussah. Auch Aira holte tief Luft. Die Atmosphäre änderte sich schlagartig ins Negative. Die Anspannung war sofort zu spüren. Und sie war enorm. Teris vernahm aus dem Augenwinkel, wie Andras ebenfalls tief einatmete. Er wusste, was passieren würde. Auch Valon, Telmos und Tyler atmeten schneller. Sie alle wussten, was nun folgen würde.

Besorgt blickte Teris zu Kreon rüber, der ihn verstohlen musterte. Er schüttelte kaum merklich den Kopf. Teris blickte entsetzt zu Santos, der ihn nur mit einem vernichtenden Blick bedachte. Teris konnte die Botschaft darin durchaus lesen. Er sollte es ja nicht wagen, sich zu rühren.

Die Männer blickten etwas missbilligend auf Philon hinab, der wieder auf seinen Knien ruhte. Philon war extrem angespannt und hatte die Augen geschlossen. Teris wusste, dass sein Wolf ihn gerade abschirmte, damit er nicht die Nerven verlor.

Der hagere Mann begann zu sprechen. „Schwierig. Er ist nicht gerade in einer guten Verfassung. Weder körperlich noch psychisch. Ist irgendetwas vorgefallen?"

Santos schüttelte etwas seinen Kopf. „Er war krank. Eine Infektion, die er wohl schon etwas länger mit sich herumschleppte. Nach seinem ersten Kampf habe ich ihn darum erst einmal aus dem harten Training herausgenommen und ihn geschont. Ich denke, er braucht noch etwas Zeit, bis er wieder fit ist."

Teris blickte überrascht zu Santos rüber. Warum log er? Warum sagte er nicht die Wahrheit? Warum gab er nicht zu, dass er ihn Mittwoch aufs Übelste gequält hatte?

Der dickere Mann sprach nun. „Er ist nicht nur körperlich in einer schlechten Verfassung! Er zeigt keinen Willen, im Kampf zu bestehen. Er ist untauglich und gehört aus dem Geschäft genommen." Er sprach es kalt und nüchtern aus.

Teris war irritiert. Bedeutete das, sie würden Philon laufen lassen? Ihn einfach wieder frei lassen?

Die Reaktion von Aira sprach Bände. Sie schlug entsetzt die Hände vor dem Mund zusammen und blickte ihren Vater eindringlich an. Der holte nur tief Luft und nickte stoisch. „Vermutlich haben Sie Recht." Aira zog scharf die Luft ein und wandte sich von den Männern ab. Verdammt, was bedeutete das?

Der emotionskalte Mensch sprach erneut. „Wir können das für sie übernehmen, Mr. Santos. Sie müssen das nicht selber tun, das wissen sie!"

Der größere Mann war ebenfalls in einen emotionslosen Modus übergangen und nickte zustimmend. „Wir können ihn nun direkt mitnehmen und das Problem ist für Sie erledigt."

Teris holte tief Luft. Endlich begriff er, worum es wirklich ging. Niemand würde Philon die Freiheit zurückgeben. Sie würden ihn töten! Einfach entsorgen wie einen unliebsamen Gegenstand. Teris lief es kalt den Rücken herunter. Das konnte er nicht zulassen.

Er spürte, wie sich Kreon neben ihm verkrampfte. Wie viele Artgenossen hatte dieser in den knapp drei Jahren, in denen er gefangen war, schon sterben sehen? Teris musste etwas unternehmen. Und zwar schnell.

Santos schüttelte seinen Kopf. „Nein. Ich werde das selbst übernehmen!"

Philon saß zitternd auf den Knien und rührte sich nicht. Sein Wolf leistete ganze Arbeit, er war nur noch körperlich anwesend. Teris war sich nicht sicher, ob der Mann in ihm sich jemals wieder hervorlocken lassen würde. Philon war vor dem Todesurteil schon traumatisiert, doch das hier würde zu viel für ihn sein.

Instinktiv wusste Teris, dass er diese Männer überzeugen musste. Nicht Santos. Diese Männer trafen Entscheidungen über Leben und Tod.

Er räusperte sich vorsichtig und sah zu den Männern auf. „Ich bitte darum, sprechen zu dürfen, Sir!" Er sah seinen Herrn unterwürfig an. Er durfte jetzt einfach nichts falsch machen.

Santos blickte ihn sofort wütend an. „Herrgott, Teris. Nein! Ich will nichts von dir hören!"

Der Befehl war klar und deutlich. Teris sollte verdammt nochmal die Klappe halten. Doch er würde nicht so schnell aufgeben. „Sir. Bitte. Ich kann Philon helfen!", flehte er vorsichtig.

Die beiden Männer blickten ihn nun überrascht an.

Santos schnaubt wütend. Es war offensichtlich, dass er von Teris´ Aktion wenig angetan war. Sofort war Aiden bei ihm und verpasste dem Lupus einen heftigen Schlag auf den Hinterkopf. Kreon saß neben ihm und konnte ein Knurren nur mühsam unterdrücken.

Teris sah wieder zu den beiden Männern und Santos auf. Er würde sich nicht einfach so zum Schweigen bringen lassen. Diesmal nicht. „Ich kann ihn trainieren, so dass er ein ordentlicher Kämpfer wird!"

Wieder schlug Aiden zu und Teris kippte leicht nach vorne. Guter Versuch, aber das würde ihn nicht verstummen lassen!

Teris konzentrierte sich nun nur noch auf die beiden Männer des Vorstands. „Ich habe früher schon Krieger ausgebildet und jeder Einzelne war danach in der Lage, zu kämpfen..."

Rumms... Aiden hatte ihm mitten ins Gesicht getreten. Teris kippte nun auf die Seite und schmeckte sofort das Blut im Mund. Außerdem würde er eine nette Beule an der Schläfe davontragen. Doch er rappelte sich im gefesselten Zustand vorsichtig auf. Er wollte nicht als Aufrührer erscheinen. Er wollte nur Philon helfen, es war ihm egal, was sie über ihn dachten.

Der dickere Mann kam auf ihn zu und blickte ihn eindringlich an. „Du bist ganz schön unverschämt! Du missachtest einen eindeutigen Befehl deines Meisters."

Teris senkte kurz unterwürfig den Kopf. „Es tut mir leid, Sir. Ich wollte nicht unverschämt sein. Wirklich nicht." Er ließ Furcht in seine Augen treten. Der Fettwanst sollte ruhig den Eindruck bekommen, dass er einen gezähmten und unterwürfigen Lupus vor sich hatte.

Der dünnere Mann kam nun ebenfalls auf ihn zu. „Du glaubst also wirklich, den Nichtsnutz dort drüben zu einem Kämpfer ausbilden zu können?" Er machte sich lustig über Teris, das war nicht zu überhören.

Teris blieb trotzdem ruhig. „Ja, Sir. Ich hatte schon schwierigere Fälle!"

Der Mann lachte laut auf. „Er hatte schon schwierigere Fälle. Köstlich."

Teris schnaubt innerlich auf. Diese Menschen waren so niederträchtig. Er musste unbedingt ruhig bleiben. „Lassen Sie es mich bitte versuchen. Ich kann Ihnen helfen, den finanziellen Verlust zu vermeiden.", flehte er nun seinen Herrn wieder an.

Der schlug die Hände über den Kopf zusammen und war sichtlich entrüstet. Er blickte ihn immer noch wütend an. „Ich sollte dich mit Philon zusammen an die Wand stellen."

Teris rümpfte innerlich die Nase. Versuchs doch, du dreckiger Mensch! Das würdest du nicht überleben!

Der dünne Mann wandte sich nun dem Dickeren zu. „Gibt es eine Regel, die dies verbieten würde?"

Der andere schüttelte den Kopf. „Nein, es gibt auch andere Eigentümer, die ihre Werwölfe tatsächlich von den erfahreneren mittrainieren lassen. Es spricht eigentlich nichts dagegen!"

Hoffnungsvoll blickte Teris zu seinem Herrn auf. „Bitte, Sir. Ich mache Ihnen keinen Ärger! Ich möchte nur Philon helfen. Ich weiß, dass er es grundsätzlich kann. Er kennt es nur nicht."

Santos holte tief Luft und nickte den Männern zu. „In Ordnung, soll er es versuchen. Wir werden ja sehen, ob es was bringt oder nicht."

Teris atmete sofort erleichtert aus und auch Kreons Anspannung ließ sofort nach. Die anderen Lupi entspannten sich auch hörbar. Philon reagierte ebenfalls. Er sackte etwas mehr in sich zusammen. Sein Nervenkostüm bewegte sich auf sehr dünnem Eis, doch er schien erleichtert darüber zu sein, dass Teris ihn retten konnte. Er hing also noch an seinem

Leben.

Sehr gut, damit konnte Teris arbeiten.

Eine Stunde später war der ganze Spuk endgültig vorbei. Die Lupi wurden alle in ihren Zellen angekettet und sich selbst überlassen. Nur Teris befand sich immer noch im Trainingsraum. Santos war noch nicht fertig mit ihm. Er hatte sich einen Stock geholt und wollte ihn für seinen Ungehorsam bestrafen. Er war wütend, das war nicht zu übersehen.

Teris war von Aiden an der Mauer angekettet worden und blickte seinen Herrn abwartend an. Sollte er ihn auch noch so hart bestrafen, seinen Willen würde er sich nicht brechen lassen. Er hätte Philon niemals seinem Schicksal überlassen können. Niemals! Er würde jede Strafe annehmen, die ihn erwartete. Wenn er dadurch Philons Leben retten konnte, würde er es immer wieder tun!

Aira stand kopfschüttelnd an der Tür und versuchte, ihren Vater zu besänftigen. „Vater, bitte. Er hat dich vor einem finanziellen Verlust bewahrt. So haben wir wenigstens noch eine reelle Chance, den Kaufpreis wieder rein zu bekommen."

Santos blickte sie immer noch wütend an. „Er hat mich vor dem Vorstand blamiert! Er hat einen klaren Befehl missachtet. Das werde ich ihm ein für alle Mal austreiben!"

Santos wandte sich nun Teris zu. „Du wirst es noch lernen, dich unterzuordnen! Glaube mir, mit dir werde ich auch noch fertig!"

Dessen Ausdruck blieb regungslos. Er wollte seinen Herrn nicht noch mehr reizen. Lutz konnte jederzeit die Erlaubnis, mit Philon trainieren zu dürfen, zurückziehen. Das Risiko wollte Teris nicht eingehen.

Aira schüttelte weiterhin ihren Kopf. Sie schien aufzugeben. Vermutlich wollte sie nur nicht weiter mit ihrem Vater vor Teris diskutieren. Der holte tief Luft. Diese Diskussion zermürbte ihn fast mehr, als auf die Bestrafung zu warten. Ihm war es egal, was Aira oder Santos über ihn dachten. Er war nur erleichtert, dass die anderen beiden Männer Philon verschont hatten.

Santos setzte endlich zum ersten Schlag an und es kostete Teris einiges an Kraft, nicht laut aufzuschreien. Der Stock traf ihn auf seinen blanken Rücken und schnitt sich tief in sein Fleisch. Santos war wirklich wütend und legte ordentlich Kraft in seine Schläge. Sofort wollte sein Wolf sich schützend vor ihn stellen und ihn abschirmen, doch Santos schien dies zu bemerken.

Er packte ihn an den Haaren und zischte ihm direkt ins Ohr. „Du bleibst schön hier, mein Freundchen. Diesmal ziehst du dich nicht in dein Inneres zurück. Du hast es selbst zu verantworten, also stell dich dem wie ein Mann. Verhalte dich nicht wie ein Feigling!"

Teris schnaubte angestrengt aus. Santos war nicht nur ein Arsch, er fing an die Lupi zu verstehen. Das war nicht gut.

Teris konnte diese Bestrafung aber nicht als Mann überstehen. Das war einfach nicht möglich. Sein Kopf dröhnte übel von dem vorangegangen Tritt, den Aiden ihm verpasst hatte. Er hatte noch mit den Verletzungen von gestern Abend zu kämpfen, denn seine Gegner waren gut gewesen. Dazu war die demütigende Kontrolle von eben einfach zu tief in seine Seele gebrannt. Er brauchte den Schutz seines Wolfes in diesem Moment ganz dringend.

Plötzlich vernahm er Gabrielles Stimme hinter sich. „Lutz, ich muss dich sprechen. Sofort!"

Ihre Stimmlage ließ Santos wohl keine andere Wahl, als kurz von ihm abzulassen. Sein Meister drehte sich zu seiner Frau um. „Liebling, ich bin hier gleich fertig. Gib mir noch fünf Minuten."

Teris beobachtete, wie sie ihm behutsam den Stock aus der Hand nahm. Ihr Blick streifte dabei kurz den seinen und er sah darin ihren Zorn lodern.

„Kein Problem. Aber Teris kann wieder in seine Zelle. Für heute ist es genug!" Sie ließ keinen Zweifel zu, seine Bestrafung war hiermit beendet.

Santos gab Aiden wortlos ein Zeichen und der befreite Teris endlich von der Mauer. Santos bedachte den Lupus mit einem vernichtenden Blick. „Überlege dir gut, wie du dich in

Zukunft verhalten möchtest. Überspanne den Bogen nicht noch einmal. Das wäre dann dein letztes Mal."

Seine Worte waren eine offene Drohung und Teris verstand sie durchaus. Er senkte den Blick und nickte verhalten. Er wollte nur noch raus hier, weg von diesen Menschen, zurück in seine Zelle, zu seinen Artgenossen.

Zu seinen Leidensgenossen.

Kreon empfing ihn gebührend. Nachdem Aiden die Tür endlich hinter sich geschlossen hatte stürzte sich er sich sofort auf ihn. „Mensch Teris. Das war einfach phänomenal. Wahnsinn!"

Er freute sich ernsthaft, dass es Teris` gelungen war, Philons Leben zu retten. Dieser lächelte nur verhalten. Er war müde. Unendlich müde. Der Umgang mit den Menschen war anstrengend. Es war so anstrengend, immer wieder irgendwie überleben zu müssen. Er musste hier unbedingt bald raus. Ewig würde er das nicht mehr durchstehen können.

Philon nickte ihm vorsichtig zu. „Danke, Teris. Das vergesse ich dir nie!" Der schwarzhaarige Lupus schluckte beklommen. Er war sich offensichtlich nicht sicher, wie er sich zu verhalten hatte. Das war ihm deutlich anzusehen.

Teris nickte zurück. „Schon gut."

Er erwartete kein Dankeschön. Für ihn war das selbstverständlich. Und er wusste auch warum: Ob er wollte oder nicht, Teris` Wolf sah in Philon nicht mehr nur irgendeinen Lupus. Er hatte ihn mit seiner Macht geheilt und damit hatte er ihn aufgenommen. Aufgenommen in sein Rudel. Verdammt, Teris war noch kein Alpha. Es stand ihm überhaupt nicht zu, weitere Mitglieder aufzunehmen. Doch sein Wolf sah das offensichtlich anders.

Kreon sah ihn nun besorgt an. „Teris, ist alles in Ordnung? Du siehst schrecklich aus!" Kreon konnte man nichts vormachen, er wusste, wie es um seinen Anführer stand.

Teris nickte. „Ja, schon gut. Ich brauche nur Ruhe. Das war etwas viel heute."

Kreon nickte zurück. „Ja, das war es. Leg dich schlafen. Wir sagen dir früh genug Bescheid, wenn einer der Menschen kommt."

Xanthus schloss sich seinem Bruder an. „Ja. Du hast heute einiges vollbracht, Teris. Ruh dich aus, die kommenden Tage werden sicher nicht leicht! Wir passen auf!" Seine Achtung für Teris war enorm gestiegen. Das konnte Teris sofort vernehmen.

Der nahm das Angebot nur zu gerne an. Er brauchte dringend heilsamen Schlaf und war eingeschlafen, sobald sein Kopf den Boden berührte.

Lutz

Der nächste Tag begann sonnig und trocken. Der Sonntag machte seinem Namen alle Ehre.

Lutz war auf den Weg in den Keller. Die Wut auf Teris war mittlerweile abgeflaut und Lutz zweifelte an seiner gestrigen Reaktion. Er hätte Teris vielleicht nicht so hart bestrafen sollen. Er war unverschämt gewesen. Ja, Teris hatte ihn sogar vor zwei Vorstandsmitgliedern blamiert. Aber hatte er denn eine andere Wahl? Anders hätte er einfach kein Gehör gefunden und Philon wäre mittlerweile nicht mehr am Leben. Das waren die knallharten Fakten.

Vermutlich war es gut, dass Gabrielle die Bestrafung so vehement unterbrochen hatte. Lutz befürchtete, dass er sonst die Kontrolle verloren hätte. Er musste dringend wieder besonnener mit seinen Werwölfen umgehen. Auch mit Teris, er war nicht unverwundbar. So willensstark der kleine Wolf auch war.

Lutz konnte die Veränderungen in seinem Wesen deutlich wahrnehmen. Lutz war sich nur nicht sicher, ob diese für ihn gefährlich waren. Es wurde tatsächlich Zeit, über einen Verkauf nachzudenken.

Lutz betrat die Zelle, in der sich Teris und sein Gefolge aufhielten. Sie alle waren gerade erst mit dem Frühstück fertig und blickten überrascht zu ihm auf. Sie hatten wohl eher mit Aiden gerechnet, der das benutzte Geschirr abholen würde. Lutz warf einen raschen Blick auf Philon, der immer noch mitgenommen aussah. Sofort drückte der sich ein Stück mehr an die kalte Mauer. Es war nicht zu übersehen, dass dieser Werwolf enorme Angst vor ihm hatte.

Er wandte sich nun Teris zu. „Ich muss mit dir reden. Draußen!"

Teris` Blick blieb ausdruckslos, als er leicht nickte. Lutz konnte die angespannte Atmosphäre spüren, die von Xanthus und Kreon ausging. Sie standen zu Teris, ausnahmslos. Das war nicht zu übersehen. Aber sie waren klug genug, sich nicht zu rühren.

Lutz löste Teris` Kette von der Mauer und führte ihn auf den Hinterhof. Der braunhaarige Werwolf folgte ihm anstandslos nach draußen und blieb neben ihm stehen. Lutz konnte die veränderte Haltung an Teris erst nicht zuordnen, doch irgendetwas war anders. Seit der Kontrolle am Vortag hatte Teris Verhalten sich noch stärker verändert. Der kleine Wolf machte allerdings keinen aufsässigen Eindruck.

Lutz baute sich vor Teris auf und blickte ihn streng an. „Du weißt, dass du gestern wieder einmal zu weit gegangen bist?"

Teris nickte ruhig. „Ja, Sir. Das ist mir bewusst!" Seine Haltung änderte sich ein wenig. Er wurde nicht unterwürfig, aber er schien auch keine Konfrontation zu suchen. „Es war nicht meine Absicht, Ihre Autorität zu untergraben, Sir. Ganz sicher nicht!" Teris Blick wurde nun fester. „Aber ich konnte Philon nicht einfach seinem Schicksal überlassen!"

Lutz schnaubte leicht aus. „Mag sein, aber trotzdem hast du einen klaren Befehl missachtet!"

Teris sah ihn ausdruckslos an. „Und meine Strafe dafür erhalten. Aus meiner Sicht sind wir quitt!"

Die Art, wie er es sagte, beruhigte Lutz. Teris akzeptierte die Strafe von gestern für sein Fehlverhalten ganz einfach. Lutz war davon tatsächlich ein wenig beeindruckt. Auch wenn er nicht verstand, warum. Aber das war auch nicht wichtig. Für Lutz war die Sache damit ebenfalls erledigt. Er hielt seinen strengen Blick aufrecht und nickte dem Wolf langsam zu.

„In Ordnung! Wie stellst du dir das mit Philon vor? Er ist körperlich nicht gerade in der besten Verfassung. Wie willst du ihn trainieren, wo er aktuell nicht einmal die Trainingseinheiten schafft? Die Society wird wöchentlich vorbeikommen, um seine Fortschritte zu überprüfen."

Teris holte tief Luft und blickte betreten zu Boden. Kurz darauf sah er wieder auf. „Sir, ich weiß, dass Sie mir nicht trauen. Zu Recht! Aber ich kann Philon wirklich helfen. Jeder Lupus ist in der Lage zu kämpfen, das ist uns von der Natur in die Wiege gelegt. Einige müssen diese Natur in sich allerdings erst richtig entdecken."

Lutz horchte interessiert auf. „Ach, das ist interessant."

Teris holte wieder tief Luft. „Ich weiß, was Sie denken. Aber das erreichen Sie nicht mit roher Gewalt! Ein Lupus wie Philon muss seine Natur selbst entdecken. Er muss dafür aber in die richtige Richtung gelenkt werden."

Teris schüttelte leicht den Kopf, ehe er Lutz eindringlich ansah. „Sir, ich weiß, das wird Ihnen jetzt nicht gefallen, aber dafür braucht Philon einen erfahrenen Lupus an seiner Seite. Dem er vertrauen kann. Das ist nichts, was man erzwingen kann!"

Lutz nickte nachdenklich. Diese Information war sehr interessant. Und Teris war ein gerissener Hund, er konnte ihn mittlerweile lesen. Schlauer, kleiner Wolf.

„Ich weiß nicht, ob ich dir das einfach so glauben kann, Teris. Aber du hattest mit Kreon Recht, also werde ich dir bei Philon ebenfalls einen Vertrauensvorschuss gewähren!"

Lutz sah ihn eindringlich an. „Allerdings auch nur, weil ich weiß, dass du Philon retten möchtest. Dir dürfte bewusst sein, dass ich die ganze Geschichte einfach von heute auf morgen beenden kann! Ein Wort von mir und Philon wird auf der Stelle von der Society abgeholt!" Lutz hob seinen Kopf und Teris nickte leicht grinsend.

Er verstand die Drohung dahinter offensichtlich. „Natürlich, Sir. Das ist mir bewusst!"

Teris trat von einem Bein aufs andere. Vermutlich wurde ihm etwas kalt. Im Gegensatz zu Lutz trug er keine wärmende Jacke am Leib. Er hatte lediglich ein T-Shirt und Jeans an. Für diese Jahreszeit war das eindeutig zu wenig.

Der Werwolf seufzte leicht und setzte einen neutralen Gesichtsausdruck auf. „Sir, ich möchte Sie darum bitten, mir als erstes mit Philon eine Stunde in Wolfsgestalt zu erlauben. Er braucht dringend die heilende Kraft seines Wolfes, um körperlich wieder auf die Beine zu kommen." Abwartend blickte Teris ihn nun an. Es war nicht zu übersehen, dass der Wolf sich fragte, ob er zu weit gegangen war.

Lutz legte seinen Kopf leicht schräg. Dabei musterte er Teris misstrauisch. „Was ist mit Kreon? Braucht er die Verwandlungen noch?"

Teris schüttelte den Kopf. „Nein."

Lutz nickte. „Okay, es hat Kreon geholfen, warum also nicht auch Philon. Bisher hast du mir in diesem Punkt nichts vorgemacht."

Teris holte erneut tief Luft. „Sir, ich möchte nicht unverschämt erscheinen, aber könnten wir uns im Trainingsraum verwandeln? Philon wird die Erinnerung an den Zwinger vermutlich blockieren. Er wird sich da drinnen nicht besonders gut in einen Wolf verwandeln können."

Lutz schnaubte böse. Im Trainingsraum waren sie nicht so gut gesichert wie in diesem Zwinger. Der Raum hatte zwar ein Fenster, durch das man alles im Blick hatte, aber bevor sich die Werwölfe nicht zurückverwandelt hatten, konnte sich niemand darin aufhalten. Das bedeutete ein erhöhtes Risiko für alle.

Lutz schüttelte den Kopf. „Teris, ich traue nicht dir nicht genug, um ein unnötiges Risiko einzugehen. Entweder im Zwinger oder gar nicht!"

Teris schnaubte genervt. „Okay, ich kann aber nicht versprechen, dass er sich dann verwandelt."

Lutz zuckte gleichgültig mit den Schultern. „Das werden wir dann sehen."

Teris war nicht angetan von der Absage, aber er wollte wohl keinen unnötigen Ärger riskieren. Zumindest hielt er sich zurück und nickte nur stoisch.

Lutz verengte seine Augen. „Ich bin ein Freund davon, solche Dinge fix zu erledigen. Fangen wir direkt an. Umso früher kannst du mit dem Training beginnen!"

Teris schien sich mit der Anweisung schnell abzufinden und Lutz war zufrieden mit dessen Reaktion. Der kleine Wolf schien langsam zu begreifen, wessen Regeln hier galten.

Philon stand hilflos neben Teris im Zwinger. Er war regelrecht in eine Schockstarre verfallen, musterte lediglich skeptisch die Umgebung. Lutz hatte sich mit Aira an die Hintertür zurückgezogen, um die beiden Werwölfe nicht unnötig zu stören.

Sie grinste ihn kopfschüttelnd an. „Ich dachte, wir wollten

ihnen nicht mehr gestatten, sich zu verwandeln?"

„Eigentlich hast du Recht, aber Kreon hat es bei seinem Genesungsprozess geholfen. Wir sollten zumindest ausprobieren, ob es bei Philon auch funktioniert."

Aira stimmte ihm mit einem leichten Nicken zu. Ihr war wohl bewusst, dass Einiges auf dem Spiel stand.

Philon wirkte extrem angespannt und Teris ließ seinen Blick kurz zu Lutz und Aira schweifen. Ihre Anwesenheit störte ihn, das war nicht zu übersehen. Aber er äußerte sich nicht. Teris redete leise auf Philon ein, aber Lutz konnte die Worte nicht verstehen. Er wusste, dass Werwölfe über ein viel besseres Gehör verfügten als Menschen. In diesem Moment hätte Lutz nur zu gerne ebenfalls solche Lauscher gehabt.

Philon blickte Teris plötzlich überrascht an. Was hatte Teris zu ihm gesagt? Der schwarzhaarige Werwolf schien hin und her gerissen zu sein. Verlangte Teris eine Entscheidung von ihm? Wenn Lutz sie doch nur verstehen könnte. Teris sprach immer wieder mit dem zitternden Werwolf. Aber Lutz wollte nicht näher herangehen. Er war sich sicher, dass er nur stören würde und Teris` Vorhaben dann nicht von Erfolg gekrönt sein könnte. Doch was genau hatte Teris eigentlich vor?

Dessen Körpersprache veränderte sich. Er schien immer größer zu werden. Seine Worte waren immer noch zu leise, als dass Lutz oder Aira sie verstehen konnten, doch Teris schienen deutlicher zu werden. Philon blickte Teris leidvoll an, der schwarzhaarige Wolf war sich anscheinend immer noch nicht sicher, was er als nächstes zu tun hatte.

Plötzlich änderte sich die Atmosphäre um Teris herum. Lutz vernahm eine Art Aura, die ihm unbekannt und sofort unheimlich war. Teris schien regelrecht aus Überlegenheit und Dominanz zu bestehen. Die Aura war mit dem Auge nicht zu erfassen. Nicht einmal wirklich zu beschreiben. Lutz war, absolut untypisch für ihn, völlig fasziniert. Was zum Teufel ging dort vor sich?

Er hörte Aira neben sich tief Luft holen. Sie war offensichtlich auch ganz gefangen und tief beeindruckt von der Szene, die sich dort im Zwinger abspielte.

Mit einem Mal sackte Philon vor Teris auf die Knie und senkte seinen Kopf. Lutz hielt für einen Moment die Luft an. Was passierte da gerade? Unterwarf Philon sich Teris etwa? Wurden Aira und Lutz gerade Zeugen, wie ein Werwolf sich einen Artgenossen untertan machte? Lutz war immer noch fasziniert, aber auch in Alarmbereitschaft. Was würde das für ihn und sein Geschäft bedeuten?

Teris legte nun seine Hand auf Philons Kopf und die Atmosphäre um Teris veränderte sich langsam wieder. Kurz darauf war es, als wäre nichts gewesen. Lutz wollte instinktiv zum Zwinger laufen, doch Teris blickte nun bittend zu ihm herüber. Er schüttelte erst vorsichtig seinen Kopf und nickte Lutz dann zu. Wollte er ihm etwa signalisieren, dass alles nach Plan verlief? Lutz blieb stehen und beobachtet die Szene weiter.

Philon schien sich langsam zu entspannen und blickte vorsichtig zu Teris auf. Der sprach wieder leise mit ihm und nickte ihm zu. Philon erwiderte das Nicken, er schien sich dem, was Teris von ihm forderte, zu ergeben. Der braunhaarige Werwolf begann sich zu entkleiden und Philon tat es ihm langsam gleich. Der feine Nebel von Magie begann, sich um Teris herum zu zeigen. Lutz war immer wieder tief beeindruckt von dem Anblick, der sich ihm bot, wenn sich die Werwölfe verwandelten. Lutz hatte noch nichts gesehen, womit sich das vergleichen ließe.

Endlich stand Teris auf vier Beinen vor Philon und blickte ihn abwartend an. Philon hingegen schien Schwierigkeiten zu haben. Er stand zitternd vor dem großen braunen Wolf und schüttelte leicht seinen Kopf. Er schien sich nicht verwandeln zu wollen. Teris zog daraufhin seine Lefzen hoch und knurrte leise. Er schien dem schwarzhaarigen Werwolf keine Wahl zu lassen. Der senkte sofort seinen Blick, aber, obwohl er nun an dem vierbeinigen Wolf vorbei blickte, schien er sich Teris` Einwirkung nicht entziehen zu können.

Philon sackte auf alle Viere und legte seine Kehle bloß. Der braune Wolf könnte ihn nun mit einem gezielten Biss ganz einfach töten. Doch Teris knurrte unerlässlich weiter. Philon wand sich unter der dominanten Macht, die augenscheinlich auf ihn einströmte, bis sich auch um seinen Körper ein Mantel aus Magie legte. Es dauerte nur wenige Sekunden und aus Philon war ein tiefschwarzer Wolf geworden. Er kauerte immer noch auf dem Boden und leckte dem braunen Wolf mechanisch die Schnauze.

Teris knurrte jetzt dunkler. Philon leckte ihm zwar die Schnauze, knurrte aber böse. Teris zögerte nicht lange und packte den größeren Wolf im Nacken und schleuderte ihn heftig umher. Lutz stockte zum widerholten Male der Atem. Hatte Teris ihn verarscht? Wollte er Philon töten? Aira entfuhr ein spitzer Schrei, auch sie war entsetzt.

Philon jaulte unter dem heftigen Biss auf und flüchtete in die hinterste Ecke des Zwingers, sobald Teris ihn wieder frei gab. Teris schritt nun langsam und erhaben auf Philon zu. Dabei knurrte der kleinere Wolf so dunkel, dass Lutz sofort eine Gänsehaut bekam. Philon sank auf seinen Brustkorb hinab und winselte regelrecht um Vergebung. Teris kam über ihm zu stehen und knurrte noch tiefer, die Vibrationen konnte Lutz regelrecht in seinen Knochen spüren. Philon fiepte und winselte ohne Unterlass und leckte dabei Teris` Lefzen.

Diesmal beruhigte Teris sich und hörte auf zu knurren. Philon winselte noch einen kurzen Moment weiter, während Teris sich langsam zurückzog. Philon kam vorsichtig wieder hoch und leckte dabei unermüdlich die Schnauze des kleineren Wolfes. Endlich ließ Teris ihn sich vollends aufrichten. Die Fronten schienen geklärt zu sein.

Lutz atmete heftig aus. Was für ein Spektakel. Was war das für eine Nummer? Teris würde ihm das irgendwann erklären müssen.

Aira trat an Lutz heran. „Ich dachte ernsthaft, Teris würde ihn töten."

Lutz nickte. „Ich auch, er scheint ihn sich aber nur unterworfen zu haben."

Aira schüttelte immer noch entsetzt den Kopf. „Meine Idee war tatsächlich nicht gut! Mutter hatte Recht! Auf vier Beinen sind sie Naturgewalten!" Lutz nickte zustimmend. Ja, das war eine wahre Aussage. Gabrielle hatte sie beide vor einer großen Dummheit bewahrt.

Teris blickte Lutz und Aira nur kurz an. Wahrscheinlich war er sich nicht sicher, wie die beiden das Geschehene bewerten würden. Lutz verengte seine Augen als Warnung kurz. Wehe Teris, wollte ihn verarschen. Diesmal würde er ihm den Arsch aufreißen. Teris schien zu verstehen, wandte sich aber von ihm ab. Er forderte den größeren Wolf nun zu einem kleinen Gerangel auf und Philon ließ sich nur zu gerne darauf ein.

Lutz seufzte kurz, bevor er Aira eindringlich ansah. „Schone Teris in nächster Zeit etwas. Lass ihn nicht zu oft kämpfen und tu mir einen Gefallen: Halte dich zurück im Umgang mit ihm."

Er blickte kurz zu den beiden spielenden Werwölfen, dann konzentrierte Lutz sich wieder auf seine Tochter, die seinem Blick gefolgt war. „Ich weiß nicht, was so anders ist an Teris, aber selbst die anderen Werwölfe verhalten sich ihm gegenüber ungewöhnlich. Es kann nicht schaden, bei ihm dreifache Vorsicht walten zu lassen."

Aira nickte zustimmend.

Gott sei Dank. Er wollte seine Tochter nicht in unnötiger Gefahr wissen. Das Geschäft mit den Werwölfen war so schon nicht ohne.

Kapitel 12
Aira

Inzwischen waren zwei Wochen vergangen.
Philon hatte sich tatsächlich körperlich sehr gut erholt und wurde regelmäßig von Teris trainiert. Aira und Lutz waren überrascht, wie gut Philon sich entwickelte. Er besaß mittlerweile nicht mehr nur einen hervorragenden Körperbau, auch sein Ausdruck gewann immer mehr an Kampfbereitschaft.
Stevenson und Mitchell verschafften sich wöchentlich einen Eindruck über Philons Fortschritte und waren guter Dinge, ihn bald als tauglich einstufen zu können. Aira war mehr als erleichtert darüber. Sie verabscheute die Praxis, untaugliche Werwölfe zu töten, enorm. Nichtsdestotrotz war sie immer noch fasziniert von diesem Geschäft.

Es war Freitagabend und Aira voller Vorfreude. Ihr Vater ließ heute nicht nur Andras und Telmos antreten, seine beiden bevorzugten Kämpfer, neben Tyler, Valon und Xanthus waren sogar Teris und Kreon angemeldet. Lediglich Philon war in seiner Zelle geblieben. Kreon würde das erste Mal für ihren Vater antreten und Aira war gespannt, ob er sich ausreichend erholt hatte, um auf sein volles Potenzial zugreifen zu können. Das Publikum war voller Vorfreude auf ihn, das wusste sie.

Kreon war drei Wochen lang bei keinem Kampf aufgetaucht und das Publikum war darüber sehr verwundert gewesen. Hanson stand kurz davor, sein Geschäft zu verkaufen. Der Handel war fast perfekt und niemand wusste, was aus Kreon geworden war. Der Vorstand der Society war dem Wunsch ihres Vaters nachgekommen und hielt den Verkauf weiterhin geheim. Die Spannung war daher unermesslich in die Höhe geschossen.

Als Aiden die Werwölfe heute nach und nach in die Halle brachte und sie Kreon bei ihm entdeckten, applaudierten sie so laut, dass es selbst Aira in den Ohren weh tat.

Aira stand mit ihrem Vater am Käfig und beobachtete den

Kampf von Xanthus. Es war erst sein dritter Kampf und er hielt sich sehr gut. Xanthus war seinen Preis definitiv wert. Er besaß zwar nicht das Potenzial seines Bruders, aber er war auch nicht weit davon entfernt. Aira war zufrieden mit ihrem Einkauf, den sie vor fünf Wochen getätigt hatte, denn alle Werwölfe waren soweit brauchbar. Einzig Philon schmälerte den Durchschnitt etwas. Aber er befand sich auf einem guten Weg. Somit konnte der Gedanke an ihn Airas guter Laune wenig anhaben.

Sanchez trat an sie beide heran. Er war der Eigentümer von Tyron, der vor drei Wochen unter Teris bewusstlos im Käfig zusammengebrochen war. Er begrüßte beide freundlich, er schien nicht wirklich nachtragend zu sein. „Viele gute Kämpfer hast du momentan, Santos!" Er reichte ihrem Vater die Hand.

Der nickte ihm freundlich zu. „Vielen Dank. Wie geht es Tyron? Hat er sich vollständig erholt?"

Tyron war nach dem Fiasko mit Teris noch in keinem Kampf wieder angetreten. Aira fragte sich ebenfalls, was aus dem Hünen geworden war.

Sanchez winkte etwas gelangweilt ab. „Ja, der ist schon lange wieder fit. Ich habe ihn letzte Woche an Parker verkauft. Soll wohl morgen wieder an den Start gehen!"

Aira war erleichtert. Wenn ein so guter Kämpfer wie Tyron einfach von der Bildfläche verschwand, fiel das immer auf. Nicht selten waren gerade die erfolgreichen Kämpfer einem enormen Erfolgsdruck unterlegen. Es gab genügend Eigentümer, die eine Niederlage ihres Kämpfers persönlich nahmen. Gott sei Dank unterlagen alle Mitglieder der Organisation gut ausgearbeiteten Regeln. Kein Werwolf verschwand einfach so von der Bildfläche. Die Geldstrafen dafür waren empfindlich hoch. Das hinderte einen Eigentümer aber nicht unbedingt daran, seinen Kämpfer für eine Niederlage aufs Übelste zu bestrafen.

Sanchez gehörte zu dieser Sorte Mensch. Seine Kämpfer hatten alle Angst vor ihm. Sie kämpften aus gutem Grund unerbittlich und knallhart.

Aira erschloss sich die Logik dahinter nur sehr schwer. Sie

selbst hatte schon mehrfach gesehen, dass ein Werwolf, der so unter Angst stand, regelrecht in Schockstarre verfallen konnte. Es war schlicht unlogisch, sie ausschließlich mit purer Angst beherrschen zu wollen. Es war doch viel einfacher, sie unterwürfig zu halten, nur bei Bedarf zu bestrafen und ihnen ihren Siegeswillen schmackhaft zu machen.

Ihr Vater hatte versucht, es ihr zu erklären: Eigentümer wie Sanchez ließen ihre Werwölfe weitestgehend in Ruhe. Sie versorgten sie mit dem Nötigsten, hielten sie aber immer etwas auf Sparflamme. Nur in den Trainingseinheiten bekamen sie die Gelegenheit, zu zeigen, ob sie was taugten oder nicht. Die Strafen für Versagen waren extrem, die Belohnungen für gute Leistungen mündeten in besserer Versorgung. Siege wurden dementsprechend besonders gut belohnt. In diesem System fielen natürlich viele Werwölfe durch, die Härtesten wurden so aber von den Schwächeren selektiert.

„Ah, okay. Das erklärt die lange Abstinenz." Lutz blickte wieder zum Käfig. Er wartete offensichtlich ab, was Sanchez von ihm wollte.

Das war typisch für ihren Vater, er hatte ein gutes Pokerface. Aira war sich sicher, dass Sanchez nicht ohne Grund an sie beide herangetreten war. Er wollte etwas von ihnen.

Sanchez beobachtete den Kampf ebenfalls. Endlich rückte er mit der Sprache heraus. „Ich bin noch auf der Suche nach neuen Talenten. Hast du etwas zu verkaufen?"

Lutz zuckte mit den Schultern und bedachte den potenziellen Käufer nur mit einem kurzen Blick. „Eventuell. Ich habe noch nicht wirklich darüber nachgedacht!"

Aira musste schmunzeln. Sie wusste, dass ihr Vater seinen Bestand wieder verkleinern wollte. Seine übliche Menge lag bei vier, höchstens fünf Werwölfen, die er zeitgleich trainierte. Er betrieb dieses Geschäft als Hobby. Es sollte sich weitestgehend selbst tragen und Lutz als Ausgleich zu seinem Hauptgeschäft dienen. Mehr nicht. Aber sie wusste, dass gespielte Gleichgültigkeit zu einer guten Preisverhandlung dazu gehörte. Und ihr Vater war ein wahrer Meister in Verhandlungen.

Sofort beschlich sie ein ungutes Gefühl. Was, wenn Sanchez auf Teris bieten würde?

Sanchez holte einmal tief Luft. Er kannte das Geschäft ebenfalls gut und Lutz Santos war kein unbekannter Eigentümer. Jeder kannte seinen guten Geschäftssinn. Der leicht untersetzte Mann grinste kurz, ehe er direkt fragte. „Sind Tyler und Valon verkäuflich? Und dein neuer Kämpfer, dieser Teris?"

Aira zuckte sofort erschrocken zusammen, als sie Teris` Namen hörte. Ihr Vater würde doch nicht darauf eingehen?

Lutz blickte Sanchez ruhig an. „Verkäuflich sind sie alle, wenn der Preis stimmt!"

Nüchtern wie immer beobachtete er Xanthus` Kampf weiter. Der hielt sich unglaublich gut, obwohl sein Gegner ein harter Brocken war.

Aira rutschte das Herz in die Hose. Sie hatte mit Teris noch einiges vor. Ihr Vater durfte ihn einfach nicht verkaufen. Sie war in den letzten zwei Wochen doch nachsichtig mit dem Werwolf gewesen und ließ ihn nur noch einen Kampf pro Abend bestreiten. Sie hatte die Ratschläge ihres Vaters befolgt. Er musste das doch würdigen.

Sanchez lächelte schmierig, er kannte ihren Vater viel zu gut. „Das ist wohl so! Ich biete dir für Tyler 11 und 15 für Valon!"

Lutz überlegte einen Moment und schüttelte den Kopf. „11 sind zu wenig, Tyler ist mehr wert! Über Valon können wir sprechen!"

Sanchez grinste zufrieden. „Klingt vielversprechend. Was ist mit Teris? Wo setzt du ihn an?"

Aira musste sich enorm zusammennehmen. Ihr wurde heiß und kalt zugleich. Am liebsten hätte sie Sanchez auf der Stelle weggejagt. Sollte er doch einfach Valon kaufen und fertig. Aber nicht ihre Entdeckung!

Sie wusste, dass sie nicht so emotional reagieren sollte. Ihr Vater hatte sie immer davor gewarnt, aber Teris war ihr Einstieg ins Geschäft. Sie brauchte ihn noch eine Weile. Außerdem war ihr nicht wohl dabei, Teris ausgerechnet an

Sanchez zu verkaufen. Er war einer der übelsten Eigentümer von Werwölfen. Ihr Vater war weniger zimperlich als Aira, das wusste sie. Hauptsache, der Preis stimmte. Rationale Entscheidungen!

Lutz holte tief Luft. „Hoch!"

Sanchez schüttelte unzufrieden seinen Kopf. „Du bist ein Hund Santos. Ernsthaft!" Der potenzielle Käufer überlegte kurz, bevor er ein Angebot abgab. „18."

Aira schnappte nach Luft. Das war dreimal so viel, wie er vor fünf Wochen im Einkauf gekostet hatte. Ihr Magen zog sich augenblicklich zusammen und ihr wurde leicht übel. Das war ein geradezu schwindelerregendes Angebot für einen neuen Kämpfer.

Lutz blickte Sanchez immer noch nicht an. Xanthus war gerade dabei, seinen Kampf zu gewinnen und Lutz schien das nicht verpassen zu wollen. Als die Menge endlich aufjubelte und Xanthus` Namen rief, drehte Lutz sich zu Sanchez um.

„Das Angebot ist gut, ich lasse es mir durch den Kopf gehen, aber ich sage dir gleich, dass ich eigentlich nicht vorhatte, ihn so schnell zu verkaufen!"

Sanchez kniff die Augen leicht zusammen. Er schien mit der Aussage nicht ganz zufrieden zu sein. Aber er grinste nur kurz und deutete auf Xanthus im Käfig. „Was ist mit dem da? Verkäuflich, ja oder nein? Und wenn ja, zu welchem Kurs?"

Lutz nickte. „Für 13 kannst du ihn bekommen, er war nicht billig im Einkauf!"

Sanchez nickte. „Ich überlege es mir. Ich komme Montag bei dir vorbei, dann besprechen wir unseren Deal!" Sanchez nickte Aira zu und entfernte sich von den beiden.

Aira atmete erleichtert auf, als Sanchez endlich weg war. Sie blickte ihren Vater fragend an. „Du wirst Teris doch nicht verkaufen? Vor allem nicht an ihn?"

Sie wusste, dass ihr Vater verstehen würde, worauf sie hinauswollte. Sanchez war nicht unbedingt die erste Wahl, wenn man überlegte, wohin man seine Werwölfe verkaufte. Zumindest nicht, wenn man sie länger im Geschäft sehen wollte.

Lutz sah sie direkt an. „Der Preis ist außerordentlich gut. Aber ich denke, da geht noch ein bisschen mehr. Sollte Sanchez allerdings noch eine Schippe drauflegen, ganz sicher! Diese Summe ist wirklich nicht verachtenswert, zumal für einen Kämpfer, der gerade fünf Wochen im Geschäft ist!"

Aira schüttelte wütend den Kopf, das war doch nicht sein Ernst. „Sein Preis wird noch weiter steigen, aber dann nicht mehr unter unserem Namen!" Sie schnaubte heftig aus. „Und muss es ausgerechnet Sanchez sein?"

Lutz lächelte milde. „Aira, Ruhm interessiert mich nicht. Allein der Gewinn! Und der wäre jetzt schon erstaunlich hoch! Kreon war viel zu teuer, irgendwie muss das Geld wieder reinkommen!" Er machte eine kurze Pause. „Philon kostet mich ebenfalls schon einiges an Unterhalt, ohne bisher wirklich etwas eingebracht zu haben. Es ist noch nicht einmal absehbar, ob er das wirklich tun wird."

Er wurde eindringlicher. „Ich habe dich davor gewarnt, dich nicht auf Teris zu versteifen. Er ist ebenso austauschbar wie alle anderen auch! Rationalität, Aira! Rationalität!"

Er holte tief Luft und nickte ihr bestimmend zu. Sein letztes Wort war gesprochen. Aira wusste, dass es daran nichts mehr zu rütteln gab.

Ihr Vater machte sich auf den Weg zur Theke, um Xanthus` Sieg zu begießen. Seine Werwölfe waren bisher alle siegreich gewesen und zeigten tolle Kämpfe. Er würde heute definitiv feiern. Aira war weniger danach zumute, sie war davon ausgegangen, noch viele ihrer Pläne mit Teris umsetzen zu können.

Kreon war als nächstes dran und die Menge flippte regelrecht aus, als er in den Käfig geführt wurde. Er war seit fast drei Jahren ein unangefochtener Liebling des Publikums. Er kämpfte sauber, aber hart genug, dass sie auf ihre Kosten kamen.

Aira war schon immer fasziniert, wie gut Kreon sich trotz der mangelhaften Versorgung durch Frank hatte halten können. Alle anderen Werwölfe hatten unter dessen Leitung früher oder später nachgelassen, sahen nicht mehr gut aus und versagten im Käfig. Kreon schaffte es, sich aufrecht zu halten. Wie auch immer, aber er war verdammt widerstandsfähig. Aira war unglaublich stolz, dass ihr Vater ihn gekauft hatte, obwohl er eigentlich viel zu teuer war.

Sie ließ sich sofort von der Euphorie des Publikums anstecken und grinste von einem Ohr zum anderen.

Teris

Heute waren sie extrem laut. Das Publikum brüllte und schrien wie die Irren.

Teris hätte sich zu gerne die Ohren zugehalten. Doch er konnte es nicht. Seine Hände waren gefesselt und die Kette ließ ihm kaum Spielraum. Den anderen Lupi erging es nicht besser und sie verzogen alle immer wieder das Gesicht. Verdammt, es war die reinste Hölle heute.

Kreon war gerade in den Käfig gebracht worden und Teris wusste, dass dies der Grund dafür war. Das Publikum war schon ausgeflippt, als Kreon von Aiden in die Halle gebracht wurde. Sie verehrten ihn offensichtlich. Teris blickte kopfschüttelnd zum Käfig. Wie er diese Halle, die Kämpfe und ihre Anhänger doch hasste.

Endlich wurde es etwas ruhiger, der Kampf hatte wohl begonnen. Andras stand neben ihm, er war der erste von ihnen gewesen, der kämpfen musste und sah leicht ramponiert aus. Seine Schläfe war gerötet und sein Haar verschwitzt. Sein Oberkörper war ebenfalls in Mitleidenschaft gezogen. Den Kampf hatte er zwar gewonnen, aber nicht, ohne selber einstecken zu müssen.

Andras blickte ebenfalls zum Käfig, als er Teris ansprach. „Na, Angst, dass dein Schützling was aufs Maul bekommt?"

Teris fuhr herum und blickte ihn sofort böse an. „Wie bitte?"

Andras erwiderte den Blick. „Na, er gehört doch jetzt zu dir! Blöd nur, dass du ihn da drinnen nicht beschützen kannst!"

Teris verengte seine Augen zu kleinen Schlitzen und unterdrückte ein wütendes Knurren. „Kreon ist nicht mein Schützling!"

Andras grinste abfällig. „Ach nein? Jeder von uns riecht das mit geschlossenen Augen. Er hat sich dir untergeordnet und du bist sein Alpha!"

„Blödsinn, ich bin kein Alpha!"

„Oh doch, mein Lieber, das bist du! Du hast ihn angenommen, als er sich dir unterordnet hat und er ist jetzt dein Rudelmitglied! Und das weißt du sehr gut, er stinkt regelrecht nach dir!" Andras Blick war vernichtend, er verurteilte Teris ganz offensichtlich.

Aber er hatte Recht. Kreons Geruch hatte sich leicht verändert, seit Teris` Wolf dabei geholfen hatte, dass Kreon sich verwandeln konnte.

Andras Gesichtsausdruck wurde ernst. „Bei Philon ist es dasselbe. Du hast ihn dir untergeordnet, damit du ihn retten konntest."

Teris blickte ihn wütend an. „Hätte ich ihn also lieber seinem Schicksal überlassen sollen? Hätte ich ihn sterben lassen sollen? Ihr alle wusstet doch ganz genau, was ihn erwartet!"

„Du weißt hoffentlich, dass du Schwierigkeiten bekommen könntest, in dein Rudel zurückzukehren, solltest du hier jemals wieder rauskommen!" Andras Augen verrieten keine Schadenfreude, er war sauer auf Teris.

Der knurrte nun leise. „Was willst du von mir?"

Andras blickte kurz zu Boden, bevor er wieder Richtung Käfig blickte. „Gar nichts! Du weißt nicht, was du da tust! Das ist gefährlich für uns alle!" Teris knurrte dunkel weiter, doch er antwortete nicht darauf.

Teris wusste tatsächlich nicht genau, war er eigentlich tat. Ja, er hatte Kreon als Rudelmitglied angenommen, weil er führungslos war. Ja, er hatte seinem Wolf nachgegeben und Philon ebenfalls aufgenommen. Auch wenn der schwarzhaarige Lupus erst verunsichert war, hatte er Teris schlussendlich als neuen Führer akzeptiert.

Philon hing an seinem alten Rudel, sein bisheriger Alpha führte sein Rudel gut und war fair zu seinen Mitgliedern. Aber er hatte den Schutz von Teris gebraucht, um in dieser Hölle weiter zu überleben. Philon war viel zu labil gewesen, um von Teris` Training profitieren zu können, wenn er nicht in der Lage gewesen wäre, ihm vollends zu vertrauen. Teris hatte ihn einfach unterwerfen müssen.

Trotzdem war Teris deshalb immer noch kein richtiger Alpha. Diese Macht war nicht ganz hervorgekommen. Teris bediente sich lediglich ein wenig an ihr. Allerdings war er sich selbst nicht sicher, inwieweit das Einfluss auf ihn nehmen würde. Und auf seinen Wolf, der nach Freiheit lechzte. Ihm dauerte das Ganze hier schon viel zu lange.

Kreon kam als Sieger aus dem Kampf. Das konnte Teris der Lautstärke der Menschen entnehmen. Er bekam mittlerweile Kopfschmerzen aufgrund des starken Lärms. Warum nur waren die Menschen immer so laut?

Kreon wurde von Aiden zu ihnen zurückgebracht. Er war so gut wie unverletzt und atmete nur schwer, ansonsten war sein kräftiger Körper nahezu unversehrt.

„Alles in Ordnung?" erkundigte sich Teris sofort.

Kreon grinste und nickte. „Ja, alles gut!" Seine Augen leuchteten zufrieden.

Teris wurde etwas misstrauisch. Kreon verabscheute die Kämpfe genauso wie er, es lag also nicht an seinem Sieg. Das Leuchten in den blauen Augen des Lupus wurde durch etwas anderes hervorgerufen. Teris` Interesse war geweckt, doch er entschied, dass hier nicht der richtige Ort für Gespräche war. Es gab zu viele Zuhörer.

Es dauerte nicht lange, bis er selbst in den Käfig gebracht wurde.

Sein Gegner war unerfahren und absolut keine Herausforderung. Der junge Lupus war höchstens 20 Jahre alt und Teris konnte die Angst an ihm riechen. Es war vermutlich sein erster Kampf und Teris bekam sofort Mitleid mit ihm. Aber das Publikum wollte seine Show, es schrie und raste vor Aufregung. Teris schüttelte leicht den Kopf, diese Menschen kannten kein Mitleid. Dennoch würde er diesen jungen Lupus niemals windelweich prügeln, nur weil es von ihm erwartet wurde.

Es war allerdings schwer, einigermaßen Dynamik aufkommen zu lassen, wenn der andere eigentlich nur vor einem weghüpfte. Teris stöhnte zum wiederholten Male auf. Verdammt, so würde das hier nie was werden. Er hatte nach fünf Minuten genug. Sein Gegner war mittlerweile ein

Nervenbündel, obwohl Teris ihn bisher kaum angerührt hatte. Das Publikum schrie immer noch wie wild, nur nicht mehr vor Begeisterung.

Teris packte den Jüngling nun kurzerhand und drehte ihm den Arm auf den Rücken. Dann drückte er ihn in den Sand und wartete darauf, dass der Schiedsrichter den Kampf beenden würde. Doch nichts dergleichen geschah.

Teris blickte sich zu Aira und Santos um. Warum beendete das niemand hier?

Sein Meister stand direkt vorm Käfig und schüttelte nur mit dem Kopf, während Aira ihm etwas zuschrie. Verdammt. Das Publikum war viel zu laut, er konnte sie nicht verstehen. Teris ließ den Lupus wieder los und blickte sich immer noch verwirrt um. Er wusste tatsächlich nicht, was er tun sollte. Er hatte den jungen Lupus bewegungsunfähig gemacht, aber das reichte offensichtlich nicht aus.

Santos betrat den Käfig und Aiden hielt sich neben ihm. Beide blickten Teris vernichtend an. Der junge Lupus lag immer noch am Boden. Er hatte die Hände über seinen Kopf gelegt, um sich vor einem eventuellen Angriff zu schützen. Armer Kerl. Teris hatte immer noch Mitleid mit ihm und würde ihm zu gerne helfen, doch er wusste nicht, wie.

Hinter Santos und Aiden betrat ein anderer Mann den Käfig, der den jungen Lupus ohne Gnade auf die Füße zog. Teris wurde von Aiden im Nacken gepackt und auf die Knie gezwungen. Sein Meister blickte ihn verächtlich an, sagte aber kein Wort zu ihm. Santos wandte sich dem Publikum zu und hob die Hände. Augenblicklich beruhigte es sich.

Santos nickte und blickte von Teris zu seinem Gegner. „Schon gut, schon gut! Wir haben hier einen Kampf gesehen, der unausgeglichener nicht sein könnte!"

Santos blickte nun zu dem Mann, der den jungen Lupus immer noch grob festhielt. Teris vermutete, dass dies der Meister seines Gegners war, denn der schlug dem armen Kerl nun fest auf den Hinterkopf.

„Ich habe einen Vorschlag, um diesen Abend mit einem guten und spannenden Kampf zu beenden!" Santos wartete, bis alle mucksmäuschenstill waren. Sein Blick traf Teris nur kurz, ehe er sich wieder dem Publikum zuwandte. „Andras ist noch fit und wird gegen Teris antreten! Dies ist an diesem Abend mein Geschenk an euch!"

Teris schnaubte innerlich auf. Was stimmte nur nicht mit diesen Menschen? Er senkte wütend seinen Kopf. Das Ganze hier war doch ein einziger Witz! Er hatte nichts falsch gemacht! Hätte er dem armen Kerl den Schädel einschlagen müssen, damit das Publikum zufrieden war? Warum schickten sie überhaupt einen so schwachen Lupus zu ihm in den Käfig?

Das Publikum trommelte vor Begeisterung und schrie laut.

Aiden holte Teris wieder auf die Füße, während der junge Lupus aus dem Käfig gezerrt wurde. Santos wies Aiden an, Andras zu holen und baute sich direkt vor Teris auf. Der hielt den Kopf leicht gesenkt, blickte seinem Meister aber abwartend an.

Santos hatte wenig Nettes zu sagen. „Du Idiot hättest ihm einfach nur ein paar verpassen müssen und dafür sorgen, dass er etwas blutet, dann wäre alles gut gewesen. Aber nein, du musst hier einen auf Samariter machen und den Bengel mit Samthandschuhen anfassen. Du verfluchter Köter!"

Teris Augen funkelten wütend. Diese Menschen waren einfach nur Bastarde.

Doch Santos setzte noch einen drauf. „Ich hoffe, Andras reißt dir den Arsch auf, damit du deine Lektion endgültig lernst!"

Teris wendete den Kopf von Santos ab. Er musste sich enorm zusammenreißen, um nicht auf ihn loszugehen. Sein Wolf war bereits wütend hervorgetreten. Er wollte nicht mehr warten! Er wollte den Menschen vernichten, der ihn all diesen Demütigungen unterzogen hatte. Der diese Ungerechtigkeit über die Lupi brachte.

Aber Teris war kein kopfloser Killer und sein Wolf auch nicht. Er versuchte, ihn soweit zu beruhigen, dass sie beide nicht die Kontrolle verloren. Das war allerdings wirklich schwer, sein Wolf hatte eindeutig genug.

Aiden war rechtzeitig mit Andras wieder da, bevor Teris´

Wolf zu mächtig wurde. Ohne zu zögern ging Andras auf Teris los und brachte ihn mit einem mächtigen Fausthieb zu Boden. Das Publikum schrie begeistert auf. Teris schüttelte leicht den Kopf und rappelte sich grinsend wieder auf. Auf diese Gelegenheit hatte Andras wohl nur gewartet. Er wollte ihm tatsächlich den Arsch aufreißen!

Andras lächelte boshaft. Oh ja, der war ein Kämpfer durch und durch. In seinem Rudel gehörte er bestimmt zu den Sicherheitsposten. Wie war dieser dunkelhaarige Lupus hier nur hereingeraten?

Teris hatte nicht viel Zeit, weiter darüber nachzudenken, denn Andras setzte zu einem neuen Angriff an. Teris duckte sich unter seinem Schlag hindurch, doch Andras war darauf gefasst gewesen. Er war mit der anderen Faust schon zur Stelle. Teris rannte krachend hinein und knurrte schmerzerfüllt auf. Verdammt, Andras wusste genau, was er tat.

Teris schnaubte wütend und ging zum Gegenangriff über. Sie prügelten hart aufeinander ein und das Publikum feierte den Kampf zufrieden. Das hier war ein würdiger Abschluss. Das war es, was sie sehen wollten. Santos gab ihnen, wonach sie lechzten: Blut.

Mittlerweile lief Teris ein großer Schwall davon die Schläfe herunter. Der Cut war groß und es dauerte nicht lange, bis sein Blut seinen zerschundenen Oberkörper bedeckte. Doch auch Andras trug Verletzungen davon. Er war übersät mit Prellungen und blutete aus dem Mund.

Nun reichte es! Es wurde Zeit, den Kampf zu beenden. Er würde sich nicht von Andras windelweich prügeln lassen, auch wenn Santos ihn als Verlierer sehen wollte. Diesen Gefallen würde er ihm nicht erweisen. Der elendige Bastard spielte mit ihrer beiden Leben, weil es dem Publikum nicht blutig genug war. Weil Teris den jungen Lupus nicht ausreichend verprügelte. Teris war immer noch fassungslos darüber, doch er musste sich jetzt erst einmal um Andras kümmern. Denn der gab so schnell nicht auf.

Teris holte tief Luft, sein Kopf tat von den ganzen Schlägen unsäglich weh. Die Schmerzen waren schlimm und seine

Kondition ließ langsam nach. Der Kampf war anstrengend für beide und auch Andras war nicht mehr topfit. Dennoch griff er ihn erneut an und Teris schaffte es gerade noch so, sich unter dem Schlag durch zu ducken.

Jetzt oder nie!

Teri ließ sich fallen und schloss dabei so geschickt seine Beine um Andras´ Fuß, dass dieser ins Straucheln geriet und krachend zu Boden ging. Teris konnte aus dem Augenwinkel sehen, wie sein Gegner dabei mit dem Hinterkopf heftig gegen das Gitter des Käfigs krachte. Der Aufschlag war laut und dumpf. Es hörte sich fürchterlich an. Andras knurrte sofort schmerzerfüllt auf und Teris sah sofort Blut aus seinem Kopf sickern. Und davon viel. Zu viel.

Andras setzte sich langsam auf und griff vorsichtig an seinen Hinterkopf. Teris rappelte sich auf und sorgte für Abstand zwischen ihnen. Besorgt beobachtete er seinen Gegner, als dieser entsetzt zu ihm rüber blickte. Verdammt, das hatte er so nicht geplant.

Das Publikum tobte und war begeistert.

Teris hingegen wurde übel. Er hatte nie vorgehabt, Andras so stark zu verletzen. Doch nun blutete dieser heftig aus der Kopfwunde.

Diese Menschen brachten ihn dazu, Dinge zu tun, die nicht seinem Naturell entsprachen. Er war keine Bestie, die andere verletzte. Er war kein Bastard, der nur mit Blutvergießen eine Fehde beenden konnte. Er war ein intelligenter Lupus, der sich artikulieren konnte. Der Gespräche führen konnte, um Streitigkeiten zu klären. Der zu Politik und Liebe fähig war.

Doch die Menschen sahen in ihnen nur dreckige Werwölfe. Und die musste man unterdrücken und vernichten. Oder eben in perversen Kämpfen sich gegenseitig zerstören lassen.

Teris atmete tief ein und aus. Er schloss für einen kurzen Moment die Augen und nahm Verbindung zu seinem Wolf auf. Nicht hier! Warte noch ein kleines bisschen! Sein Wolf wollte herauskommen, und zwar mit aller Macht. Mit der Magie eines Alphas. Er hatte genug und war mit seiner Geduld am Ende! Er wollte sich nicht mehr unterordnen. Er wollte seine Freiheit. Egal wie!

Teris fiel es unsagbar schwer, ihn weiterhin zu kontrollieren. Er wusste aber, dass er die nächste Stunde nicht überleben würde, wenn sein Wolf jetzt die Oberhand gewann. Und sein Wolf war zwar impulsiv, aber Gott sei Dank nicht blöd. Teris appellierte verzweifelt an dessen Verstand. Wir müssen erst raus aus dieser Halle! So lange musst du warten!

Aiden legte ihm hinter seinem Rücken die Handschellen an und Teris öffnete die Augen. Er konnte erkennen, wie Santos Andras gerade auf die Beine holte. Andras hatte ein dickes Tuch in der Hand und presste es auf die Wunde am Kopf. Es war bereits blutgetränkt.

Verdammter Mist, er hatte ihn wirklich schwer verletzt.

Aiden zog ihn mit einem bitterbösen Blick hinter sich her. Auch Teris blutete aus der Schläfe und der Cut war groß. Das interessierte aber niemanden. Teris konnte die Wut an Aiden und Santos regelrecht riechen.

Aira stand an der Tür des Käfigs. Und Teris war sich sicher: Wenn Blicke töten könnten, hätte er auf der Stelle tot umfallen müssen!

Santos und Aiden zogen beide Lupi weiter in Richtung des Ausgangs und sie erreichten schließlich den Bulli.

„Drück das Tuch weiter auf die Wunde, Andras. Wir nähen das zu Hause!" Santos bugsierte den Lupus in den Bulli und kettet ihn fest. Nicht einmal jetzt gönnten die Menschen ihm etwas Freiraum.

Teris Wut steigerte sich.

Danach trat Santos an Teris heran und baute sich vor ihm auf. „Du bist ein elendiger Bastard! Du hast meinen besten Kämpfer schwer verletzt. Dafür wirst du bezahlen!"

Teris funkelte ihn sofort wütend an. Er sagte aber kein Wort. Er war nicht mehr wirklich fähig, zu sprechen. Sein Wolf war so weit, er ließ sich nicht mehr zurückhalten! Teris Atem ging immer schneller und seine Wut steigerte sich von Atemzug zu Atemzug.

Aiden wollte ihn auf die Knie herunterdrücken, doch Teris hielt dagegen. Nie wieder würde er sich von diesem Russen auf die Knie zwingen lassen. Nie wieder! Aiden schlug ihm mit den Stock von hinten auf den Kopf und das brachte das Fass zum Überlaufen.

Sein Wolf brach so heftig hervor, dass Teris für einen Moment vor Schmerz schwindelig wurde. Das Silberhalsband sollte eigentlich genau das unterbinden. Es verhinderte nicht nur die Verwandlung der Lupi, es unterdrückte auch das Anwenden der Magie, die jeder Lupus in sich trug. Die Magie, die eine Symbiose zwischen Mensch und Wolf überhaupt erst ermöglichte.

Doch dieser Wolf brachte die Macht eines Alphas mit sich. Die Macht, die so gewaltig werden konnte, dass alle Naturkatastrophen zusammen nicht ausreichen würden, um sie aufzuhalten! Einem Erdbeben gleich, schoss sie an die Oberfläche und Teris wusste, dass sie sich gleich in einen Tsunami verwandeln würde.

Er knurrte dunkel und furchterregend auf. Santos wich überrascht einen Schritt zurück. Die Macht übernahm die Führung, so dass Teris keine Chance blieb, sie aufzuhalten, selbst wenn er es gewollt hätte. Sie entfaltete ein Kraft, die der braunhaarige Lupus niemals für möglich gehalten hätte.

Ohne Probleme schaffte es Teris, binnen weniger Sekunden die Ketten an seinen Händen zu sprengen. Sofort blickte er sich zu dem Russen um, der nun seine Waffe gezogen hatte. Teris reagierte blitzschnell und schlug Aiden so heftig auf den Arm, dass dieser vor Schmerzen aufschrie. Teris war sich sicher, ihm den Arm gebrochen zu haben. Es knackte verräterisch.

Aiden brüllte fürchterlich auf und ließ die Waffe fallen. Im selben Moment verpasste der Lupus dem Russen einen Fußtritt, so dass dieser ein paar Meter weit durch die Luft geschleudert wurde. Bewusstlos blieb er am Boden liegen.

Teris drehte sich langsam wieder um und blickte in Santos´ Gesicht. Dem war sämtliche Farbe entwichen. Er schien heute darauf verzichtet zu haben eine Waffe zu tragen, denn er wich nun vor Teris zurück. Der knurrte ihn hasserfüllt an. Dieser Mensch war für so viele Demütigungen verantwortlich und sein Wolf wollte ihn töten. Auf der Stelle!

Teris knurrte grollend. Santos kam vor Schreck ins Straucheln und stolperte über seine eigenen Füße. Dabei landete er auf seinem Hintern und Teris beugte sich über ihn. „Mein Wolf will dich töten!", knurrte Teris aggressiv und Santos` Augen füllten sich mit unendlicher Furcht.

„Aber wir Lupi sind nicht solche Bestien, wie ihr Menschen glaubt! Die Bestien seid ihr!" Teris trat zu und traf Santos zielsicher an der Schläfe. Dieser sackte augenblicklich bewusstlos zusammen.

Teris atmete tief aus. Sein Wolf war nicht ganz zufrieden. Denn er wollte diesen Menschen bestrafen. Ihn fühlen lassen, was er selbst so lange erdulden musste. Doch Teris wusste, dass er keine Zeit hatte, sich zu viele Gedanken um den Menschen am Boden zu machen. Er musste handeln!

Teris sammelte sich einige Sekunden und streifte sich die Reste der Ketten von den Handgelenken. Außerdem musste er das verhasste Silberhalsband ebenfalls dringend loswerden. Wo war der Schlüssel dafür? Er fand ihn nach kurzer Suche in Santos´ Jackentasche. Sofort löste er das verdammte Ding von seinem Hals und atmete befreit auf. Das Gefühl war so gut.

Teris besann sich auf den Lupus, der noch im Bulli festsaß. Es konnte nicht mehr lange dauern, bis jemand aus der Halle kam. Aira war noch dort drinnen und würde sich wundern, wo Aiden oder ihr Vater blieben. Er musste sich beeilen, wenn er sie nicht auch noch in Gefahr bringen wollte. Sein Wolf war auf Aira nicht viel besser zu sprechen als auf Santos. Und Teris vertraute gerade nicht darauf, dass sein Wolf sich an das Versprechen erinnern wollte. Denn sie beide befanden sich in einer Ausnahmesituation.

Andras blickte ihn misstrauisch an, als er zu ihm in den Bulli schlüpfte. Ihm war der Kampf offenbar nicht entgangen. Trotzdem streckte er ihm seine gefesselten Hände entgegen. Sein Hinterkopf war blutverschmiert und das Blut strömte weiterhin aus der Wunde. Er sollte sich schnellstens verwandeln, sein Wolf würde damit besser zurechtkommen.

Teris löste Andras´ Handgelenke von der Kette. „Das mit

der Wunde habe ich nicht geplant!"

Andras nickte heftig und verzog sofort schmerzhaft das Gesicht. Das war wohl keine gute Idee, sein Kopf musste fast schon explodieren vor Schmerzen. „Schon klar! Lass uns verschwinden!"

Teris blickte Andras auffordernd in die hoffnungsvollen Augen. „Hast du eine Ahnung, in welcher Richtung Santos` Keller liegt? Ich muss sofort dahin!"

Andras war entsetzt. „Bist du verrückt? Wir müssen hier verschwinden. Die töten uns, wenn sie uns erwischen!"

Teris knurrte missmutig. „Du musst mich nicht begleiten, ich will nur wissen, wo es ist. Philon stirbt sonst ganz sicher!"

Andras holte tief Luft. Teris hatte ihm das Silberhalsband noch nicht vom Hals gelöst, er konnte sich noch nicht verwandeln. Teris konnte erkennen, wie sehr Andras mit sich kämpfte. Er vertraute Teris nicht, aber er konnte sich dessen Aura auch nicht wirklich entziehen.

Teris war nun durch und durch ein Alpha. Egal, wie ranghoch ein Lupus in seinem Rudel auch sein mochte, ein Alpha standen über ihm. Egal, welchem Rudel sie angehörten, kein Lupus konnte sich einfach einem Alpha widersetzen. Das war das Gesetz ihrer Natur, tief in ihnen verwurzelt.

Andras blickte ihn nun ehrfurchtsvoll an. Er schien die Veränderung an Teris allmählich zu akzeptieren. „Okay. Ich helfe dir. Aber danach gehen wir getrennte Wege!"

Teris nickte ihm dankbar zu und löste Andras Halsband mit dem ergatterten Schlüssel. Sofort sprangen beide Lupi aus dem Bulli und sahen sich hektisch um. Teris riss ein langes Stück Stoff von Santos´ Hemd, der immer noch bewusstlos am Boden lag, fädelte den Schlüssel ein und band ihn sich um den Hals. Er würde den Schlüssel noch brauchen. Er sah Andras auffordernd an und der verstand.

Im Schein der flackernden Leuchtstoffröhren setzten die beiden Lupi mit einem leichtfüßigen Satz zum Sprint an. In der dunklen Gasse hörte man nur das Zerreißen von Kleidung, ehe zwei Wölfe eins mit den Schatten der Stadt wurden.

Nachwort

Warum habe ich dieses Buch geschrieben?
Warum hegen manche Menschen den Wunsch, sich stundenlang an den Laptop zu setzen, nächtelang durchzuschreiben, den Haushalt und alles weitere hinten an zu stellen, nur um den Traum, ein Buch zu schreiben, in die Realität umzusetzen?

Fragen, die sich vermutlich schon viele Autoren gestellt haben. Die Antworten dürften unterschiedlich ausfallen. Für mich gilt: Weil es einfach unglaublich viel Spaß macht!

Für mich ist das Schreiben eine Leidenschaft. Ich spüre sie, wenn ich eine neue Welt erschaffe, den Figuren Leben einhauche und sie sich während des Schreibprozesses entfalten.

Es fühlt sich befreiend an, meinen Visionen den nötigen Raum geben zu können, damit die Geschichte sich entwickelt. Es ist aufregend, zu erleben, wie einzelne Figuren ihren individuellen Charakter ausbilden. Besonderen Spaß macht es mir, ungeplanten Wendungen ihren Lauf zu lassen. Und dabei zu beobachten, wie sich am Ende doch alles wieder ineinanderfügt.

Teris verkörpert in der Welt der Lupi die Zukunft. Seine Geschichte bietet unglaublich viel Potenzial. Seinen Charakter stark und trotzdem voller Güte authentisch darzustellen, war eine Herausforderung, der ich mich gerne gestellt habe. Ihr dürft also gespannt sein, wie es mit Teris, Aira, Lutz und den anderen weitergeht.

An dieser Stelle möchte ich mich ganz besonders bei meinem Mann bedanken, der mir den Raum gegeben hat, meiner Leidenschaft nachzukommen. Meine nächtelangen Schreibeskapaden hast du ohne Murren hingenommen. Ohne deine Unterstützung müsste ich jetzt kein Nachwort schreiben.

Auch ein liebes Dankeschön an meine beiden Söhne, die mir das Gefühl gegeben haben, dass es in Ordnung ist, wenn ich schreibe. Ihr habt mir oft den Rücken freigehalten und euch für den ganzen Prozess interessiert. Das hat mir sehr gutgetan.

Mit Freude denke ich an die vielen Abende bei Marita Broß, die mir als Lektorin und Korrektorin zur Seite gestanden hat. Ich durfte unglaublich viel von ihr lernen. Unsere Zusammenarbeit gestaltete sich wunderbar unkompliziert und auf Augenhöhe. Vielen Dank dafür, ich freue mich auf eine weitere tolle Zeit mit dir.

Und natürlich ein ganz dickes Dankeschön an Manfred Janssen, der das Cover entworfen hat. Ich habe es ihm wirklich nicht leicht gemacht, das passsende Design zu kreieren. Meine vielen Änderungswünsche hast du mit einer Engelsgeduld hingenommen. Schlussendlich hast du es geschafft, mir ein fantastisches Cover zu präsentieren, das den Kern der Geschichte wunderbar trifft.

„Teris – Kampf um die Freiheit" ist mein Debüt-Roman. Und ich hoffe, dass er euch gefallen hat. Aus der ursprünglich geplanten Trilogie hat sich mittlerweile eine mehrbändige Reihe um "Die Wölfe von Detroit" entwickelt. Viel Freude mit einer kleinen Vorschau auf Band 2.

Eure Ynez Martinez

Vorschau auf Band 2

Teris - Freiheit für Kreon

Kreon war nervös.
Er konnte Menschen vor seinem Verschlag riechen. Auch wenn er seine feine Nase dafür nicht gebraucht hätte, denn sie waren nicht gerade leise. Mehrere männliche Stimmen machten sich laut grölend über die Lupi in den Verschlägen lustig. Kreon konnte seine Leidensgenossen ebenfalls riechen. Tyler, Valon, Telmos und sein Bruder Xanthus saßen ebenfalls fest. In Verschlägen, die Kreon nur zu gut kannte, jeden einzelnen verdammten Stein. Sie waren dunkel, feucht und boten kaum Komfort. Ein ausgewachsener Lupus konnte sich gerade noch so hinlegen, die Füße dabei auszustrecken, war allerdings unmöglich. Zumindest konnte er aufrecht stehen und es lag ausreichend Stroh auf dem Boden, sodass die Kälte nicht ganz so arg durchzog. Stroh! Als wären sie Tiere.
Der dunkelblonde Lupus hasste diese Verschläge so sehr. Warum nur war er wieder hier gelandet?
Sie alle waren Freitagabend von einem ihm völlig unbekannten Mann in einen Bulli getrieben und auf Hansons Hof gebracht worden. Auch wenn der Hof mittlerweile kaum wiederzuerkennen war, überkam Kreon sofort eine Übelkeit, die sich kaum unterdrücken ließ. Er verabscheute diesen Ort so sehr. Die letzten drei Jahre waren schrecklich gewesen. Hanson war ein böser Mensch, der ihn in der Vergangenheit nur schlecht versorgt hatte. Hunger und Durst gehörten zu diesem Hof ebenso dazu, wie die tägliche schwere Arbeit auf dem Schrottplatz.
Warum waren sie hierhergebracht worden? Kreon hatte Santos und Aiden seitdem noch nicht wieder gesehen. Hatte sein Herr sie alle verkauft? Gab es einen neuen Eigentümer von Hansons Hof, der mit den Lupi ebenfalls Geld verdienen wollte? Dem Lupus wurde bei dieser Vorstellung noch übler als zuvor.
Und wo verdammt nochmal war Teris?

Ynez Martinez

Ynez Martinez ist das Pseudonym einer Autorin, die ihre Leidenschaft zum Beruf gemacht hat. Als SEO-Managerin ist sie unter anderem für das Verfassen von hochwertigem Content verantwortlich.

Ynez wurde 1982 im Norden Deutschlands geboren und liebt Bücher und das Lesen seit der Grundschulzeit. Sobald sie selber lesen konnte, waren keine Bücher oder Zeitschriften mehr vor ihr sicher. In ihrer frühen Jugend begann sie bereits, Kurzgeschichten und Romane zu schreiben.

Später entdeckte sie ihre Vorliebe zu Gestaltwandler-Romanen und anderen Fantasy-Geschichten. Mit „Teris – Kampf um die Freiheit" gibt sie, fernab von SEO und Keywords, ihr Debüt als Autorin eines Romans.

Printed in Poland
by Amazon Fulfillment
Poland Sp. z o.o., Wrocław